诺贝尔文学奖作家作品

群　鼠

THE RATS

〔德〕　盖哈特·霍普特曼　著

王全民　译

北京出版集团
北京出版社

图书在版编目（CIP）数据

群鼠 /（德）盖哈特·霍普特曼著；王全民译. —
北京 ：北京出版社，2021. 6（2025.7重印）
（诺贝尔文学奖作家作品）
ISBN 978-7-200-14590-8

Ⅰ . ①群… Ⅱ . ①盖… ②王… Ⅲ . ①话剧—剧本—
德国—近代 Ⅳ . ① I516. 34

中国版本图书馆 CIP 数据核字（2019）第 009425 号

诺贝尔文学奖作家作品

群鼠
QUNSHU

［德］盖哈特·霍普特曼 著
王全民 译

*

北 京 出 版 集 团 出版
北 京 出 版 社
（北京北三环中路 6 号）
邮政编码：100120

网 址： www. bph. com. cn
北 京 出 版 集 团 总 发 行
新 华 书 店 经 销
三河市天润建兴印务有限公司印刷

*

140 毫米 × 202 毫米 32 开本 10.875 印张 252 千字
2021 年 6 月第 1 版 2025 年 7 月第 3 次印刷
ISBN 978-7-200-14590-8
定价：59.80 元
如有印装质量问题，由本社负责调换
质量监督电话：010-58572393
责任编辑电话：010-58572757

作家小传

　　盖哈特·霍普特曼（Gerhart Hauptmann，1862—1946）1862年11月15日出生于当时属于德国现在波兰境内的什切青省西里西亚。由于生活的压力，霍普特曼中学没有毕业就辍学谋生。1880年，霍普特曼进入布列斯劳艺术学院，学习雕塑。1882年进入耶拿大学学习历史、哲学和艺术史，1884年到德累斯顿学院学习绘画，并在柏林大学学习历史和戏剧艺术。1885年，霍普特曼与玛丽·蒂内曼结婚，并在柏林郊区定居，之后积极投身于柏林和慕尼黑的自然主义运动。

　　1889年，霍普特曼的戏剧处女作《日出之前》在柏林首演，并大获成功，这是一部讲述了乌托邦主义者洛特与酒徒之女海伦娜之间爱情悲剧的作品。19世纪末，德国阶级矛盾十分尖锐，民族民主运动如火如荼，霍普特曼的创作风格也受到影响，从自然主义向现实主义转变。《孤独的人》（1891）就是霍普特曼的首部现实主义风格的戏剧。该剧刻画了在政府反动势力压迫下，一群积极寻求革新的知识分子的心理和行为，也揭露了社会的腐败和黑暗。

此后，霍普特曼笔耕不辍，他的创作生涯进入黄金阶段。他投入了巨大的精力，用各种不同风格和形式，从各个方面展示反映了德国人民的过去和现在，为世人更加深入地展示了德意志民族的面貌。在此期间，他的一大批伟大的作品问世，包括《织工》（1892）、《海狸皮大衣》（1893）、《小汉娜升天记》（1893）、《沉钟》（1897）和《群鼠》（1911）等。其中《织工》在社会上引起了巨大的反响，这部剧以1844年西里西亚纺织工人起义为题材，再现了织工们起义时恢宏的气势和高昂的激情。霍普特曼的祖父是这次起义的参与者之一，这也使得霍普特曼对这场起义有着不同一般的情感。他在创作之前，曾经亲自实地考察，并经过了精心准备和构思，才完成了这部伟大的作品。也正是因为这部作品讴歌了无产阶级，德国皇帝威廉二世将原定颁发给霍普特曼的"席勒奖金"取消，并且《织工》的上演一度被德国政府禁止。

　　1932年，70岁的霍普特曼被邀请前往美国参加歌德逝世一百周年纪念活动。在此期间，他发表了多场演说，得到美国人民的一致推崇，还被美国文学艺术院授予名誉院士的称号。

　　霍普特曼一生硕果累累，晚年也享有崇高声誉，然而作品逐渐保守，面对纳粹势力也不愿奋起抗争，1932年发表的《日落之前》正是这一时期作者心境的真实写照。

　　第二次世界大战爆发以后，霍普特曼面对人类遭受的空前劫难，一直在家中深居简出。第二次世界大战结束后，霍普特曼一度被遣送到苏联。1946年6月6日，霍普特曼在德国阿内滕多夫因肺炎不治而逝世。

授奖词

瑞典学院代理秘书　汉斯·希尔德布兰特

俗话说，时光匆匆流逝，今日之人早已不同往日。每每回忆往事，总会越发觉得此话真实。今天我们已经不再年轻，往昔的忙忙碌碌常常让我们领会这句话的真谛，时至今日又会每天得到证实。我们看到，在人类历史中，新事物此起彼伏，很多经过发展到最后显示出举足轻重的作用，但在发展之初并不总让人关注。一颗种子萌芽之后，就会茁壮成长。现代科学也不断证明，发轫和发展往往大相径庭。

戏剧的发展也经历了同样的道路。在这里，我并不想回顾两千多年的发展历史。但是，在古希腊酒神节上，半人半兽的合唱歌舞队发展至今，对于戏剧的要求发生了翻天覆地的变化，这种巨大的差异也意味着巨大的进步。

在我们这个年代的戏剧界，霍普特曼是一个如雷贯耳的名字。

他刚满五十，正在年富力强阶段，是一位拥有丰富阅历的艺术家。27岁时，他的处女作被搬上了舞台；30岁时，《织工》（1892）的公演标志着他步入了成熟阶段，此后不断涌现的作品让他获得如潮好评以及巨大的声望。他对底层社会有着细致入微的观察，尤其是对他的家乡西里西亚，因此他的作品大多数都描述了底层社会的生活状态。他塑造的每一个角色都拥有完整的人性，有鲜活的性格，看不到任何模式化的影子，也不会有充满陈词滥调的思想，你永远无法质疑那些来源于他对生活的真实观察，由此人们认定霍普特曼是一位伟大的现实主义剧作家。然而，他并不总是对下层社会一味歌颂。欣赏他的戏剧或阅读他的剧本的人，总会身临其境地渴望新鲜空气，对于那些苦难感同身受并渴望提出解决之道。霍普特曼的剧作总是能为人们创造最真实的感受，憧憬美好的新生活，并且对其满怀渴望。

霍普特曼也有一些被他自己称为"神话剧"的作品，不同于现实题材的戏剧。其中，最为典型的当属《小汉娜升天记》（1893）和《沉钟》（1897）。前者描述的是无忧无虑的天堂，后者是他所有作品中在德国最受推崇的一部，瑞典学院诺贝尔文学奖评奖委员会现在使用的这本书，已经是第60次印刷版本。

对于历史剧和喜剧，霍普特曼也有十分卓越的作品。尽管他没有专门出版过诗集，但他写在剧中的诗歌依然表明了他在这方面有卓越的才华。

1910年问世的长篇小说《信奉基督的笨蛋》是他多年心血的成果，1892年发表的短篇小说《信徒》是这部宏大小说的简单勾勒。这部长篇小说深入地刻画了一个穷人的内心。这是一个除《圣经》之外没接受任何教育的人，对于他自己所读之物也没有任何分辨能力，然而最终他虚妄地认为自己是耶稣的化身。即使是一个正常人身处各种力量和周遭环境的影响之下，其心理状态我们也很难评估，对于一颗某种程度上并不正常的心，就更难去解释了。作者用十年的时间，采用大胆的尝试，完成了这部鸿篇巨制。尽管获得的评价褒贬不一，但我依然站在大多数人这一边，认为它完美地解答了一道人间难题。

我最为欣赏霍普特曼的一点是，他总是能用批判的态度来洞察人的内心世界。正是基于此，他的小说和戏剧中的人物个个栩栩如生，而不仅仅只是某种观点的载体。我们看到他所有作品中的每个角色，就算是一个配角，也有十分丰富的人生阅历。对于他在作品中环境的渲染和人物的速写，人们普遍报以钦佩，看似微不足道的一笔，也总与主人公息息相关。他的剧作富有极高的艺术感染力，能够始终牢牢抓住读者和观众的心。他创作的不论何种题材的作品，即使是对人生阴暗面的描述，也总是透露着崇高的品德。正是这种崇高的品德和其完美的艺术力让他的作品被世人追捧。

上面的所有评价，只是为了告诉大家为什么今年瑞典学院将诺贝尔文学奖颁给盖哈特·霍普特曼先生。

霍普特曼博士，您在那本极具争议但影响颇大的《信奉基督的笨蛋》中写道："我们无法做到完美地揭示人生各个阶段的所有历程，社会中的每个个体从生到死都是独一无二的，任何一个观察者对它的理解都会被自身所局限。"

然而观察者多种多样。一个普通人，在忙忙碌碌的生活中，不会总想着去深入观察了解自己身边的人，或许也缺乏这样的机会。大多数时候我们都只看到了表面，除非对某种动机拥有特别的兴趣。即使是那些很少涉入尘世之人，他们与外界疏于交流，甚至只与身边的人有密切联系，也未必能够真正深入他人之心。我们要么被吸引，要么会厌恶；只要我们还有感情，我们就要勇敢地去爱去恨，我们就要大声地歌颂或批评。

然而，诗人不同于普通人之处，就在于他们拥有活跃的想象力，拥有无限的想象空间，拥有敏锐的直觉，对于霍普特曼博士您来说，您在这种天赋方面更是站在世人之巅。您创作的众多作品，为我们塑造了无数鲜活的角色，但我们永远无法将他们归在某一类之中。对于您的读者和观众来说，众多具有完整却又迥然不同的个性的角色完美地共存，正是您作品的伟大之处。

您是一位伟大的现实主义者，从您的大多数作品中也得到大家的公认。在您的作品中，总是充满着细致入微的洞察力，为我们生动地描绘了不同阶层的世人之苦。您的作品总是让人感到震撼，身入其境，每每会想："愿世间不再有这种痛苦。"人的生活中不乏阴暗之处，所以文学作品应当对其揭露和展示，从而让世人从中获益。

作为一位作家，您还给我们带来了很多伟大的作品，这里我着重想提的是两部：《小汉娜升天记》和《沉钟》，尤其是《沉钟》，在您的国家拥有众多拥趸。

您塑造了一个野心勃勃却又有颇多坎坷的角色夏埃尔·克拉默尔。您通过她之口说了这样的话："如果有谁狂妄到想要描绘那位戴着荆冠的人，那么，他得耗尽终生。干这种事毫无欢乐可言，每时每刻都生活在孤独之中。他必须孤身独处，除了上帝之外，谁也不能与他做伴。他必须时刻献身于这一选择，必须远离日常琐事，更不用说为这类事操心了。这样，在他寂寞的奋斗与辛劳之中，圣灵就会降临。圣灵似乎在他面前隐约闪现，并随着时光的流逝，形象变得越来越高大。于是他就投入了圣灵的怀抱；这圣灵显现在他面前，沐浴在宁静与美妙之中。圣灵的出现并非出于他的要求。他看到了救世主，感到他就在自己身边。"

尽管您并没有描述那个戴着荆冠之人，但是您完美地刻画了一个因为幻觉而将自己看作耶稣的穷人。克拉默尔的话无疑是您内心的写照。《信奉基督的笨蛋》是1910年问世的，但1892年的短篇小说《信徒》表明您早在近二十年前就为这部鸿篇巨制开始构思了。

真正的艺术，不是思维的瞬间迸发，而是将所有的想法进行深入研究，让其能够承受各种不同角度的看法，并且对其最终影响有全面的思考。只有经过了这样的过程，真正的艺术家才会认为"我发现了真谛"。您之所以能够取得如此伟大的成就，得益于您长期以来孜孜不倦的努力而不是沉醉于学究式的钻研，得益于您情感、思维和行动的完美统一以及您作品的完美形式。

瑞典学院认为今年的诺贝尔文学奖颁给伟大的艺术家盖哈特·霍普特曼先生实至名归，请国王陛下为他颁奖。

获奖致辞

很荣幸获得今年的诺贝尔文学奖，非常感谢您热情洋溢而又充满友好的演说。也请您相信，我和我的国家都会十分珍惜这份荣誉。在今天全球的文化界，诺贝尔颁奖典礼已经是一件举足轻重的大事，奖金的捐赠者，伟大的诺贝尔先生已经将他的名字融入世界各族人的精神生活之中。不管是现在还是在遥远的将来，世界上任何人提到诺贝尔这个名字，都会如同提到任何一个守护神的名字时一样，感受到那颗乐于助人、激人奋进之心。今天，诺贝尔纪念币已经在全世界众多家庭中被小心珍藏，成为传家之宝。

在这里，我要将我崇高的敬意致以这位伟大的捐赠者。接下来，我要将我崇高的敬意致以全瑞典人民，是你们培育了这样一位伟大人物，并且忠实地执行了这份伟大的人道主义遗产的管理。此外，我还要感谢那些在世界文化园地里默默耕耘，不断铲除杂草、培育和呵护幼苗的人们，是你们付出了辛苦的劳动，并且结出了累累硕果。

最后，让我们为这项基金的远大理想正在不断实现而干杯：这一理想就是世界和平，这也是科学和艺术的终极目标。服务于战争的科学和艺术，绝不是真正的、终极的科学和艺术，真正的、终极的科学和艺术只能从和平中来，并且为和平而不断努力。我希望看到这样一天，人类能够获得伟大的、终极的和纯精神的诺贝尔奖，那一天，民族与民族之间所有的野蛮行为只会成为世人共同唾弃的对象，就像今天人与人之间的野蛮行为必会受到谴责一样。

目 录

群　鼠

本剧主要人物

哈森罗伊特　前剧院经理

哈森罗伊特太太

瓦尔布尔迦　哈森罗伊特的女儿

施皮塔牧师

艾里希·施皮塔　施皮塔牧师的儿子，神学院学生

阿丽丝·吕特布什　女演员

纳塔奈尔·叶特尔　宫廷演员

凯弗尔施坦　哈森罗伊特的学生

克格尔博士　哈森罗伊特的学生

约恩　泥瓦匠

约恩太太

布鲁诺·梅歇尔克　约恩太太的弟弟

鲍丽娜·皮帕卡尔卡　波兰女仆

西多妮·克诺伯太太

塞尔玛·克诺伯　克诺伯太太的女儿

克瓦夸罗　二房东

基尔巴克太太

希尔克　警察

两个婴儿

第一幕

在柏林附近有一栋骑兵营房，早已经荒废了，它的顶楼上有一个房间，但是没有窗户。屋子的正中间的天花板上吊着一盏灯，正在熊熊燃烧着，一张圆桌正好位于灯的正下方。后墙正中间有一条过道，沿着这条过道，就能直接通往房门。房门上钉着铁条，还挂着一只破旧的门铃。外人只有拉响这个门铃，才能进到房间里面。左墙有一扇通往里间的门，右墙边有一架梯子，通过它可以爬到阁楼上面。

阁楼的里外两间屋里，满满的都是戏剧服装和道具，它们归前剧院经理哈罗·哈森罗伊特所有。坐在台下的观众可以把这一切都看得清清楚楚。

因为灯光比较暗淡，所以这儿很容易被误认为是古代宫殿里储存武器、古董的地方，或者是一个出租面具的小店。

过道和外面房间的两边都有架子，上面放的是头盔和胸甲，还有几个身穿盔甲、手持武器的士兵，不过是用硬纸糊的。两个身穿盔甲的武士，守护在那架可以爬到阁楼上面的梯子旁边。梯子最上边是阁楼入口，那里盖着一块普通的活动盖板。

从一些物品及其摆放可以看出，这是一间办公用的房间：房间前半部分左边靠墙的地方摆放着一张斜面高桌，上面放着墨水瓶、鹅毛笔和旧账簿，在一张摆放着水瓶和玻璃杯的圆桌旁边，还放着高脚凳和高靠背椅。哈森罗伊特扮演卡尔·莫尔和其他角色的剧照，现在正放在斜面桌子的正上方。

在硬纸糊成的武士的脖子上，套着一个很大的月桂花环，花环的缎带下方写着这样几个金字："献给优秀的哈森罗伊特经理！对您充满感激的团员。"还有几条红色的缎带，但是没有落款，只是写着："献给优秀的卡尔·莫尔。""献给让人印象深刻的卡尔·莫尔，无人可以与你比肩。"这间屋子摆满了各种各样的服装和道具，墙上也没有空白的地方，全都挂着德国、西班牙和英国的戏服。瑞典的马靴，西班牙和德国的长剑，也都在墙上有一席之地。

左边门上有一张白纸，上面有三个字：图书室。

在这个房间里，旧书、武器、高脚杯、酒瓶和一些别的东西随处可见，看起来乱糟糟的。

现在是五月末的一个星期天。

约恩太太就坐在圆桌边，她今年大概 35 岁。她的女仆皮帕卡尔卡坐在她的身边。约恩太太把上身撑在桌子上，正在滔滔不绝地劝说女仆。穿着外套的女仆还戴着一顶帽子，直挺挺地坐着，用手里的雨伞不停地在地上乱画。她长得很漂亮，但是泪流满面，根据她的体形判断，她即将生产。

约恩太太 说得对，鲍丽娜，跟我说的一样。

皮帕卡尔卡 这样吧，我现在就去施拉赫腾湖或者哈伦湖，看看他在不在那儿。

〔她擦掉眼泪，准备站起来。〕

约恩太太 （把手放在她的肩膀上，不让她站起来）鲍丽娜，你不能这么做也千万别这么做，不要做这种傻事，这会被人家笑死的，这样做出力不讨好。你说你这是何必呢，挺着个大肚子还要去找那混蛋？

皮帕卡尔卡 让我的东家白白地等我一天，我还不如跳进护城河里淹死。

约恩太太 鲍丽娜，你千万别这样啊！看在上帝的面子上，听我多说一句。我为你出个主意，用不了多久就能听完。当我在亚历山大广场的标准钟面前看到你的时候，我就知道事情的缘由了。还记得我当时说了什么吗？当时我对你说：小傻瓜，小心你的钱，别被他骗去了。好多女孩子都碰到过这样的事情，许许多多的小姑娘都吃过这里面的苦头。我还说过……我还说过什么呢？我对你说，让我来帮帮你。

皮帕卡尔卡 我现在这个样子根本不敢回家，我妈妈一定会看出来，而我的爸爸肯定会把我赶出家门。提到钱，我现在浑身上下只剩下了两个金币，我把它们缝在了外套里子里面。那个混蛋竟然把我的钱全部偷走了，我现在身无分文了。

约恩太太 姑娘，如果当时你能够多考虑一下就不会发生这种事了……我给你想了个办法，不光是对你和我，对我的男人保尔也有好处。我丈夫是一个泥瓦匠，我们的小阿达尔贝特因为痢疾死去了，我们很想要一个孩子。等你的孩子生下来后，你的孩子就是我们的孩子，这样你就完全不用操心，你可以放心地去找你的宝贝，还可以继续打工，也可以回到你父母那里。这种事只有天知地知，你知我知。

皮帕卡尔卡 我想去死！真想直接跳到护城河里死掉算了。（她站起来）我要在一张纸条上写上：你就是个该受到诅咒的坏蛋，是你把鲍丽娜逼得跳了河。然后把纸条揣到口袋里带着跳下河。不光如此，我还要在纸条上写上他的名字：乐师阿洛依斯·特奥菲尔。我要让他知道这是他作的孽，让他有愧于自己的良心。

约恩太太 稍等一会儿！我马上就去给你开门，姑娘！（装出送皮帕卡尔卡出去的样子。她们俩还没有到过道那里，布鲁诺·梅歇尔克便试探着从左边的门里溜出来，然后在桌子旁边停住。布鲁诺·梅歇尔克个头儿不高，脖子很短，有着很宽的肩膀。额头很窄很低，头发直直地竖着。他的脑袋很小，却有着一副魔鬼般的恐怖面孔。他的一双小眼睛带着令人畏惧的目光，他的鼻翼已经有点儿微微变形，左边有一道伤疤。他今年大约十九岁，却有点儿驼背，他的双手显得非常不灵活，胳膊很长，上面青筋暴起。他正在玩一个老鼠笼。布鲁诺向他姐姐吹了个口哨，就像在叫一条狗一样）

约恩太太 布鲁诺，我一会儿就过去。你手里拿的什么东西？

布鲁诺 （仿佛一直在很认真地玩老鼠笼）我认为在这个地方放几个老鼠笼还是不错的。

约恩太太 你有没有在笼子里放肥肉？（对皮帕卡尔卡）别害怕，这是我弟弟。

布鲁诺 （依旧在玩老鼠笼）今天我在参观卫兵检阅的时候，还看到了威廉皇帝。

约恩太太 （皮帕卡尔卡被布鲁诺的样子吓坏了。她对着皮帕卡尔卡）你别走啊！这是我弟弟。（对布鲁诺）看看你，吓到这个姑娘了。

布鲁诺 （依旧没有抬头）真是搞不明白，我又不是魔鬼。

约恩太太 给我滚一边去！去装你的老鼠笼吧！

布鲁诺 （和刚才一样，慢慢地走向桌子旁）真是令人生气！干这种活儿真的能把人饿死，收入还不如卖火柴呢。

皮帕卡尔卡 约恩太太，我先走了。

约恩太太 （生气地对布鲁诺）你能快点儿走吗？我想安静一会儿！

布鲁诺 （弯起了身子）叶特①，你不要生气嘛！我马上就走。（很听话地走到隔壁房间，约恩太太用力地把门关上）

皮帕卡尔卡 他真吓人，要是谁在晚上看到他，一定会被吓死的。

约恩太太 天啊，布鲁诺去了哪儿？咱们今天说的话要是被他给听到了，那就麻烦了！

皮帕卡尔卡 约恩太太，我要走了，我讨厌待在这个地方。如果你还想对我说些什么的话，那咱们就一起去克洛伊茨喷泉旁的长凳上说吧。

约恩太太 鲍丽娜，为了把布鲁诺拉扯大，我可是吃尽了苦头。如果你答应我，只要孩子一生下来就让我养活他，我会让这个孩子比布鲁诺还要幸运。鲍丽娜，我的父母已经去世了，他们每一年的忌日，我都会去吕德斯多夫，为他们在墓前点上蜡烛。我以我父母的名义发誓，我一定会让这个小家伙过上好日子的。

皮帕卡尔卡 我要走了，我身上的钱不多，我要用它换几瓶硫酸。碰见我算他们运气不好！我要将硫酸泼到那个小三的脸上，让她面目全非。谁让她费尽心思地勾引我的男人。我也要烧坏他的眼睛和胡子，谁让他背信弃义抛弃我跟别的女人在一起了。他骗了我，又抢了我的钱，让我名誉扫地，我这一辈子都毁在他手里了。这个混蛋，勾引了我，又将我抛弃，我要让他毁容，让他去死！

约恩太太 鲍丽娜，我发誓，那孩子从生下来的那刻起便会得

————————
①叶特是约恩太太的昵称。

到一切。不管他想要什么，我都会给他，让他和有钱人家的孩子一样。只要你答应把孩子给我，所有我说的这些，他都会得到。我已经全都安排好了，除了我们之外，没有其他人会知道这件事情。而且你还可以拿到一百二十三马克，这是我为哈森罗伊特经理打工时攒下来的钱。

皮帕卡尔卡 生下他之后，我宁愿掐死他，也不愿意将他卖掉。

约恩太太 你误会我意思了，这又不是卖掉孩子。

皮帕卡尔卡 从去年十月至今，我一直处在惶恐之中。在这段时间里，我被未婚夫抛弃，被房东赶出房屋，居无定所。到底我做错了什么，所有人都这么讨厌我！

约恩太太 我认为这全都是那个贼坏子造成的，而且他至今都没有受到上帝的惩罚。

〔未等两人察觉，布鲁诺从左门边拿着老鼠笼进来了。〕

布鲁诺 （语气怪异，似乎又有些严肃）灯！

皮帕卡尔卡 快点儿让我走吧，我怕这家伙。

约恩太太 （斥责布鲁诺）滚回你该去的地方！如果我不叫你，你就别给我出来。

布鲁诺 （仍无动于衷）真是奇了怪了，我不就是说了一个"灯"字嘛。

约恩太太 你疯了吗？你无缘无故说出个"灯"字做什么？

布鲁诺 难道你没有听见现在外面有人正在开门吗？

约恩太太 （受到了惊吓，并拉住了皮帕卡尔卡，静静地听着）你们都小点儿声，外面真的有人进来了，我们等会儿再走！

〔布鲁诺这时候仍然在面不改色地玩那个老鼠笼子，两个女人在紧张地听着外面的动静。〕

约恩太太　（害怕地小声对布鲁诺）我现在怎么一点儿动静都听不到?

布鲁诺　你这个老家伙，我估计再给你几个耳朵你也听不到!

约恩太太　我在这儿待了三个月，这是第一次见经理在周日的时候到这里来。

布鲁诺　那小子要是真的来了，我非得戏弄他一顿不可。

约恩太太　（十分愤怒）你别瞎说!

布鲁诺　（讪讪地对皮帕卡尔卡）八月份在舒曼马戏团里，我每天都要骑着驴表演三次，我可没骗你。我从来没有害怕去做这样的事情。

皮帕卡尔卡　（就像突然感觉自己处在一个非常陌生的地方，很惊讶）圣母玛利亚啊，我到底在哪里?

约恩太太　谁会在这个时候来这里呢?

布鲁诺　肯定不会是经理，这个脚步声很轻盈，不像经理那样笨重。

约恩太太　姑娘，你还是先上楼躲一会儿吧，让别人看到的话就麻烦了。

〔皮帕卡尔卡非常担心，只好听话地爬上梯子，把盖板掀了起来。这时候，约恩太太走到门口，准备随时把门堵住。在阁楼里看不到皮帕卡尔卡的身影了，屋子里只有约恩太太和布鲁诺了。〕

布鲁诺　姐姐，到底发生了什么事?

约恩太太　和你没关系!

布鲁诺　我是看到你非常害怕，然后把那个小妞藏了起来，我这才来问一问你。这本来就和我没关系。

约恩太太　不用你瞎操心!

布鲁诺 好！我立刻离开。

约恩太太 你这个混蛋，你不知道我因为什么叫你来的吗？

布鲁诺 （油嘴滑舌）叶特，为什么冲我发火？难道是我惹到你了吗？你今天为什么会这样？我现在有点儿困了，我要去找我的宝贝。昨天我只在动物园里睡了一小会儿，随后就到煤市广场逛了逛。（把裤子口袋翻了过来）现在我要出去找一点儿吃的。

约恩太太 你哪儿都不许去！你要是再出去乱逛，我是不会给你一分钱的。布鲁诺，你已经开始不务正业，研究歪门邪道了。

布鲁诺 世界上的一切都令我感到厌烦，没办法，因为我是一个穷人啊。难道我要像乞丐一样去向别人乞讨吗？（从身上拿出了一个脏兮兮的钱包）这里面是空的，一分钱也没有。你还有什么要说的，没有的话我就要走了。

约恩太太 你这是在问我吗？看看你的样子！你还有什么用处啊？你不光是一个小偷，还是一个流氓。我连自己都养活不了，竟然还要去养活你。

布鲁诺 我知道有的时候你也会连自己都没有时间照顾。

约恩太太 你从五六岁的时候就开始不务正业了，那时候父亲就说你长大了绝对没有什么出息，让我不用去照顾你。我的男人那么懂规矩礼貌……真是太难找到这样的人了。

布鲁诺 别说了！我知道了！这一切并不都是我的错。自从我出生以来，就没有人喜欢我，他们都瞧不起我。还是算了吧！看来我也没有必要留在这里给你抓老鼠了，你还是继续做你的龌龊勾当吧！

约恩太太 （对着布鲁诺挥动着拳头）你要是敢把这件事说出去，我就打断你的狗腿，我会弄死你！

布鲁诺　你不用担心，我不会把这件事情说出去的。（他爬上梯子）你就当我对这件事毫不知情就行了。

　　〔他把盖板掀起来，进入阁楼里，然后就不见了。约恩太太急匆匆地把灯熄灭，然后在黑暗中来到图书室的门旁，把门半掩上来，进到图书室里。

　　大门的那边有钥匙开门的声音，然后门就被打开了。这时候有很轻的脚步声传来，伴随而来的是柏林大街上的吵闹声、孩子们的哭声和八音盒演奏的声音，这个八音盒放在院子里。

　　瓦尔布尔迦·哈森罗伊特很紧张，她慢慢地走进屋里。她穿着一件浅色的连衣裙，是一个不到16岁，长相很漂亮，天真可爱的小女孩。〕

瓦尔布尔迦　（发了一会儿呆，一直在仔细听，紧接着很害怕地）爸爸，这个地方有人吗？爸爸，爸爸！（凝神听着有没有什么动静，又说）怎么有一股煤烟的味道？（摸索到一盒火柴，划了一根想将灯点燃，没想到被发烫的灯罩给烫到了）哎呀！好烫啊！有人在这儿吗？（大声喊着要跑开）

　　〔约恩太太露面了。〕

约恩太太　嘿，瓦尔布尔迦小姐，请您安静一下，不要再叫了，是我，是我！

瓦尔布尔迦　天啊，是您啊约恩太太，您都快把我吓死了！

约恩太太　小姐，您在怕什么啊？今天是星期天，您怎么会来这儿呢？

瓦尔布尔迦　（一只手捂住胸口）约恩太太，我的心差点儿蹦出来。

约恩太太　瓦尔布尔迦小姐，您这是怎么了，您在怕谁啊？您的父亲应该告诉过您，我每天都要在这上面，给这些箱子、柜子什么的擦擦灰土，收拾收拾这些老古董。然后，过三四个星期，等到我把这一千二百件老玩意儿——当然也可能是一千八百件——收拾完一遍，就得再从头来一遍。

瓦尔布尔迦 刚才把我吓了一跳，那个灯罩烫着我的手了，约恩太太。

约恩太太 哦！原来是这样，半分钟前这个灯还是亮着的。（揭起灯罩）因为我的手比较粗糙，所以我不怕烫。（点着灯）我又把它点着了，看，这回又亮了吧。没什么值得大惊小怪的！

瓦尔布尔迦 您看上去好像是一个幽灵啊，约恩太太。

约恩太太 什么？您说我像什么？

瓦尔布尔迦 我是说，刚从太阳地里走进这黑咕隆咚的屋子。这个屋子不但发了霉，还阴森凄冷，我感觉自己好像看到了幽灵。

约恩太太 好了，小幽灵，您为什么要上这儿来？您是自己来的，还是有人陪您来的？您的爸爸还来吗？

瓦尔布尔迦 我爸爸今天不来，他去波茨坦拜会大人物了。

约恩太太 那您为什么到这儿来？

瓦尔布尔迦 我吗？我来逛一逛而已。

约恩太太 原来如此。要我说，您还是赶紧走吧，这个屋里堆满了破烂儿，根本见不到阳光。

瓦尔布尔迦 您看您脸色看上去都发灰了，我觉得您也该晒太阳了。

约恩太太 唉，太阳是留给上等人的，像我这样的人，只能留在这里吃土。小姐，您赶紧走吧，我还有活儿要干呢！这就是我的命，要是没有这些土，我还活不下去呢！（咳嗽）

瓦尔布尔迦 （胆怯地）关于我来这里的事情，您要跟我爸爸保密。

约恩太太 我吗？我可没有那么闲。

瓦尔布尔迦 （假装不在意地）如果施皮塔先生问您……

约恩太太 您说谁？

瓦尔布尔迦 就是我家的那位家庭教师……

约恩太太 哦，怎么样？

瓦尔布尔迦 您就告诉他，我在这里待了一会儿就走了，可以吗？

约恩太太 也就是说，我可以和施皮塔先生说，您来过这里，却要对您的父亲保密？

瓦尔布尔迦 （不假思索）亲爱的约恩太太，看在上帝的面子上，请您一定要保密！

约恩太太 哼，您得多多留神啊！很多和您一样的大户人家的女孩子，却进了龙骑兵大街的班房，还有的要在巴尔尼姆的监狱度过余生。

瓦尔布尔迦 约恩太太，您的意思该不会是以为我和施皮塔先生有不正当的关系吧？

约恩太太 （惶恐地）别说话！有人拿着钥匙正在开门！

瓦尔布尔迦 快把灯吹灭！

〔约恩太太迅速地把灯吹灭了。〕

约恩太太 小姐，快去阁楼上藏起来！

〔两人沿着梯子爬上阁楼，迅速锁上盖板。〕

两个人从大门走上了过道，一个是前剧院经理哈罗·哈森罗伊特，另一个是官廷演员纳塔奈尔·叶特尔。前者五十岁左右，身材中等，脸上没有胡须，走路时步伐很大，说明他精力十足。他的脸部线条很精致，目光果敢，行为不受束缚，热情如火。他穿着燕尾服和漆皮鞋，外面套着一件浅色的外套，通过这件敞开的外套，可以看到他的胸口有几枚勋章。他戴着一顶高礼帽，但是被他推到了脑后。后者穿着一件薄外套，里面是白色的法兰绒上衣，左手拿着一顶草帽，还有一根手杖，他的皮鞋是黄色的。从外表来看，他的年龄和前者差不多，脸上也没有胡须。

哈森罗伊特 （大声）约恩，约恩太太！亲爱的叶特尔，快看，这就是我的宝藏！世间的繁华只是过眼云烟，我演了一辈子戏，所有的宝贝都藏在这里。我事先已经整理过了：破铜烂铁，破旧的衣服！约恩，约恩！她刚离开不久，灯罩还是烫手的。（划着一根火柴，把灯点亮）天已经亮了，让这个世界去死吧！好了，借助灯光，好好看看我这蛀虫、老鼠和跳蚤的天堂吧！

纳塔奈尔·叶特尔 亲爱的经理先生，我写给您的明信片应该收到了吧？

哈森罗伊特 约恩太太！我要确认一下她现在是否在阁楼上。（灵活地爬上梯子，晃了晃盖板）锁了！这头蠢猪一定把钥匙放在裙子的口袋里了。（用拳头击打盖板）约恩！约恩！

纳塔奈尔·叶特尔 （已经有点儿耐不住性子）经理，我们没了约恩太太照样可以。

哈森罗伊特 你说什么？我可是亲王刚刚接见过的人，我现在穿着燕尾服，戴着勋章，你难道想让我穿成这样，亲自动手去从三百个柜子和箱子里给你找那件破演出服？荒唐！

纳塔奈尔·叶特尔 抱歉！我巡回演出并不是穿着破布的。

哈森罗伊特 真是荒唐！你可以光着身子去演出，跟我有什么关系！请你不要忘记和你说话的人是谁！宫廷戏子叶特尔吹一声口哨，哈罗·哈森罗伊特就会任你差遣，这是在做梦！我这么一个绅士，绝对不会浪费一个星期天下午的时间去给你这个小丑找东西。我不可能像小狗一样在破烂儿堆里找来找去，更不会去每一个角落给你找。亲爱的朋友，你找错人了！

纳塔奈尔·叶特尔 （很平静）经理，是谁让您这么生气？

哈森罗伊特 就是你这个混球儿！在一个钟头前，我还在接受亲王的款待，就是因为你这个家伙，我才坐上马车赶到这个鬼地方……如果你能理解我的好意，那就留下来，否则立刻给我滚！

纳塔奈尔·叶特尔 您可是让我四点半来，可是却在这样的地方，这里不光漆黑，而且还有臭味，我就是在这里等了一个钟头，其间我一直被一群孩子戏弄。可是我一直在耐心地等待，没有任何一句抱怨的话，而您现在却在这里冲我发火！

哈森罗伊特 混蛋！

纳塔奈尔·叶特尔 我根本不吃您这一套，您也就只配在大街上翻跟头了，给我当小丑都嫌弃您。

〔他非常生气，拿着自己的帽子和手杖离开了。〕

哈森罗伊特 （愣了一会儿，突然大笑起来，对着叶特尔的背影）你别再出去丢人了，我可不会出租面具给别人。（门锁撞上的声音传来。哈森罗伊特把怀表掏出来）真是一头猪！真是一头蠢驴！这个家伙终于离开了，真的太感谢上帝了。（把怀表放进去又拿了出来，倾听着外边的声响，之后就心烦气躁地来回踱步。突然他拿下高礼帽，对着里面的小镜子仔细地梳头发，又来到圆桌旁，拿起上面的几封信，一边打开，一边嘴里不停地念叨）

啊，斯特拉斯堡。

你如此美丽。

（他一次一次地看怀表。这时，头顶上的门铃突然响了）时间刚刚好，在做这种事情的时候，女人总是分秒不差。（赶忙去开门。他问候某个人的时候声音特别大，观众都可以听到。一会儿之后，打扮得很漂亮的年轻女人阿丽丝·吕特布什出现了）阿丽丝，过来啊！这里有灯，来，让我仔细看一看你，我在帝国直辖区担任剧院经理时，你还是小阿丽丝。我可是看着你长大，看着你蹒跚学步的，我还教过你说话。你还记不记得，你以前总是把"头儿"说成"砣儿"。

阿丽丝·吕特布什　经理，听听你说的话，我可不是不懂得感恩的人啊！

哈森罗伊特　（把她的面纱拿下）你可真是越来越漂亮了，小宝贝！

阿丽丝·吕特布什　（脸发红，很开心）你还是以前的样子啊。这个楼上也太黑了，有点儿吓人。哈罗，请你把窗子打开好吗？我感觉这里的空气都有一股发霉的味道。

哈森罗伊特　庇里科克正在庇里科克山顶上呢。托姆斯七年都没有饭吃，只能以老鼠充饥。不瞒你说，我这几年的日子并不怎么样。不过，我亲爱的阿丽丝，虽然我从来没有给你写信，但是我会把一切都详细地告诉你的。

阿丽丝·吕特布什　我给你写了很多信，可是呢，你一封都没回复我，这可不应该啊。

哈森罗伊特　为什么要回信呢？哈哈，我都束手无策，给一个小姑娘写信会有用吗？嘿！无中生无！蛀虫和尘土不分家，哈哈哈，我在西部边境为德国文化辛苦工作，却得到了这样的结果。

阿丽丝·吕特布什　这些服装和道具不是你留给库尔茨经理的吗？

哈森罗伊特　"啊，斯特拉斯堡，你如此美丽。"不是这样的，小宝贝，我并没有把这些东西留在斯特拉斯堡啊。那个饭店跑腿的，酒吧的小丑，下等舞厅里的伙计，只是接替了我的位置，却嫌弃我的这堆破烂儿。那个傻瓜，真是无药可救。哼，这就是我把东西都带走的原因。可是我赔了多少呢？我演出挣来的四万马克，这可是我的血汗钱，还有我老婆从娘家带来的五万马克的嫁妆。真是见了鬼了，不过，我能留下这些东西，也觉得有一丝安稳。你看，这帮恶煞。（轻轻抚摸着那几个硬纸糊成的武士）你还记不记得它们？

阿丽丝·吕特布什　都是我的老朋友啊，自然不会忘。

哈森罗伊特　嘿，这些恐怖的家伙，还有挂在上面的、放在下面的，总算落到了捡破烂的老哈森罗伊特手里。经过岁月的折磨依旧还是那个样子，没有一点儿破损！报纸上说，你要应陛下的邀请到柏林演出？

阿丽丝·吕特布什　不过我对此并不在意，我更愿意在你手下演戏。假如你再组织剧团，我跟别人的合同就马上作废，你要答应我呀！（哈森罗伊特哈哈大笑）我有三年是在地方剧院度过的，简直是受尽苦楚。我对柏林，对宫廷戏班子，都没什么兴趣，不但日子难挨，还总是演一些乏味的戏，让人恶心。相比之下，我更愿意在你这里演戏，我对这些道具情有独钟，这你是知道的。

〔她走到武士旁，模仿起武士的姿势。〕

哈森罗伊特　哈哈哈！来吧来吧，你这忠心的小武士！

〔他张开双臂，搂住阿丽丝，两人吻了很久。〕

阿丽丝·吕特布什　哈罗，你太太好吗？告诉我吧。

哈森罗伊特　苔莱泽非常好，虽然她整天一副愁容满面的样子，但是她一天比一天胖了。我的宝贝，你怎么这么香！（把她拉到怀里）你是一个危险的人物，你知道吗？

阿丽丝·吕特布什 你在说我是傻里傻气的吗？那我就真的有点儿危险了。

哈森罗伊特 上帝啊！

阿丽丝·吕特布什 这个地方如此恐怖，我在三楼一个发了霉的屋子里和你约会，对你对我都很危险。还有，刚刚在楼梯上我差点儿遇见纳塔奈尔·叶特尔。感谢上帝，还好我迅速地找了一个小角落，藏了起来，这样他才没看见我。如果这位宫廷戏子发现我来找你，我们两个就麻烦了。

哈森罗伊特 可能是我当时写错了日期，他非说是我跟他约定今天下午在这里见面，哈哈哈！

阿丽丝·吕特布什 隔着六层楼梯，我都能看见他的脸色很不好，似乎刚刚和谁大吵了一架。那群孩子也非常不讨人喜欢，我上楼梯的时候，他们在我旁边跑来跑去，还不停地嚷嚷。这帮臭小子的个头儿还没有桌子高，就一嘴的脏话胡话。

哈森罗伊特 （大笑，开始严肃起来）来，你看，我就生活在这种环境里，已经习惯了。这个房子如此破旧，就像一座坟墓，里面所有的人都衣衫褴褛，东奔西走，争吵打架，挨饿叹气，当牛做马，都是家常便饭，每天饥肠辘辘的。还有一些人干的是偷鸡摸狗的事情。这里鱼龙混杂，各种流氓、骗子、小偷，不计其数。然而哈森罗伊特，你的老经理，就生活在这种环境中，就像柏林人那句话，穿一条裤子。我的宝贝，我的日子可不好过啊！

阿丽丝·吕特布什 我在动物园火车站下车的时候，你猜你遇见谁了？施塔特哈尔特公爵！然后，我就上了那老流氓的马车，跟他随便聊了一些，你都想不到后来发生了什么。在一条林荫大道上，我们竟然遇见了骑着马的陛下，他身后还有一堆随从。我心想，这下完蛋了！老公爵也吓得要命。但是，陛下只是举起一根手指头警告我们。接下来发生的事就比较有意思了，陛下突然问我，如果哈森罗伊特再当经理，我愿不愿意回斯特拉斯堡去表演。听了以后，我兴奋得差点儿没蹦起来。

哈森罗伊特　（脱下外套，随手扔在一边，胸前赫然出现了一排勋章）宫廷里吃早饭的排场有多大你可能没听说过吧？但我见识过，就在今天早上，我和鲁勃莱希特亲王在波茨坦共进早餐！说不定我已经否极泰来了。

阿丽丝·吕特布什　宝贝，你看起来就像个大人物，一位将军！

哈森罗伊特　觉得怎么样，我估计你还没见过这些勋章吧！我们当初一起演克莱尔欣和哀格蒙特①的样子，你应该还有印象吧？我们应该痛痛快快地喝一顿酒，尽情享受此刻的乐趣！（两人再次拥抱）小宝贝，喝一杯香槟酒吧，你的老经理、老相好、老朋友，已经很长时间没有沾过酒了！（边说边从柜子中取出一瓶酒）我尝着这酒还挺不错的！（拔出瓶塞。这时候门铃突然响了）小点儿声，真是活见鬼！也不知道是哪个混蛋，来我这儿拉铃！不知道今天是星期天吗？（铃声比刚才更响了）小宝贝，你先去我的图书室藏一会儿！（铃声再次响起，阿丽丝赶紧躲到了图书室）估计这家伙是疯了吧！（走向门口）已经来给你开门了，着急就给我滚！（他开门的声音传来）"你刚才说什么？是瓦尔布尔迦小姐吗？"我不是，我是她的爸爸！啊！施皮塔先生，原来是您啊！我是瓦尔布尔迦的爸爸，请问您今天来我这里有什么事吗？（哈森罗伊特和施皮塔一起出现在过道里。施皮塔是一个21岁左右的年轻人，相貌周正，戴着眼镜。身着黑色长袍的施皮塔是一名神学院的学生，他弓着背，由于总是不见阳光，营

————————

① 这两个人是戏剧《哀格蒙特》里的人物，作者是歌德。

养也跟不上，他看起来有点儿瘦弱，面无血色）你跑到这个漆黑的仓库里来，是想在这里给我女儿上课吗？

施皮塔　我刚才坐马车从这里路过，好像看到您女儿进来了。

哈森罗伊特　施皮塔先生，您应该是看错了吧。我估计我女儿现在正在同她的母亲在英国的教堂里做祈祷呢。

施皮塔　很抱歉，我冒昧前来打扰了您。我之所以会到这里，是想陪她一会儿，把她送回家。这里有老鼠，她在这里一定会害怕的。

哈森罗伊特　施皮塔先生，我只能再次很遗憾地对您说，她现在并不在这儿。我也是为了写几封信，以及处理一些别的急事才来这里的。亲爱的施皮塔先生，请问除了这些，您还有什么事情吗？

〔施皮塔擦着眼镜，这时候的他有些窘迫。〕

施皮塔　大白天从外面猛然间进到这漆黑一片的地方，眼睛还多少有点儿不习惯呢。

哈森罗伊特　您这次来是不是想要回您应得的那些工钱？您知道的，我不习惯在上街的时候带很多钱。这样吧，您等我回家，回家之后我再付给您。

施皮塔　我这次来这里并不是为了这件事情，经理先生，工钱这件事不用着急的。

哈森罗伊特　您不急就好。可是施皮塔先生，我现在挺忙的……

施皮塔　即使您很忙，我还是想占用您一分钟的时间，一分钟就可以。经理先生，我可以问您一个问题吗？

哈森罗伊特　（拿出手表看了看）好吧，施皮塔先生，我看着表，就只给您一分钟的时间。

施皮塔　我估计用不了一分钟，我就能问完，您也能回答完。

哈森罗伊特　那您就快点儿问！

施皮塔 先生，您觉得我有没有演戏的才华？

哈森罗伊特 天啊！您是不是疯了，竟然突然问我这样的问题。啊，未来的牧师先生，请原谅我刚才讲出那样的话。您从刚才的事情突然跳到这件事情，实在是让我手足无措。咱们今天不谈这事了吧。我觉得一讨论起这件事，即使争论上数年的时间也得不出一个结果来。亲爱的施皮塔先生，您是学神学的，又出身于一个牧师家庭，您又有关系又有门路，完全不用担心前途，您怎么能有这样的想法呢？

施皮塔 经理先生，我已经就这个问题思考了好长时间，能做出这样一个决定，我的内心也是做了很激烈的思想斗争。除了您之外，我没对任何人说过这件事。我很高兴能够认识你们一家，我感觉我好像在认识了你们之后，才找到了我生活的真正目的。

哈森罗伊特 （已经很是不耐烦）能够认识您，我和我的家人也是深感荣幸。（把手放在了施皮塔的肩膀上）不过我现在真的有急事需要去办，咱们以后有机会再谈吧，求您了！

施皮塔 我已经下定了决心，今天您要是不答应我的话，我就赖在这里不走了！

哈森罗伊特 未来的牧师先生，我不知道到底是什么原因让您有了这样的想法。我一直很看重您，也很羡慕您能生活在一个牧师家庭，因为你们的生活是那么平静。可在这个大城市，您放弃您那原本优厚的条件，却突发奇想想当一个演员，这实在是有些过分！这个活儿并非是个人就能干得了的。年轻人，您现在并不知道当一个戏子的生活有多苦。我要是您的父亲，知道您有这种想法，一定要把您关起来，一直关到您这种想法消失为止，您这次真是太过分了！好啦，今天我们就谈到这里吧，有事以后再说吧。

施皮塔 我认为无论你们对我采取什么样的手段，都不能打消我要当一名演员的念头。

哈森罗伊特 可是年轻人啊，在我看来，您是真的不适合当演员。您看您那副样子，戴着眼镜，嗓子又尖又哑。

施皮塔 我知道我很丑，但是生活中既然有我这样的人，为什么在舞台上就不能有呢？在我看来，拥有一副动人的嗓子，在舞台上加上席勒—歌德—魏玛式的矫揉造作，这些是极其有害的。而我的到来能帮助您改变这一切，您愿不愿意收下我这样一个学生？

哈森罗伊特 （匆匆忙忙地穿上外套）不不不，施皮塔先生，我要告诉您的是，我的学校就是一个席勒—歌德—魏玛式的学校；再者，要是我收下了您，您父亲那一关我就过不了；还有，我们之间的争吵真的太多了，每次上完课、吃过晚饭之后，咱俩都要吵一次。如果听之任之，我们一定会打起来，好啦，今天我们就说到这里吧，我要急着去赶马车。

施皮塔 我写了一封十二页的长信告诉了我父亲这件事，在信中我跟他详细解释了我想当演员的原因。

哈森罗伊特 我估计您父亲看到您的信肯定会高兴地蹦起来！好了，您快点儿回去吧，不然我可要疯了。

〔他用力拽着施皮塔离开了房间，观众们可以听到锁响的声音。屋子里很安静，可以听到大街上喧嚣的声音。把阁楼的盖板掀开，瓦尔布尔迦匆忙从梯子上下来，约恩太太紧跟在她身后。〕

约恩太太 （说话声音很小，很用力）这里没发生任何事啊，您这是怎么了？

瓦尔布尔迦 约恩太太，我差一点儿就要喊出声了，上帝，我真的受不了了，我真的要喊出来了。

约恩太太　小姐，赶紧用手绢塞住嘴巴。看看您这个样子，到底发生了什么事？

瓦尔布尔迦　（牙齿用力地撞击着，一直在竭力控制自己的恐惧）约恩太太，我差点儿就要吓死了。

约恩太太　到底发生什么事了？

瓦尔布尔迦　您看到刚才那个可怕的人了吗？

约恩太太　他没有什么可怕的，他是我弟弟。有时候他会来帮我打扫一下卫生。

瓦尔布尔迦　还有那个一直在角落哭泣的姑娘，她总是背对着我。

约恩太太　您母亲生您的时候也是这个样子。

瓦尔布尔迦　如果爸爸回来的话，我就倒霉了。

约恩太太　赶快离开吧！（把心里很恐惧的瓦尔布尔迦送出去，然后回到屋里）真是太幸运了，那个丫头什么也没有察觉。

〔她拿起了拔掉了塞子的酒瓶，紧接着把一只玻璃杯倒满酒，爬上了梯子，阁楼里便看不到她的身影了。紧接着哈森罗伊特回到了屋里。〕

哈森罗伊特　（走到门口的时候就开始唱）"啊，圣母特烈莎，降临人世吧！"（大喊）阿丽丝！（依旧站在门边）出来吧！帮我用这根铁条把门顶住。阿丽丝！（来到圆桌旁）肯定没有人再来打扰我们了。阿丽丝！你在哪里？（看到酒瓶，举起来）怎么少了一半？真是见鬼了！（花腔女高音的歌声从图书室传来）天啊！她一定是喝醉了。

第二幕

　　约恩太太的家就在同一栋房子的三楼，再上一层就是哈森罗伊特经理放道具的房间了。她的家非常宽敞，天花板也很高，四周刷成了灰色，不难看出，这以前是一间营房。在后墙上有一扇双开的门，从这扇门可以通到走廊，门上有一个门铃，但是只能在外边拉响。在门的右边有一道木板墙，足足有一个人高，可以直接通向舞台的前面，在舞台的前面两米处的地方，木板墙绕了个直角和右边的墙相连。卧室把这个地方分割开，从木板墙里可以看到几个柜子的顶部。

　　从门外向里走，可以看到左边的木板墙上靠着一个蒙着漆布的沙发，在墙上挂有几幅照片：穿着军装的泥瓦匠约恩，约恩夫妇的结婚照，诸如此类。在沙发的前边有一张铺着褐色的桌布的椭圆桌子。要想去卧室，就必须经过沙发和桌子。卧室的门帘就是一块花布。

　　一个收拾很干净的碗橱放在了木板房前边靠近舞台的地方，在墙边有炉子。很明显，这一小块地方就是厨房。

　　房间左边的墙上有两扇窗户，第一扇靠近舞台，第二扇远离观众。第一扇窗户旁边放了一块木板，已经被刨得非常平整，上面放着纸卷（施工图）、描图纸、折尺、圆规和角尺之类的。第二扇窗户下面有一块放着一张桌子和一把椅子的踏板，桌子上还放着几个玻璃杯。这两个窗户都没有挂窗帘，只是用花布把下半部分挡住了。除了这些东西，房间里还有一张藤躺椅和几把木椅子，看起来已经很旧了。

虽然房间里家具不多，有些简陋，但是让人觉得非常干净整齐，收拾得很有条理，大部分没有孩子的家庭都是这样的。

时间是五月末的一天，下午五点左右。温暖的阳光从窗户洒进来。满脸胡子、面相和善的泥瓦匠约恩大约四十多岁，他正在享受地站在那块木板旁看着施工图，并且还一直不停地记录着东西。在另一扇窗子下边，约恩太太正在做着针线活儿。她似乎刚刚经历过一件大事一样，脸色有点儿苍白，但是她还是一副很惬意的样子，只是目光有些担忧。在她身边有一辆很漂亮的新婴儿车，一个刚刚出生的婴儿正在里面呼呼大睡。

约恩　（很恭敬）孩子他妈，我想抽一袋烟，把窗户打开一点儿行吗？

约恩太太　你怎么又想抽烟了？还是别抽了吧？

约恩　我只是问问你，并不是真的要抽烟。那我还是再嚼一块烟草吧！

〔他拿出了一块烟草，嚼得很开心。〕

约恩太太　（过了一会儿）你还去户口登记处吗？

约恩　那里的人让我再去一次，因为我还得详细地说明这个孩子的出生地点和时间。

约恩太太　（嘴里衔着针）那你当时为什么不说清楚呢？

约恩　当时我根本不知道！

约恩太太　你怎么就不知道了？

约恩 当时我没在家啊！

约恩太太 你的家在柏林，可是你从年终到年尾都在阿尔托纳，一个月都回不了一次，自然无法知道家中的事情。

约恩 领班的活儿很多，我必须要待在那里。就是因为那里赚钱多，我才到那里去干活儿的。

约恩太太 可我曾经给你写信说过，咱们家出生了一个小孩子。

约恩 我知道这件事，我就是这么对户口登记处的人说的。我和他说孩子肯定是在我家出生的。可他说这可不一定。我又和他说，那可不能出生在屋顶上的老鼠窝里吧？当时我非常生气，就是因为他在胡说八道。他也很生气，他冲我大喊："你竟然用这种语气和我说话！"我跟他说："户籍官先生，我是依靠干活儿挣钱养家的，可不是依靠口气来生活的！"然后他就让我说出详细的日期和时辰……

约恩太太 保尔，我把这些都写到一张纸上给你了啊。

约恩 因为我生气的时候根本什么都记不住。如果他当时问我的名字，我估计我也会不知道的。当时我非常晕，因为当上了爸爸，所以和弗里茨喝了一杯，然后又和舒伯特和屠夫卡尔喝。不光如此，他们喝完酒还不算完，还在户口登记处蹲守。我当时就想他们愿意等多久都无所谓。就是因为这样，我忘记了我老婆是在哪里生下的孩子，只能大笑。

约恩太太 就算你没喝酒，你依旧是那个样子！

约恩 你竟然也这么说！不管怎么说，你都已经把孩子生了下来，我是非常开心了。

约恩太太 你快去户口登记处吧，告诉他们这个孩子是五月二十五号在自己家里出生的。

约恩　不是二十六号吗？我还和他们说了是五月二十六号。是不是他们看出我不太确定？那样的话，还是你去吧！

约恩太太　你让我去？算了！二十六号就二十六号吧。（这时门开了，塞尔玛·克诺伯推着一辆破烂不堪的婴儿车进来。在约恩太太的婴儿车的映衬下，这辆婴儿车简直太破了。车里的婴儿用破布裹着）塞尔玛，不！不要把一个生病的孩子带到我家里，以前还可以，但是现在不行！

塞尔玛　约恩太太，因为我妈妈抽烟太多了，他咳嗽得越来越厉害了。

约恩太太　塞尔玛，我以前对你说过，你可以随意过来取牛奶和面包，但是这个孩子最好是待在他妈妈那里！我们的小阿达尔贝特可不能被传染上痨病。

塞尔玛　（就像要哭出来一样）妈妈已经两天没回家了。这个孩子晚上吵得我睡不着，他整晚都在哭。我非常困，有时候都想从楼上跳下去了，或者是把小赫尔弗哥特丢在大街上，然后跑到一个地方躲起来，让警察都找不到我。

约恩　（看着生病的孩子）看他的样子好像是好一点儿了。孩子他妈，还是可怜一下吧！

约恩太太　（果断地把塞尔玛和婴儿车推出了门外）你们还是快走吧！不要待在这里了！保尔，我有了自己的孩子，我就不会去管别人家的孩子。真是搞不明白克诺伯那个女人去哪里了。塞尔玛，这是另一回事，你可以随时来这里，也可以在这里睡一觉。但是这个孩子不行。

〔塞尔玛推着婴儿车离开。约恩太太立即把门插上了。〕

约恩　以前你可是经常照顾那个小孩子的啊！

约恩太太　你懂什么啊？万一小阿达尔贝特染上病怎么办？

约恩 说得也对。能不能别用阿达尔贝特称呼他啊？毕竟上一个用这个名字的孩子刚出生不到八天就死了，我感觉这样不太吉利。

〔传来敲门声，约恩准备去开门。〕

约恩太太 你干吗去？

约恩 你没听见敲门声吗？

约恩太太 （匆忙用钥匙把门锁上）我头都要晕了！为什么所有人都要往这里来？（仔细听着外边的动静，然后大喊）我就是不开门，你有什么事吗？

一个女人的声音 我是哈森罗伊特太太！

约恩太太 （惊讶）天啊！（把门打开）经理太太，我不知道是您！您可别生气啊。

〔哈森罗伊特太太今年50多岁，身材肥胖，患有哮喘病，后边跟着瓦尔布尔迦。她拿着一个大包裹，衣服的华丽程度比不上第一幕。〕

哈森罗伊特太太 您好，约恩太太！这个楼梯真难爬，但是还是阻挡不了我来拜访的心……我想看看你们家的大喜事。

约恩太太 经理太太，现在的日子比以前好多了，真是感谢上帝啊！

哈森罗伊特太太 这应该是您的丈夫吧，约恩太太？说实话……在您不在家的这段日子里，您太太一直在我丈夫的道具储藏室里干活儿，每天都很开心，从不抱怨什么。

约恩 没错，她的确非常开心！

哈森罗伊特太太 如果您能……经常回家……多回家看一看的话，那她就会更高兴的。

约恩太太 我丈夫特别勤奋，他肯吃苦。经理太太，因为保尔一直在外边干活儿，我也不愿意在家无所事事。保尔的弟弟在12

岁那年就进了初级军官学校……对一个男人来说，没有孩子的生活简直了无生趣。他曾经产生过很多荒唐的想法，想去汉堡大赚一笔，甚至还想过去美国呢。

约恩 那只是突发奇想罢了。

约恩太太 你看看，我们这些小人物……我们这样的人只能痛苦地过一辈子，但是……（摸了摸约恩的头发）我们也有喜怒哀乐。您看看，他已经高兴到流眼泪了。

约恩 在三年前我们也生过孩子，只可惜活了八天就夭折了。

哈森罗伊特太太 我丈夫……他已经把这件事情告诉我了……我知道你们非常伤心。你们也是知道的，我丈夫对任何人都非常关心。对我们的邻居，还有给他干活儿的人……也是如此，不管他们碰到了好事还是坏事……他就像对待自己的事一样……依旧非常关心。

约恩太太 （拍了拍约恩的肩膀）他当时抱着小棺材坐在车上，掘墓人想碰一下棺材都不行，我忘不了那一幕。

约恩 （擦去眼泪）没错，当时我不允许任何人碰棺材一下。

哈森罗伊特太太 你们根本不会想到……就在今天中午吃饭的时候，我们喝了点儿酒！这三年以来，我们一直都是喝咖啡和水……您知道……十一二天之前，我丈夫去了阿尔萨斯，今天刚回来……我丈夫告诉我，希望我们能敬善良的约恩太太一杯，因为——尽管他的嗓子很沙哑，他还是要说——因为约恩太太向我们证明了，上帝对于母爱的祈求是绝对会有行动的。我们为您而干杯。您看，我丈夫特别委托我，给您送来了索氏牛奶过滤器。打开纸包，瓦尔布尔迦！

〔房屋门是虚掩着的，哈森罗伊特经理推开门走进来。他戴着一个高礼帽和手套，身上穿着一件浅色外套，是双排扣的，一根银质的西

班牙手杖紧紧地握在手里，很显然，这是一件上了年头儿的工作装。刚一进门，他便迫不及待地讲起来了。〕

哈森罗伊特 （擦去了额头上的汗）先生们！柏林真的太热了！彼得堡暴发霍乱！约恩太太，您曾经向我的学生施皮塔和凯弗尔施坦抱怨个不停，说您的孩子总是长不胖。其实这是这个时代腐朽堕落的表现，现在有太多的母亲根本无力抚养孩子。您曾经的一个孩子就是因为痢疾而死去，我们没有任何办法，我们只能面对现实！那些所谓的大娘大婶的好心忠告，其实都是对孩子有害的。为了使您不会再遭遇一些糟糕事，我太太就按照我的吩咐给您送来了这个煮牛奶的器具。就是这个器具，我才养活了我那一群孩子，也包括瓦尔布尔迦……您是约恩先生啊！真是太棒了！现在皇帝正急需士兵！约恩先生，而您又急需一个孩子来延续血脉。真心祝贺您！

〔他用力和约恩握手。〕

哈森罗伊特太太 （在婴儿车旁站住）他刚出生的时候多重？

约恩太太 正好八磅零十克。

哈森罗伊特 （非常开心，大声说着）哈哈哈！真是上好的产品啊！足足八磅零十克的德意志人的肉！

哈森罗伊特太太 他的鼻子、眼睛和他父亲的一样。这个小家伙和您长得真像，约恩先生。

哈森罗伊特 您是不是想让他加入基督教会啊？

约恩太太 （得意扬扬，很幸福）在教区礼拜堂里有一块洗礼石，他就是在洗礼石上正式接受了牧师的洗礼。

哈森罗伊特 真是太棒了！他的教名是什么？

约恩太太 这需要好好商量一下了，所有的男人起教名都会商量一下。我一直觉得布鲁诺这个名字很不错，可是他觉得不好。

哈森罗伊特 其实布鲁诺这个名字还可以。

约恩 布鲁诺这个名字还可以,我想不出比这个好一些的名字了。

约恩太太 那你以前可说过,你说我有一个比我小十二岁的弟弟也叫布鲁诺。他的确有时候做坏事,但是他并不坏,是被别人带坏的,可你一直不信!

约恩 (脖子和脸涨得很红)就你知道他是个什么样子的人!他可是一个无赖,我可不会让我的孩子起一个无赖的名字!我对他根本没有任何办法……警察可一直在监视他啊!

哈森罗伊特 (大笑起来)天啊!那可以给孩子起另一个无赖的名字!

约恩 希望上帝保佑我,我为他在机械厂找过工作,可是换来的只有气愤和羞辱!希望上帝保佑我,不要让他碰我的孩子!(握紧拳头)否则我会让他吃尽苦头!

约恩太太 你放心吧,保尔,我敢保证布鲁诺是不会来这里的。可是毕竟我弟弟在我困难的时候也帮助过我。

约恩 那个时候你为什么不把我叫回来?

约恩太太 你那么胆小,叫你回来根本没用。

哈森罗伊特 约恩,您是否崇敬俾斯麦?

约恩 (挠了挠脑袋)我自己也不知道,但是那些跟我一起工作的泥瓦匠对他没什么好感。

哈森罗伊特 那是因为你们没有一颗德意志人的心!我的大儿子在皇家海军服役,我为他起名叫奥托!(指着车里的婴儿)你们要相信,这一代人一定会知道去维护德国的统一,知道怎样去完成这一伟大事业。(把瓦尔布尔迦从包裹里拿出来的煮奶金属锅举起来)这个煮奶器用法很简单,首先在每个瓶子里加三分之一的牛奶,再加上三分之二的水，最后把瓶子放在灌满开水的锅里，让锅里的水一直保持沸腾。这样瓶子里就没有细菌，化学家也叫消毒。

约恩 消——消——消毒，我们工头的老婆给她的双胞胎喝的就是这样的牛奶。

〔传来了敲门声。哈森罗伊特的学生走进屋子里，分别是凯弗尔施坦和克格尔博士，两个人年龄相仿，在20岁到25岁之间。〕

哈森罗伊特 （看到了自己的学生）先生们，请稍微等一会儿，我等会儿就过来！我正在教他们如何喂养婴儿和护理的知识。

凯弗尔施坦 （头很大，有一个长鼻子，他的脸色很苍白，没有胡子，很严肃，看他嘴角的神态，像是要恶搞。装作很严肃地说着）我们可是东方三国王①！

哈森罗伊特 （还在举着煮奶器）你们是什么？

凯弗尔施坦 （一如之前）这个孩子诞生了，我们来表示祝贺！

哈森罗伊特 哈哈哈！如果你们真是东方三国王的话，那你们可缺一个人啊，你们现在只有两个啊。

凯弗尔施坦 还有一位是我们戏剧表演界的新同学，他也是神学院的学生艾里希·施皮塔，因为一件社会心理方面的偶然事件要去处理，所以他才会在布鲁门大街和瓦尔纳剧院街的街角上耽误了时间。

克格尔博士 我们却迅速走了。

哈森罗伊特 您看啊，约恩太太，在您家上方有一颗新星升起了。你是说那个心地善良的江湖医生施皮塔又在当着所有人的面医治社会的创伤了？真是好笑啊！对别人可真是善良啊。

凯弗尔施坦 那个地方人特别多，可他在人山人海中仿佛发现

---

① 东方的三个国王看到耶稣降世的时候天上有新星升起，就来道贺。

了一个女朋友。

哈森罗伊特 依我看来，施皮塔那么年轻，他更适合去当护士或者救世主，但是他坚持要去当演员。

哈森罗伊特太太 那个家庭教师施皮塔要去当演员吗?

哈森罗伊特 太太，他已经把他的想法告诉我了，凯弗尔施坦，如果你带来了麝香，就请你拿出来吧。你可是知道你老师是多才多艺的。等会儿我还要教我的学生一些文学呢。

凯弗尔施坦 （用手拍着一个存折）这是一个绝对可靠的银行存折，我要把这个东西放在漂亮的婴儿车旁边，希望他以后最少也要当上政府的建筑部长。

约恩 （取出几个玻璃杯放在桌子上，又拿出一瓶酒，把塞子拔掉）这次我要把这瓶但泽名酒打开。

哈森罗伊特 约恩太太，您看啊，真是越富的人就越能得到更多。

约恩 （倒酒）先生们，不可以说泥瓦匠约恩对孩子漠不关心。关心他的人很多，我只是其中一个。（所有人都举起了酒杯，除了哈森罗伊特太太和瓦尔布尔迦）孩子他妈，干杯! 咱俩也要碰杯!

〔大家碰着杯，喝酒。〕

哈森罗伊特 （刁难）太太，您必须要和我们喝一杯!

约恩 （把桌子上的杯子和酒瓶收起来）我不想再去汉堡了，快点儿让工头找一个人来接替我的位置。我和他为这件事已经争执了三天。公司让我六点钟过去，现在我得走了。如果工头不同意我的请求，那我也只能说声抱歉，我永远不会将自己的家庭弃之不顾。我有一个同行……我跟他说一说，就可以在新的国会大厦工地上找到一份新工作。我跟着这个工头干了十二年了，我想是时候换个地方了。

哈森罗伊特 （拍了拍约恩的肩膀）泥瓦匠先生，我赞同您的想法。几个钱、几句甜言蜜语并不能换取咱们的家庭生活。

〔神学院学生艾里希·施皮塔上台。他的帽子和外套都脏兮兮的，领结也不知去向。他看起来非常激动，脸色苍白，手里拿着一块手帕不停地擦拭着。〕

施皮塔 约恩太太，我可以在这里洗一洗吗？

哈森罗伊特 哈哈哈！您这是怎么了？发生了什么？

施皮塔 经理先生，我仅仅是把一位太太送回了家，其他的就没有了。

哈森罗伊特 （听了施皮塔的话后，大家都在大笑，过了一会儿）你们听一听！他刚才还多说了一句：其他的就没有了。您报告的方式就是这样吗？

施皮塔 （吃惊）为什么就不是这样呢？我在这幢房子的楼梯上经常能碰见她，她穿衣服很讲究，她在大街上摔倒了。

哈森罗伊特 亲爱的施皮塔，您能把事情讲得具体一点儿吗？是不是那位女士弄脏了您的衣服，弄伤了您的手？

施皮塔 并不是您所说的那样！这应该是流氓弄的。本来那位太太摔倒在马路上，有一个笨拙的警察想把她扶起来，但她又摔倒在马路上了，差点儿被一辆路过的马车轧到。我是真的看不下去了，我知道有身份的人根本不需要在大街上做好事。

〔约恩太太推着婴儿车走进一个木屋，这个木屋用木板隔开，随之端着水走出来，把盆放在了椅子上。〕

哈森罗伊特 难道这位女士正在做的是一种国际性赚钱的行为，受政府控制和管理吗？

施皮塔 都已经这样了，我才不管她做什么。经理先生，那一匹拉车的马可不得不说，它为了不踩到那位太太，将左蹄在空中停留了五六分钟，也许是八分钟呢。（话音刚落，众人都笑了起来）你们都在笑，可是我认为那匹马根本不值得你们去笑。我完全理解它的行为，有些人为此而欢呼，也有人去拿面包店里的面包圈给它吃。

约恩太太　在我看来，那匹马就应该踩下去。（约恩太太说完之后，大家又笑了）真应该把克诺伯那个坏女人绑在宪兵广场，然后用皮鞭抽，直到她遍体鳞伤。

施皮塔　我认为中世纪的野蛮依旧存在，这样的事情刚发生不多久。就在1837年的柏林，那时人们在监狱广场把一个寡妇梅耶尔撕成了两半。（把眼镜上的碎镜片拿下来）看来我要立刻去配一副新眼镜了。

约恩　（对施皮塔）请问那个时髦的女人是不是被您送到了对面的房子里去了？我太太刚才也说了，那个女人就是克诺伯！这个女人已经臭名昭著了，她不仅自己待在一些低俗下流的地方，她还把她的12岁的女儿拉下水，她整天都在外边酗酒，跟一些不三不四的人来往，对孩子不闻不问，不光如此，只要她喝醉了酒，她就会打孩子。

哈森罗伊特　（变得精神起来，开始思考）先生们，我们已经浪费了一刻钟了，是时候去上课了。我的时间并不是很宽裕，咱们还要准时下课呢。太太，走吧！先生们，再见！

〔哈森罗伊特挽着太太的胳膊一起离开，凯弗尔施坦和克格尔博士跟在他们身后。约恩把自己的宽边帽拿在手上。〕

约恩　（对约恩太太）我该去找工头了。

〔约恩离开。〕

施皮塔　您能借我一条领带吗？

约恩太太　我先看一看保尔的抽屉里有没有。（当她拉开抽屉的时候，大吃一惊）主啊！（拿出了一绺婴儿头发，上面束着彩线）这里有一束头发，这肯定是我死去的小阿达尔贝特的头发，当时他躺在棺材里，他的爸爸剪下来的。（脸上出现了一种莫名的忧愁，没过多久就变得很活泼）还是把它放在婴儿车上吧。（手里拿着那一束头发，带有一种很奇怪的开心，她正向木板房走着，木板房只放下了婴儿车的三分之一。同时也在向瓦尔布尔迦和施皮塔表示自己的心情。将头发放在婴儿的枕边）快点儿过来！（很隐秘地向那两个人招手，然后那两个人走到了婴儿车旁）看看这头发，小宝宝的头发不是和他一样吗？

施皮塔 对，就连颜色都一点儿不差。

约恩太太 这样就太好了，我不会奢求太多！（推着婴儿车离开了，在木板房里看不到她的踪影了）

瓦尔布尔迦 艾里希，你感觉约恩太太的行为反常吗？

施皮塔 （握着瓦尔布尔迦的手，开始亲吻，有一丝羞涩，但是又非常热情）不知道啊！也许是我走神了吧，也可能是因为我心情不好，所有的一切在我的眼中都毫无色彩。对了，我给你的信你收到没有？

瓦尔布尔迦 收到了！但是你已经很久不来我家了，为什么呢？

施皮塔 瓦尔布尔迦，请你原谅我，是我不能去。

瓦尔布尔迦 为什么？

施皮塔 因为我的心被伤了，已经碎了。

瓦尔布尔迦 你真的想改行去当演员吗？

施皮塔 上帝才能决定我最终成为什么样子的人。但是我绝对不会去当牧师，更不会去当乡村牧师！

瓦尔布尔迦 我已经找别人给你算过命了。

施皮塔 瓦尔布尔迦，你这样做真是让人无法理解，不应该这么做。

瓦尔布尔迦　艾里希，我保证这一点儿也不荒唐。那个算命的女人对我说，我有一个秘密的演员未婚夫，真是太荒诞了，我还嘲笑了她。可是我就立刻听到妈妈对我说你要去当演员！

　　施皮塔　你说的是真的吗？

　　瓦尔布尔迦　当然是真的！那个算命的还对我说，一个到访的人会给我们带来很多苦难。

　　施皮塔　瓦尔布尔迦，我父亲很快就要到柏林来了。毫无疑问，他肯定会给我们添很多麻烦。我父亲还不知道咱俩的事，我的口袋里这些信就是他对我忏悔的回应，就算没有这些信，我和他的关系还是会破裂的。

　　瓦尔布尔迦　我们的约会中有一颗凶险、忌妒、恶毒的心一直在窥伺着。以前我特别崇拜我爸爸，可是从那个星期天开始，只要我看到他就会脸红。不管自己怎样去控制，我都没有办法直视他的眼睛。

　　施皮塔　你和你爸爸之间有什么矛盾吗？

　　瓦尔布尔迦　如果只有那样的话，我倒会觉得庆幸。以前我一直以我爸爸为骄傲，可是想到你有可能知道那件事，我就害怕得直发抖，担心你会因此瞧不起我们。

　　施皮塔　我怎么可能会瞧不起你们呢？亲爱的姑娘，我根本不想知道是什么事。现在我就告诉你一切：我有一个姐姐，她比我大六岁，是一个贵族家庭的家庭教师。可是终于还是出事了……有一天我姐姐跑回了家，可是我爸爸特别信奉基督教，他硬是把我姐姐赶了出去。也许当时他认为耶稣基督也会这么做的。就是从那时候开始，我姐姐一步一步地堕落，一步一步地颓废。再过几天，我们就可以去席尔德霍恩去了，去看看那些对外称是自杀者的公墓，而

39

我的姐姐便埋在了那里。

瓦尔布尔迦 （将施皮塔拥入怀中）艾里希，真是可怜你，你可从来没有对我说过这件事。

施皮塔 现在可不一样了，我已经全部告诉你了。就算是和我爸爸闹翻，我也要和他谈谈这件事。只要我看到可怜的人受欺负，或者是妓女受到流氓的欺负，我就控制不住自己，我每次都会感到特别奇怪。甚至还会出现错觉，我感觉自己在白天见到了鬼，看到我死去的姐姐了。

〔鲍丽娜·皮帕卡尔卡上场。她还穿着第一幕中的衣服，脸色比之前苍白了一些，但是更漂亮了。〕

皮帕卡尔卡 早上好！

约恩太太 （在木板房里说）是谁来了？

皮帕卡尔卡 约恩太太，我是鲍丽娜。

约恩太太 鲍丽娜？我不记得我认识鲍丽娜这个人啊。

皮帕卡尔卡 约恩太太，我是鲍丽娜·皮帕卡尔卡。

约恩太太 是谁？——鲍丽娜，请稍等！

瓦尔布尔迦 约恩太太，再见！

约恩太太 （走出木板房，小心地把门帘拉好）再见！你们先去逛逛街吧，我和这个姑娘要商量点儿事。（施皮塔和瓦尔布尔迦急忙离开。约恩太太把门锁起来）鲍丽娜，原来是你啊！你有什么事吗？

皮帕卡尔卡 你问我有什么事？我已经等不了了，我这么匆忙赶到这里，就是要来看一看。

约恩太太 看什么啊，鲍丽娜？

皮帕卡尔卡 （有点儿心虚）我来看看他长得怎么样,身体怎么样。

约恩太太 你说的这是谁啊？

皮帕卡尔卡　你知道的啊!

约恩太太　我知道什么啊?

皮帕卡尔卡　孩子现在安然无恙吗?

约恩太太　哪个孩子?什么安然无恙?你在胡说八道些什么啊?

皮帕卡尔卡　如果说出这件事的话……

约恩太太　什么事?

皮帕卡尔卡　是我的孩子……

约恩太太　(用力扇了她一巴掌)别在这里胡说八道,否则打烂你的嘴。快点儿离开这里,我不想再看见你!

皮帕卡尔卡　(跑向门口,用力地摇晃着上了锁的门)救命啊!打人了!救命啊!!(号啕大哭)约恩太太打人了!快点儿开门啊!

约恩太太　(态度来了个一百八十度大转弯,抱住鲍丽娜不松手)鲍丽娜,请求你看在上帝的分上,原谅我好吗?刚才是我不对!你还要我怎么样?我给你跪下行吗?鲍丽娜,我向你道歉!

皮帕卡尔卡　你刚才为什么打我?我要去警察局告你打人!我要去警察局!告你打人!

约恩太太　(把脸伸过去)你来打我一耳光吧!好好出口恶气。

皮帕卡尔卡　我要立刻去警察局……

约恩太太　你就可以报仇了啊!我的意思是说如果这样的话,你就不会吃亏。姑娘,快来打我啊!快打啊!

皮帕卡尔卡　打你一耳光根本没有任何用处。

约恩太太　(扇自己耳光)你看,我的脸被我打肿了。姑娘,来打我吧!来吧!把你心中的怒气全部发泄出来。只要打完了……鲍丽娜姑娘,我给咱俩各煮一杯真正的咖啡,我向上帝发誓,绝对不会是那种低价的代用品。

皮帕卡尔卡　（态度比刚才好了一点儿）刚才为什么翻脸无情，还对我这么凶？为什么？

约恩太太　我自己也搞不懂为什么会那样。鲍丽娜，你过来，来这里坐下。小美人，快点儿坐下吧！你能来看我，我真的很开心。我母亲就是这样的坏脾气，她在布吕肯勃莱希生下我，把这个坏脾气也遗传给了我。有的时候我控制不了自己。我母亲曾经多次提醒我让我小心，以免遭遇不幸。也许我的母亲是对的。鲍丽娜，你现在过得怎么样？现在在做什么工作？

皮帕卡尔卡　（掏出了一把钞票和银币，根本没数就放在了桌子上）这些是你给我的钱，我用不到了。

约恩太太　我可不知道什么时候给过你钱啊。

皮帕卡尔卡　你知道这是什么钱。这些钱就像烈火一样灼烧着我的手，就像藏在枕头下的毒蛇一样……

约恩太太　我到底在哪儿……

皮帕卡尔卡　我记得有一次我特别累，于是就睡着了，在梦里那些钱变成了毒蛇从我的枕头底下钻了出来，并且咬了我一口，当时我非常害怕，一直在尖叫。当房东太太把我叫醒之后，我就像死了一样在地板上躺着。

约恩太太　鲍丽娜，别去想这些了。喝口酒吧！（倒了一小杯白兰地递给皮帕卡尔卡）昨天是我丈夫的生日，点心还有一些，你吃一点儿吧！

〔约恩太太拿出一盒蛋糕，给皮帕卡尔卡切了一块。〕

皮帕卡尔卡　约恩太太，我不想吃。

约恩太太　吃一点儿吧，这对你的身体有好处。鲍丽娜，看到你不光身体这么好，恢复得还很快，我真的很开心。

皮帕卡尔卡 约恩太太，我得去看一看他。

约恩太太 鲍丽娜，你想去看什么？

皮帕卡尔卡 要不是没有空，我很早就可以来了。我想看他，就来了。

〔约恩太太的脸色变得苍白，脸上的笑容没有了，原来那种唯唯诺诺也没有了，她的嘴唇开始微微颤抖并且紧紧闭着，一句话也不说。她站起来走到碗橱那里，把咖啡磨抓起来，狠劲儿向里扔了一把咖啡豆，然后走回来坐下，用两膝夹着咖啡磨，手里拿着摇柄。她狠狠地盯着皮帕卡尔卡，眼神里带着一种愤怒和敌视。〕

约恩太太 你想看什么啊？难道是现在想去看一看那个差点儿被你掐死的小可怜吗？

皮帕卡尔卡 你是在说我吗？

约恩太太 难道你还想耍赖？那我就去举报你。

皮帕卡尔卡 约恩太太，你一直在折磨我，都是因为你，我才饱受苦难。你总是让我不得安宁，一直到我在那间阁楼里的破烂儿堆里生下我的孩子。你让我还抱有一丝希望，你让那个家伙给我算命，给我看我的未婚夫还会不会回头，还去做那么多其他的事情，我真的要疯了！

约恩太太 你可真的是疯了，你已经彻底疯了！我可没有摧残过你。当时在那个暴风雪下的阴沟里，是我把你救出来并抱回了家，你还记得当时你是什么样子吗？你是那样绝望地看着一个在点着煤气路灯的老头儿。我真是感觉你是一个不知回报的人。我的确是在跟着你，但我是为了你好，我是为了防止警察或者小偷把你带走。我之所以一直在折磨着你，就是为了防止你有身孕还去跳河。（模仿着皮帕卡尔卡的语气）"约恩太太，我要去跳护城河。我要用别针扎死或者掐死这个孩子，之后我会到那个酒吧里去，就是那个流氓弹七弦琴的地方，我会当着所有人的面把孩子扔在他的面前。"这就是你曾经说的话。那时我每天都陪在你身边，甚至陪你到半夜。就算是把你送到床上，我依旧还是在安慰你，我一直等到你睡着了之后才离开。当所有的教堂的钟都敲响之后，你才会睡醒。我的确是一直在威胁你，但我是为了让你抱有希望，让你安静地生活。你是不是早就把这些抛诸脑后了？

皮帕卡尔卡 约恩太太，可他是我的孩子啊！

约恩太太 你可以把他从护城河里捞出来啊！

〔皮帕卡尔卡突然站起身来，一直在屋里来回踱步，手里不停地拿起东西又放下。〕

皮帕卡尔卡 可以看看我的孩子吗？

约恩太太 你可以跳到水里去找他，我不会拦着你的，那样你就能见到他了。

皮帕卡尔卡 在我亲眼看见我的孩子之前，我是绝对不会离开这里的。就算你打我骂我，或者往我脸上扔脸盆，我也会忍的。

约恩太太 （安慰的语气）我已经让别人来抚养他了。

皮帕卡尔卡 你在胡说八道！他就在这个木板房里，他呷嘴的声音我都能听到。（木板墙后传来了婴儿的哭声。皮帕卡尔卡哭喊着冲到那里）宝贝，别哭！妈妈来找你了！（约恩太太飞快地跑到门前拦住皮帕卡尔卡，皮帕卡尔卡近乎绝望地哭泣着，她的拳头不停地挥舞）我要进去看我的孩子，让我进去！

约恩太太 （面无表情，非常可怕）姑娘，你看着我！你认为你要和我开玩笑吗？（皮帕卡尔卡一直在哭，跌坐下来）你继续哭吧！

就算喊破喉咙也没用。如果你进去了，那么不是你死就是我亡！那么孩子也会跟着一起死去！

皮帕卡尔卡 （非常生气，站起身来）那咱们就等着瞧！

约恩太太 （又变得很淡然）鲍丽娜，我们之间的事情早就解决了。孩子现在非常安全，你不需要担心。如果你带着孩子的话，根本无法生活！比起听着孩子的哭声，担心他的安危，我认为你更应该去找你的未婚夫并做一些有用的事。

皮帕卡尔卡 没错！的确是这样！他必须娶我！每个人……基尔巴克太太给我看病的时候也是这么说的。我绝不妥协，他必须娶我。户口登记处的人也帮我出谋划策。我和他说过自己的处境，可他生气地告诉我，他是不会做出任何让步的。他说我是一个特别可怜的人，他还从钱包里拿出一个塔勒零两个格罗申给我。既然你这么不想让我进去，那我就如你所愿。其实我今天来就是告诉你明天下午五点钟会有人来。因为区里派来一个保育员来观察一下孩子们的情况。不管怎样，明天我还会再来的！

约恩太太 （很惊讶）你说什么？你已经去过户口登记处了？

皮帕卡尔卡 当然了，我可不想去监狱。

约恩太太 你在那里说了些什么？

皮帕卡尔卡 我只是说我生了个男孩子，其他的我根本没说，当时我的脸变得很红，恨不得马上离开那个地方。

约恩太太 姑娘，你这么害羞，为什么还要去那里呢？

皮帕卡尔卡 当然是我的房东了。还有就是基尔巴克太太总是让我去。当时就是她领我去的。

约恩太太 那你的意思是户口登记处的人都知道了？

皮帕卡尔卡 他们当然全都知道了。

约恩太太　我可是经常提醒你啊……

皮帕卡尔卡　我必须去报告！我可不想去普洛岑湖的监狱。

约恩太太　我和你说过了，我去报户口！

皮帕卡尔卡　我已经问过那里的人了，他们说没有人去申报过。

约恩太太　你是怎么样申报的？

皮帕卡尔卡　我就说我的孩子叫阿洛依斯·特奥菲尔，现在正由约恩太太抚养。

约恩太太　那么明天就会有人来了？

皮帕卡尔卡　应该是委托监护处的一个先生来这里。你一定要冷静，千万别冲动。刚才你可真吓到我了。

约恩太太　（心神不定）没错，事情已经发展成这样了，无力回天。

皮帕卡尔卡　反正都已经这个样子了，我可以去看一看我的孩子吗，约恩太太？

约恩太太　鲍丽娜，今天不可以，你还是明天再看吧。

皮帕卡尔卡　为什么不能今天！

约恩太太　因为今天他有点儿不舒服。还是明天吧！下午五点钟好吗？

皮帕卡尔卡　房东太太跟我说，命令上说明天下午五点会有一个城里来的先生到这里视察。

约恩太太　（把皮帕卡尔卡推向门外，自己也一同向门外走。声音毫无生气）那好吧，来就来吧！

〔约恩太太在走廊里站了一会儿就回到了屋里。她眼神暗淡无光，神志不清。她赶忙向卧室里走，突然又停下了脚步思考，然后又停止思考赶去窗台，转过身之后又感觉到了茫然无措。她如同一个病人，慢吞吞地走到桌子旁坐下，用双手托住自己的腮，目光呆滞地望着

塞尔玛·克诺伯上场。〕

塞尔玛 约恩太太，我的妈妈正在睡觉，我现在非常饿，给我一块面包吃好吗？（约恩太太很疲惫地站起来，木然地从一个大面包上切下一块。塞尔玛感觉约恩太太有点儿不正常）约恩太太，您这是怎么了？小心别伤到手！

约恩太太 （大喘气，慢慢地语气变得有点儿生硬，手里的面包和刀掉落在桌子上）恐惧和担心！你懂吗？（一直在发抖。找一根能支撑住她的东西）

第三幕

场景和第一幕一样。煤油灯持续燃烧着，在过道里有着很淡的光。

哈森罗伊特正在给施皮塔、克格尔博士和凯弗尔施坦上戏剧课，这三个人在认真听讲。他坐在桌子旁边看信，同时还用裁纸刀在桌子上打节拍。克格尔和凯弗尔施坦在他的对面，施皮塔站在另一边，就成为《墨西拿的新娘》的两支合唱队。在三个人的脚底下有一个很像棋盘的大方框，里面又分了六十四个小格。在斜面桌旁的账簿上坐着瓦尔布尔迦，她手里正翻阅着一本大账簿。这幢房子的管理员兼二房东克瓦夸罗在他们身后，他是一个身材矮小的男人，看起来有40多岁。他是一个流动马戏班的班主兼主要演员，说话一直带着喉音，声音很尖锐。他外面套着一件薄外衣，里面是一件整洁的衬衣，没有扣扣子，手里拿着帽子。

克格尔博士和凯弗尔施坦 （满含深情，激动）

我心怀敬意向你致敬，

这个殿堂充满光辉，

这是一个摇篮，

让我的君主成长的摇篮，

富丽堂皇的宫殿用圆柱支撑着。

剑鞘里的宝剑……

哈森罗伊特 （生气地大喊）停！请你注意句号和停顿！这不是八音盒！《墨西拿的新娘》可不是八音盒里的曲子！"我心怀敬意向你致敬"，先生们，请重来一遍。"我心怀敬意向你致敬，这个殿堂充满光辉！"应该这样说。"剑鞘里的宝剑等待着苏醒！"注意停顿！"富丽堂皇的宫殿"，注意停顿！先生们，继续唱下去！

克格尔博士和凯弗尔施坦

剑鞘里的宝剑

等待着苏醒，

那凶狠的蛇发女妖，

被困在了大门前。

原因就是……

哈森罗伊特 （很粗鲁暴躁）停！先生们，你们知道什么是停顿吗？你们根本不了解基本知识。"那凶狠的蛇发女妖"，注意停顿！一定要干净利落！停顿的时候一定要十分安静，就好像世界万物都不存在，就连自己也不存在了。之后再用自己的胸腔发出最震撼人的声音！就请看在上帝的分上，不要发出像蚊子一样的声音！"原因就是……"继续吧！

克格尔博士和凯弗尔施坦

因为复仇女神的儿子

他用光荣的誓言坚守着

你那不容亵渎的门槛……

哈森罗伊特 （跳起来，大声喊，来回踱步）誓言！誓言！凯弗尔施坦，你们知道什么是誓言吗？"誓言坚守着""复仇女神的儿子"，复仇女神的儿子发出了誓言，克格尔博士！声音大一点儿，明白吗？你们的声音要让最后一排的观众浑身起鸡皮疙瘩。"因为复仇女神的儿子他用光荣的誓言！——坚守着……"地狱之神里最令人恐惧的就是复仇女神的儿子！继续吧！但是你们一定要牢记，誓言可是非常庄重的，这和慕尼黑人喝啤酒时吃的小萝卜根本不同！

施皮塔 （朗诵）

我感到自己的胸膛里的心在燃烧着……

哈森罗伊特 停一下！（跑到施皮塔的面前，把他的手臂和腿全部弄弯曲，以此来得到一个比较称心如意的悲剧姿势）施皮塔，你的姿势错了。一个悲剧人物的高尚在你这里根本得不到体现。你并没有按照刚才我所说的把右脚从ＩＤ移到ⅡＣ。咱们现在停止一会儿，因为克瓦夸罗正在等着呢。（对克瓦夸罗）二房东先生，现在我可以为您服务了。因为在我清查阁楼上的物品的时候，我发现有几只装服装的箱子被人偷了，所以我就请您前来。在我报警之前，我还是想听一听您的看法。不光如此，丢失的衣箱还没有找到，却在阁楼的另一个地方发现了一些很奇怪的东西……这使我非常震惊。一条非常破旧的蓝色条纹的鸭绒被，还有一块形状很奇怪的碎片，我感觉已经可以让德国的著名医生维尔霍夫来看看了。

克瓦夸罗 经理先生，请允许我上去看一看。

哈森罗伊特 去吧！比我更加不安的约恩太太也在上面呢。这三位先生都是我的学生，他们根本不相信阁楼上发生过可怕的事情。为了避免大家都会知道这件事，咱们还是要保密。

凯弗尔施坦 我母亲的裁缝店里丢了东西的时候，其他人都会说可能是老鼠的缘故。阁楼里的老鼠的确很多，我差一点儿就踩到一只老鼠。那些箱子和戏装没有被老鼠吃掉，难道老鼠不知道丝绸的味道很美吗？

哈森罗伊特 真有趣！凯弗尔施坦，裁缝店里发生的奇闻趣事真是太有趣了。哈哈哈！你还没给我们讲那个鬼故事呢，按照你的想法，当这里还是骑兵营房的时候，骑兵索尔根弗赖穿着马靴、拿着马刀在这里上吊了。你是不是怀疑是他偷的这些东西？

凯弗尔施坦 经理先生，您可以看一看他当时吊死的那根钉子。

克瓦夸罗 这幢房子里的人都说索尔根弗赖在这里吊死了。

凯弗尔施坦 他在大白天就把头伸出天窗向下面的人行军礼，这些都是院子里木匠的老婆和二楼的女裁缝亲眼看到的。

克瓦夸罗 听说他之所以寻短见，是因为下级军官辱骂他，并且还和他开了一个狠毒的玩笑。

哈森罗伊特 哈哈哈！这是虐待士兵的鬼故事！但是我认为这两件事毫不相关。我敢肯定在我去阿尔萨斯办事的十一二天里发生了盗窃案。希望您仔细看一遍，然后告诉我结果。（把身子转过去，面对着他的学生。克瓦夸罗爬上梯子后，阁楼里便看不到他的身影了）施皮塔，你继续念台词吧。

施皮塔 （就像一潭死水似的）
我感到自己的胸膛里的心在燃烧着，
我握紧双拳准备战斗，
看到了美杜莎令人憎恨的脑袋，
那是我的敌人，
身上流着沸腾的血。
我应该去劝解他，
还是将自己的愤怒向他发泄？

我害怕欧墨尼德①的报复，

保护这片土地的神灵，

维护着和平的神啊。

哈森罗伊特　（用手托着腮坐在桌子旁，很认真地听着。施皮塔朗诵了一会儿之后突然清醒）施皮塔，结束了吗？我可要好好谢谢你！亲爱的施皮塔，现在的我感觉特别为难，一方面我可能会阿谀奉承，说你朗诵得特别好，但这是谎言；也许我会对你说，你的朗诵特别差，如果是这样的话，咱俩就一定会吵起来的！

施皮塔　（惊慌失措）您说得很正确！我很讨厌虚伪、装模作样的语气。也正是因为这样，所以我离开神学院，原因就是我感觉那里的人的语气让人恶心。

哈森罗伊特　你这种表演就像是法院里的书记官宣读审讯记录，也像饭店里的服务员报菜单一样。

施皮塔　对于《墨西拿的新娘》这样的戏，我并不是很喜欢。

哈森罗伊特　亲爱的施皮塔，请你再说一遍！

施皮塔　经理先生，这些根本无法改变。对于戏剧艺术的理解，咱们之间有太多的不同。

哈森罗伊特　天啊！你也太高傲了！请你原谅！但你是我的学生，并不是我的家庭教师！你这个什么都不懂的人，不要在这里聊这些东西。你妄想去谈论席勒，弗里德里希·席勒。我已经不止一次告诉过你这件事了，你的艺术观根本就是肤浅、毫无意义的！

施皮塔　只有事实才能证明这一切！

哈森罗伊特　从你张嘴的时候就已经证明了。你完全不认同朗诵艺术，你把那些严肃的词像是念成了市场上的吆喝。那些戏剧的

———————

① 希腊神话里的复仇三女神之一。

情节在你看来都是胡编乱造的。你也蔑视戏剧中的正义、罪恶和惩罚。不管怎么说，你的理智如此高贵，正是你的高贵理智将全世界的道德所否定。人类的高尚情怀你根本不懂。就在不久前，你还口口声声地说一个剃头匠或者穆克大街的扫街妇，他们都可能像麦克白夫人和李尔王一样成为悲剧人物！

施皮塔　（脸色变得很苍白，拿下眼镜擦拭）经理先生，在艺术和法律面前每个人都是平等的。

哈森罗伊特　是这个样子吗？你是从哪儿学来的这些话？

施皮塔　这是我生活的标准。也许我的看法与席勒、古斯塔夫·弗莱塔克有不同的地方，但是与莱辛、狄德罗一样。我在过去的两个学期里认真读了这两位大师的作品，我感觉他们完全把矫揉造作的法国假古典主义打败了。古典主义的戏剧艺术和歌德后期作品中对演员做的各种愚蠢的限制，这些都是一些流言蜚语。

哈森罗伊特　原来是这样！

施皮塔　我们要以青年席勒、青年歌德，尤其是戈特霍尔德·埃夫莱姆·莱辛为榜样，他们的很多话都将艺术赋予新的活力，同时更加适用于多姿多彩的生活。这就是德国戏剧要复兴的条件。

哈森罗伊特　瓦尔布尔迦，我感觉我应该和施皮塔先生调换一下。施皮塔先生，你是否还想继续扮演家庭教师的角色？你和瓦尔布尔迦一起去图书室吧！如果年轻人开始变得自大，那么我们就会像蚂蚁一样被压在山底下。

施皮塔　您并不一定就能把我的言论推翻。

哈森罗伊特　年轻人，我大半辈子都在舞台上饰演各种角色，还曾经在皇家图书馆花了两个学期的时间研读各种书籍，到现在年过半百，头发花白！我跟你说，一直以来我秉持的艺术信念就是歌德制定的演员规则。如果你对此不赞同，你还是另请高明吧！

施皮塔 （斩钉截铁地）在我看来，那些规则早已是老掉牙的陈词滥调，并且与歌德的本性根本就完全不符。他甚至提出，无论扮演什么角色，演员——这是他的原话——都必须做出一种吃人的表情，下面依然是他的原话，唯有如此，才能让观众马上意识到欣赏的是一出高尚的悲剧。

〔凯弗尔施坦和克格尔马上尽力在脸上表现出一副吃人的表情。〕

哈森罗伊特 亲爱的施皮塔，把你的笔记本拿出来吧，在上面写：哈森罗伊特经理是一头蠢驴！席勒、歌德都是蠢驴！对了，亚里士多德也是！（发出一阵狂笑）哈哈哈哈！这个世界上只有施皮塔一个人是绝世天才！

施皮塔 经理先生，您的情绪又重新好起来了，真是太棒了。

哈森罗伊特 没有，我的上帝呀，我的情绪糟糕得很！我们这个时代总有你这样的一些病态的年轻人。不要太过自大！你就像是一只老鼠！正是因为这些老鼠在政治领域的存在，我们新近才完成一统的伟大的德意志帝国正在逐渐走向毁灭！这些老鼠毁掉了我们千辛万苦才获得的成果！现在，在德国的艺术领域里，也同样老鼠泛滥，理想主义的根基正在被这些老鼠一点儿一点儿地啃食！它们正在把王冠慢慢地拖入烂泥，变得肮脏。变得肮脏，和你们一起逐渐变得肮脏。

〔凯弗尔施坦和克格尔一直想绷着脸，却失败了，哈哈大笑起来，哈森罗伊特也被逗得笑了起来。瓦尔布尔迦则惊讶地瞪大了自己的眼睛。只有施皮塔依然一副庄重肃穆的表情。

这时约恩太太从阁楼的梯子上走了下来，二房东克瓦夸罗紧紧地跟在后面。〕

哈森罗伊特 （看到了约恩太太，抬起双臂指着她，一副有重大发现的样子）施皮塔，看，你的悲剧主人公过来了！

约恩太太 （诧异地看着哈森罗伊特、克格尔和凯弗尔施塔在一边大笑，走了过来）经理先生，我到底怎么啦？

哈森罗伊特 约恩太太，真是棒极了！您真的应该感谢上帝，您那平静祥和、与世无争的生活让您做不了悲剧主人公！您能不能跟我说说，您有看见鬼吗？

约恩太太 （脸色有些发白，一副极不自然的表情）哎哟，说这些做什么呀？

哈森罗伊特 您在阁楼上难道没有看见那个自杀的士兵索尔根弗赖？他到另一个花花世界去快活了。

约恩太太 如果看到一个活人，恐怕我真的有些害怕呢。不过死人，倒真没什么可怕的。

哈森罗伊特 克瓦夸罗先生，究竟是什么样的情况？在阁楼上有什么发现吗？

克瓦夸罗 （手上提着一只瑞典马靴）我仔仔细细地检查了一遍，倒是能够完全肯定一点儿，曾经有过无家可归的流浪者在阁楼上过夜，不过我还没有想明白他们是如何进来的。此外，在这只靴子里我倒是找到了一件东西。（一边说一边把手伸进靴子里，取出一个还有半瓶奶的橡皮嘴奶瓶。）

约恩太太 这没什么奇怪的，我曾经带着小阿达尔贝特在阁楼上打扫卫生。丢东西的事情和我没有任何关系！

哈森罗伊特 约恩太太，我也没说丢东西的事情和您有关呀。

约恩太太 阿达尔贝特出生之时……还有，阿达尔贝特临终之时……他都可以证明我是一个好母亲……现在恐怕我得离开了。经理先生……我要离开这里一段时间，大概两三天。再见！我想让孩子的姑姑、姑父看看阿达尔贝特，我想换换空气来呼吸。

〔她一瘸一拐地走下。〕

哈森罗伊特　她都胡言乱语了些什么？

克瓦夸罗　她生下第一个孩子，身体上就松掉了一个螺丝钉，那个孩子后来夭折了。自从她生下第二个孩子，她的身上又松掉一颗螺丝钉。不过，比起以前，她倒是更精于算计了，她用她的积蓄放起了高利贷。

哈森罗伊特　那我失窃之事怎么处理呢？

克瓦夸罗　首先得找到有嫌疑之人。

哈森罗伊特　克瓦夸罗先生，您的意思是说，他就在这栋房子里？

克瓦夸罗　很有可能。我看，现在也是时候完全清查一番这栋房子了。那个寡妇克诺伯的历史并不光彩，不能让她在这里待着了！还有在西头住着的那帮家伙，警局的希尔克告诉我说有几个不法之徒混在他们中间，过不了多久警察就会来收拾他们了。

哈森罗伊特　这栋房子里还有一个合唱团，虽然我不知道他们住在哪里，但是好几次都听到他们在演唱，歌声还挺美妙："德意志，德意志，你是最崇高的""你在哪里？在那美丽的大森林""在青山绿水之间"，还有别的一些什么歌词。

克瓦夸罗　对了，对了。就是他们，肯定是！这帮家伙确实歌唱得不错！有句话怎么说来着，有歌声的地方一定就有鸟儿。我不能告诉您他们的名字。有一次我牵着我那条叫"王子"的猎狗，就悄悄地靠近他们周围了。经理先生，有事情您随时报警。

〔克瓦夸罗下。〕

哈森罗伊特　他那满含自信的目光，他那掩藏杀机的话语，他那紧握的拳头，无疑在说有人要倒霉。在梦里没有见到这个人，那可真是一种幸运。梦见他的人，怕是要大喊救命了。这可真是一个让人恶心讨厌的家伙。可是没有他的话，收回这个破旧营房的房租就会十分艰难，军队的收入可就少了这一笔了。（响起了门铃声）原来是阿丽丝·吕特布什小姐，这个机灵的小傻瓜！我正在担心斯特拉斯堡的父母官会不会和我签合同呢。上帝帮助我成为那里的剧院经理，我的第一个行动就是和她的交涉。瓦尔布尔迦、施皮塔，你们快上阁楼！去仔细查看一下那六个贴着"记者"标签的箱子，我们要尽快收拾好行李！（对着凯弗尔施坦和克格尔）你们两个还是去图书室暂时待会儿吧！（小跑着去打开房门。瓦尔布尔迦和施皮塔很快从阁楼里消失了，凯弗尔施坦和克格尔进入了图书室。哈森罗伊特在幕后喊）我尊敬的先生，请进来吧！请千万见谅，先生，我原本在等一位女士，年轻漂亮的女士……不过没关系没关系，请进来吧！

〔哈森罗伊特和施皮塔牧师上。施皮塔牧师大概六十来岁，无论是相貌还是举止看上去都像是个农民。尽管他是个乡村牧师，但给人的第一印象又有点儿像一个小地主或土地测量员。他有着粗壮的身子，短粗的脖子，眼镜后面是一张扁平的方脸，总是透着一脸的虔诚，头上戴着一顶宽边软帽，一件粗呢子大衣随意地搭在手上，还握着一根手杖。看上去他是随时准备遇上坏天气，他穿着的粗笨的靴子和衣着毫不掩饰这一点。〕

施皮塔牧师　经理先生，您知道我是谁，对吧？

哈森罗伊特　我并不能十分确定，不过……

施皮塔牧师　经理先生，其实您大可以直说！我是施皮塔牧师，来自乌克马克地区施沃依茨村。艾里希·施皮塔，是我的儿子，他好像在您这里担任家庭教师还是其他什么工作。没错，艾里希·施皮塔，我的儿子，我很是为他担心。

哈森罗伊特　首先我表示认识您非常高兴。其次我想要跟您说，对于您的儿子艾里希改变职业的事情，您大可以不必过分担忧。

施皮塔牧师　啊，我太担忧了！（在一张椅子上坐下，满怀好奇的目光一直在观察这个奇怪的房间）我很难跟您清楚地表达，很难说得明白，我是多么的担忧啊。尊敬的先生，我可不可以问个问题？我好像置身于一个军械库之中。（一边说一边用手杖触碰了旁边一个纸糊的武士）这个是什么？

哈森罗伊特　这个是古代的重骑兵。

施皮塔牧师　啊，什么，这和我想象中的席勒完全不同！（平静了一下）哎呀，这个柏林！我完全不知所以了！经理先生，您看看我，简直是快要忧虑致死了，不仅柏林这个所多玛①让我心烦意乱，我儿子的行动也让我焦虑得无以复加啊。

哈森罗伊特　你儿子的什么行动？

施皮塔牧师　这个问题您来问我？一个正直之人的儿子和……一个演员！

哈森罗伊特　（表情肃穆，态度庄重）先生，对于您儿子的决定，我也并不赞同。不过就我本人来说，是正直之人，也是正直之人的儿子，谁若心怀不轨谁就是无赖。我是一个有身份的人……我的确当过演员，就在六个星期前，我还出现在雷瑟堡的路德戏剧节上，不仅是一个演员，而且作为一位导演出现在这个世界上最重要的舞台上。我是一位文化战士，我以我的人格和市民荣誉担保，至少在我看来，我不需要为您儿子的任何决定来负责。这本来就不是一个容易的职业，也需要有特殊的天分。尤其是对于那些缺乏坚定意志

————————
① 《圣经》里的一个城市，里面的居民都罪大恶极，最后上帝毁灭了它。

的人，这份职业更是充满艰辛。我自己就已经饱尝各种坎坷，所以也常常跟别人说不要涉足这一行。如果是我的女儿跟我说她们想做演员，我恨不得一耳光抽在她们脸上。如果她们说想要成为演员的妻子，我想我宁愿在她们身上绑块石头，让她们沉入深深的海底。

施皮塔牧师　非常抱歉，我本无意来伤害任何人的感情。作为一个平凡的、没有太多奢望的乡村牧师，我承认我对这些几乎一无所知，可是我也请您从一个父亲的角度想一想，我省吃俭用攒下每一分钱，让我的儿子读到大学，不久他就可以通过考试毕业了，我和他的母亲——我的妻子现在还在病床上——一直在憧憬着他在某个教区第一次主持祈祷的那一刻。然而他给我们来了这样一封信，他是不是精神错乱了？

〔尽管施皮塔牧师的愤慨是发自内心的，但依然显得颇为过分，他从背心的口袋里拿出一封信，用剧烈颤抖的手将那封信交给哈森罗伊特，手的颤抖显得有些刻意了。〕

哈森罗伊特　年轻人总会不断尝试自己的人生之路，这并没什么值得过于担心的。尽管因此会让他们的生活有时陷入困境，但这也是很正常的。

施皮塔牧师　但这一次完全没必要让自己走入这样的困境。您仔细看看这封信，一个一直以来都顺从父母的孩子，他心灵的堕落究竟应该由谁负责？我真是后悔当初让他来到柏林。当然，我儿子犯下这样的错误，最应该负责的就是打着科学旗号的神学，他们与异教徒的哲学交织在一起，总是企图毁掉伟大的上帝和救世主在世人心中的美好形象。当然还有其他的一些诱惑，经理先生，很多事情我实在说不出口，甚至想到那些事情我都会面红耳赤，那些上流社会的舞会呀，那些提供特殊服务的女人啊，等等。我午夜十二点半在林登大街和弗里德里希大街散步的时候，有一次一个令人作呕的家伙凑在我的面前，用一副让人恶心的腔调问我要不要刺激，那个家伙甚至看起来还未成年！还有，在大街上那些橱窗里，一些半裸舞女和女演员，就站在一些伟大的高贵人物的肖像旁，所有的这些，都是不堪入目的淫秽！还有那些彩车游行时，上面站着一群袒胸露背、浓妆艳抹的堕落女人，甚至让很多规矩人都挤在一起观看！经理先生，这简直就是世界末日啊！

哈森罗伊特 牧师先生，这个世界不会走向末日，不管是那些公开的堕落还是夜间在大街上隐秘的罪恶，都不会让这个世界消亡。你和我，也包括所有人那些可笑荒唐的故事，都会一直存在下去。

施皮塔牧师 但是，就是这些坏榜样让年轻人变得堕落，误入歧途。

哈森罗伊特 牧师先生，我想跟您说的是，在您儿子身上我从没看到任何轻浮之事，他仅仅只是爱好文学。此外，他也不是我知道的第一个以牧师儿子的身份走上文学戏剧道路的人，莱辛和赫尔德他们都是如此。或许正是因为他对这方面的书籍接触很多，所以痴迷于此吧。只是，我稍微有些担心他在文学方面的某些看法。

施皮塔牧师 真是越发糟糕了，太可怕了，比我想象的更加可怕了！先生，今天我可真是大开眼界，我一共有八个儿女，艾里希身上承载着我最大的希望。他的二姐就是我们受到上帝最严厉的惩罚。现在看起来，艾里希和他二姐都是被这个邪恶的城市败坏了。那女孩子长得很漂亮，也很成熟，只是……我们说另外一件事吧。我在柏林已经待了三天，艾里希到现在都还没露面。今天我特意去了他住的地方，还是没有看见他。在那里我只待了片刻，顺手在他的东西中找到了这张照片。经理先生，您来看看！

〔他将艾里希的信放回背心口袋，从里边拿出一张照片，递给了哈森罗伊特。〕

哈森罗伊特　（接过照片，一会儿将照片凑在眼前，一会儿又将照片放在远处，仔细地端详了一番，露出一副吃惊的表情）这是？

施皮塔牧师　就是一个傻模傻样的小姑娘，您再看看照片的签名！

哈森罗伊特　签名在哪儿呢？

施皮塔牧师　（读出）"给最爱之人，爱你的瓦尔布尔迦。"

哈森罗伊特　那么，牧师先生，这件事您是怎么看的呢？

施皮塔牧师　要么就是一个低贱的饭店女侍者，要么就是一个浪荡的年轻女裁缝。

哈森罗伊特　（铁青着脸）哼！（将照片顺手放进了自己的口袋）牧师先生，这张照片我留下吧。

施皮塔牧师　看看吧，就是这样的环境带坏了我儿子。您站在我的角度，设身处地地想想吧：当我在祭坛上面对我教区的信徒们时，我该带着怎样的感情，我有什么脸去面对他们。

哈森罗伊特　该死，这关我什么事儿，牧师先生！您的教区、您的儿女、您儿女的堕落，跟我有什么关系？（掏出那张照片）还有，您居然认为这个美丽健康的女孩是饭店女侍者，也是无比荒谬的！对此我无话可说了，所有的事情让时间来告诉您吧，牧师先生！再见。

施皮塔牧师　实话实说，我不明白您说的是什么。或许这是您在您的圈子里习惯的说话语气吧。好啦，我走了，不再打扰您。作为一个父亲，我在上帝面前请求您，不要再让我那个离经叛道的儿子上戏剧课了，否则别怪我要强行制止了，那时候一切后果由您负责。

哈森罗伊特　牧师先生，除此之外，我会让他再也进不了我家门的。(将牧师送出家门，然后用力地把门关上，挥动着拳头大喊）真是莫名其妙！就好像遇到了尼安德特人①的入侵一样！(将阁楼的盖板猛地掀开）施皮塔、瓦尔布尔迦，给我下来！（瓦尔布尔迦和施皮塔从阁楼上走了下来。瓦尔布尔迦疑惑地看着哈森罗伊特）坐到帐篷那儿！您，亲爱的施皮塔，您打算做什么？

施皮塔 经理先生，让我们下来的是您。

哈森罗伊特 没错，看着我。

施皮塔 好吧。(注视着哈森罗伊特）

哈森罗伊特 我快被你们气死了！你们为什么不跟我实话实说！别说话，听着！我完全看错了你，没想到你是如此不懂得感恩之人！别想着还嘴，就在刚刚，一位焦虑万分的先生，就在这儿！快出去，跟上他，和他一起下楼！跟他说，我可不是让你们撒气的。

〔施皮塔耸了耸肩，拿起自己的帽子，下。〕

哈森罗伊特 (愤怒地走到瓦尔布尔迦的前面，伸手揪住瓦尔布尔迦的耳朵）而你，我亲爱的女儿，你要是再敢偷偷地和这个不成器的神学家说一个字，你就准备好吃耳光吧！

瓦尔布尔迦 哎哟，爸爸，哎哟！

哈森罗伊特 这个混蛋，看起来老实本分，一副傻头傻脑的样子，没想到外表下面居然有一颗狡黠无耻的心！真是太不应该让这种人跨入我们家大门！我们可是本分规矩的家庭，难道你也想如同那个混蛋的姐姐那样让父母丢尽脸面，最后自己身败名裂吗？

瓦尔布尔迦 爸爸，我并不同意您对艾里希的看法。

哈森罗伊特 什么，无论如何，丑话说在前边，你没有讨价还价的余地！要么你跟他彻底分手，要么你就从这个家里滚出去，去

①古人类的名称。

过那种毫无廉耻、低贱下流的生活吧！如果你固执已见，那就马上出去！我没有你这样的女儿！

瓦尔布尔迦　（面色惨淡，十分忧伤）爸爸，您常常跟我说，您从未依靠父母，是独立闯出自己的路的。

哈森罗伊特　但是你是女孩。

瓦尔布尔迦　没错我是女孩，可是您想一想阿丽丝·吕特布什。

〔父女二人对视着。〕

哈森罗伊特　你说什么？你是不是糊涂了？你是不是精神错乱了？（他来到图书室的门口，使劲地敲打着图书室的门，显然他是想转移视线。克格尔和凯弗尔施坦从图书室中走了出来）从我们刚才排练到的地方，继续！

克格尔和凯弗尔施坦　（朗诵）

老年人当沉着冷静，

聪明人当礼貌为先，

我的理智跟我说，

要首先致以他问候。

〔施皮塔、皮帕卡尔卡和基尔巴克太太上，皮帕卡尔卡穿着一件平常的衣服，基尔巴克太太怀抱一个婴儿。〕

哈森罗伊特　您这是要干什么？怎么带这些女人到这里来？

施皮塔　经理先生，不是我要这样做，是她们两位一定要来拜访您。

基尔巴克太太　不是，我们只是想来这里找到泥瓦匠约恩的妻子。

皮帕卡尔卡　约恩太太不是常常在这里工作吗？

哈森罗伊特　没错！不过很抱歉地告诉你们，关于她的私人会面，我不希望在这里进行，难道不应该在她楼下自己的家中吗？

不然的话我得在这个门口装上一台自动射击装置或者设置一个陷阱了。施皮塔，你是怎么回事？我请你帮帮忙，将这两位女士领到楼下去。

皮帕卡尔卡　约恩太太好像没有在楼下她自己的家中。

哈森罗伊特　但是她也没有在这里呀。

基尔巴克太太　这位大姐想让泥瓦匠约恩的老婆帮她喂养、照顾她的小儿子。

哈森罗伊特　那真是太棒了！真是太有趣了！凯弗尔施坦，你能救救我吗？

基尔巴克太太　一位城里保育院的先生，想知道这个孩子的具体情况，看看他是否得到了很好的照顾。我和他一起到楼下约恩太太的家里，看到了孩子，旁边还留有一张纸条，上面写着：约恩太太正在楼上工作。

哈森罗伊特　孩子是谁在照顾呢？

基尔巴克太太　是泥瓦匠约恩的老婆。

哈森罗伊特　（一副极不耐烦的神情）事情根本就不是这样的。你赶快跟着那位可笑的先生下楼去吧，施皮塔，我没有让你带这些女人来给我添乱！

施皮塔　我也一直在找那位先生，但是一直也没有找到。

哈森罗伊特　他们两个似乎很怀疑我说的话，那么你跟他们说，约恩太太从来没有领养过任何孩子，我想他们一定是弄错了。

凯弗尔施坦　两位女士，我奉命来跟你们说，你们一定弄错了！

皮帕卡尔卡　（眼睛通红，言辞激烈）就是她，就是她收养了我的孩子！那位城里来的先生说，孩子被坏人带走了，受尽了折磨。就是她害了我的孩子。

哈森罗伊特　年轻的太太，我想你一定是弄错了。你口中所说的约恩太太确实没有收养过任何孩子。

皮帕卡尔卡　是她，是她带走了我的孩子，还不好好照顾，让他受尽折磨！我要见约恩太太，我要亲口告诉她！那位先生说，让我去法院，控诉她，她得去法院。

哈森罗伊特　太太，您一定要冷静一点儿，不要激动。实际上，您确实弄错了，您为什么认为这个孩子是她收养的呢？

皮帕卡尔卡　因为是我亲手将孩子交给她的。

哈森罗伊特　约恩太太有一个自己的孩子，那可是她生的啊。对了，我想起来了，她说要带着那个孩子去拜访孩子的姑姑。

皮帕卡尔卡　不对，她没有孩子，她没有孩子！我要去报警，她是个骗子，她撒谎！约恩太太没有孩子，她毁了我的小阿洛依斯。

哈森罗伊特　上帝啊！年轻的太太，您一定是弄错了。

皮帕卡尔卡　没有人相信我有自己的孩子，就连我的未婚夫也认为是我欺骗了他，他在信中说我是一个说谎的女人（伸手摸了摸基尔巴克太太怀中抱着的孩子）他是我的孩子，我可以向上帝发誓，我可以向圣母玛利亚发誓！

哈森罗伊特　让我仔细看一下这个孩子！（皮帕卡尔卡将裹在孩子身上的被单轻轻掀开，哈森罗伊特仔细地打量了婴儿一番）哼！我相信事情很快就会真相大白！对于约恩太太我十分了解，如果这个孩子真是她收养的，绝不会让孩子变成这样！原因很简单，只要说到孩子，约恩太太的心就像水一样温柔。

皮帕卡尔卡　我什么都不想说，我只想当面见到约恩太太。除非在法庭上，我不想跟任何人说事情的真实经过，我不想去说这件事情发生的时间、地点、孩子出生的具体信息。上天啊，发发慈悲吧，你们必须相信我。

哈森罗伊特 太太，如果我理解得没错的话，您是说约恩太太没有自己的亲生孩子，那个孩子是您让她抚养的。

皮帕卡尔卡 没错，如果我说谎的话，就天打雷劈。

哈森罗伊特 上帝可千万别把这话信以为真。您是说这个孩子就是您的孩子吗？跟您实话实说，我是哈森罗伊特经理，约恩太太是我的清洁女工，我有好几次抱过她的孩子，还曾经将那个孩子放在秤上称过。那个孩子至少有八磅重，可是眼前的这个可怜虫最多也只有一公斤。所以显而易见，我确信这并不是约恩太太的孩子。至于您说他是您的孩子，也许吧，至少我不会怀疑。但是我想说的是，我见过的约恩太太的孩子，绝对不是眼前的这个小家伙。

基尔巴克太太 （充满敬意地）对，没错，是这样的，这不是那个孩子。

皮帕卡尔卡 他们是同一个孩子，只是没有足够的营养让他发育，他才瘦成了这样！一定没错，我发誓这就是那个孩子。

哈森罗伊特 这样我就无能为力了。（对他的学生们）先生们，看来今天的课是无法上下去了！我总有一种感觉，今天的事有太多疑点。（对两个女人）或许你们根本就是认错了门。

基尔巴克太太 这位太太和那位城里保育院的先生是跟我一起过来的，我们在屋子里看到了这个孩子，那间屋子的门口有一个牌子上面写着约恩太太。当时恰好她不在，而泥瓦匠约恩去了阿尔托纳干活儿了。

〔警察希尔克神情悠然地，慢慢地走了过来〕

哈森罗伊特 嗨，希尔克先生！您到这儿来有什么事儿吗？

希尔克 经理先生，听说这里有两个女人逃过来了。

哈森罗伊特 这里确实有两个女人，怎么，她们是逃来的？

基尔巴克太太 我们可没有逃。

哈森罗伊特 他们是来找我的女清洁工的。

希尔克 我想问她们几个问题。

哈森罗伊特 您请随意。

皮帕卡尔卡 让他随便问吧，这样倒免去很多麻烦。

希尔克 （对基尔巴克太太）请问您怎么称呼？

基尔巴克太太 我是基尔巴克太太。

希尔克 您是乡保育院的吧？请问您住在哪里？

基尔巴克太太 我住在利尼恩街9号。

希尔克 您怀中抱着的孩子是您的吗？

基尔巴克太太 他是这位大姐的孩子。

希尔克 （对皮帕卡尔卡）您怎么称呼？

皮帕卡尔卡 鲍丽娜·皮帕卡尔卡，来自斯科尔泽尼亚。

希尔克 基尔巴克太太说，她怀中的是您的孩子，是这样吗？

皮帕卡尔卡 警察先生，我衷心地希望得到您的帮助，因为我被人毫无理由地怀疑了。我和城里保育院的先生一起，在约恩太太的房间里发现了我的孩子，我的孩子一直在她那里抚养……

希尔克 （目光锐利）也许您抱走孩子的房间是对面饭店老板的寡妇克诺伯的吧！您抱走这个孩子究竟是怎样的目的？是不是有人收买了您，让您来到这儿的？您到底藏着什么样的心？抱着孩子跑到这上面来，是不是担心克诺伯太太发现孩子丢失了就会到处寻找？是不是因为警察局就在斜对面？

皮帕卡尔卡 我为什么要害怕警察局呢？

哈森罗伊特 我的好太太，您的谎言正在被逐渐揭穿！还需要说得更明白吗？您一直说，约恩太太没有自己的亲生孩子，您一直说您在约恩太太的房间里找到了您的亲生儿子，而您一直将儿子放在约恩太太那里！可是约恩太太的孩子，我们大家都认识，明白吗？并不是您抱走的这一个。实话实说，您的口中没有讲出任何有说服力的话！希尔克先生，如果您能将两位女士从我这里带走，我对你万分感激，这样我就能够继续给孩子们上课了。

希尔克　好，那我们就去克诺伯那里，看能不能进一步澄清事实，看看这个孩子是不是克诺伯丢失的那个。

皮帕卡尔卡　不是我偷走孩子的，是约恩太太她抢走了我的孩子。

希尔克　好了！（对哈森罗伊特）据说，这个孩子的父亲身上流有贵族的血。克诺伯太太觉得，肯定是有仇人在要什么阴谋诡计，让她失去自己应得的年金，并且否认她丈夫曾经在军官学校受训过。（房门被剧烈地拍打着）一定是克诺伯太太过来了。

哈森罗伊特　希尔克先生，对此您是不是应该做点什么？如果总是有人不分青红皂白闯进来让我受到任何损失，恐怕我要去找警察局长了，马达依先生也是我很好的朋友。别担心，孩子们，你们可以为我做证。

希尔克　（走到门的旁边喊道）在外面给我待着！谁都不许进来！

〔一个小流氓的怪叫声传进来。〕

皮帕卡尔卡　就让他们尽情地叫吧，只要别碰到我的孩子就好。

哈森罗伊特　你们到图书室去更好一些吧！（皮帕卡尔卡和基尔巴克太太抱着孩子走进了图书室）好了，希尔克先生，让那个女人进来吧。

希尔克　（打开屋门）克诺伯太太，您自己进来吧！其他人全部给我在外面待着!

〔西多妮·克诺伯太太走了进来,她个子高挑,身材消瘦,身上穿着一件时髦的夏装,但是已经十分破旧了。一副街头浪荡女人的神态在她脸上显露无疑,但是浑身又散发着一种贵妇人的风度,总是在提醒别人她有很好的出身。她总是一副装腔作势的语气,从她的眼睛里很明显地可以看到酒精和吗啡被使用过的痕迹。〕

克诺伯太太 (神气地走进屋子,站在屋子正中)经理先生,您不用担心。您知道的,我一向喜欢孩子,因此一些小男孩和小姑娘就跟着我过来了。很抱歉我打扰了您!因为有个孩子跟我说,两个女人抱着我的孩子跑到楼上躲起来了。我在四处寻找我儿子,我儿子叫赫尔弗哥特·贡多弗里德,我不是要来您这里找麻烦,因为他在我家里丢失了。

希尔克 我建议您最好不要这样,明白吗?

克诺伯太太 (抬头挺胸,一副高傲的神情,似乎完全没理会希尔克的话)很抱歉,我在楼下的院子里吵吵嚷嚷,大闹了一番,让大家在窗口看笑话了。我也询问了很多人,我问了三楼那个可怜的烟厂女工,我也问了四楼那个身患重病的女裁缝,我还问了塞尔玛是不是抱着我儿子去到她那里了。我当然知道,经理先生您是有身份的人,是个名人,可是我的儿子赫尔弗哥特·贡多弗里德丢了,我不得不如此!(发出颤抖的声音,用手绢偶尔擦拭着眼睛)先生,我是个可怜的苦命女人,尽管我现在生活得很堕落,但好歹也是有过好日子的。我不想让你心生厌恶,但是我的仇人们总是找我麻烦,他们总是想让我连最后一点儿希望都失去了。

希尔克 您到底想说什么?别绕弯子,有话直说好吗?

克诺伯太太 (和前面一样的表情)而且,还有人总是在强迫我放弃我的合法姓氏。我在巴黎结过一次婚，丈夫是一个残暴的男人，我还在德国南部遇到过一个开靶馆的，我当时可真是愚蠢啊，以为依靠他就能让我的人生境遇改善一些。唉，经理先生，这些该死的男人们啊！

希尔克 您似乎越说越远了，简单明了好吗？

克诺伯太太 遇到您这样一位有教养有思想的人，我真是太高兴了，先生，我给您讲个故事好吗……他们都叫我"伯爵夫人"，上帝能够证明，年轻时候的我确实和这相差无几！我也做过一阵演员！对了，刚才我说要给您讲个故事，这是我早些年的一个故事，就发生在我的生活中，是真实发生的，绝不是我编造的。

希尔克 谁知道是不是编出来的呢！

克诺伯太太 （十分肯定地）虽然听起来有些匪夷所思，但这绝不是我编造出来的遭遇！有一天晚上，我在大街上碰到了我的一个表弟，我们小时候是很好的玩伴。现在的他已经成为近卫军的一个骑兵上尉，他就好像在天上生活，而我自从被那个高傲的贵族父亲赶出家门，就逐渐堕落，一直生活在地下，生活在耻辱的深渊里。唉，您无法想象在我们那个圈子里的人是多么粗鄙、多么卑劣、多么愚钝！我就像是一条被人随意践踏的蛆虫，经理先生，我在梦里都不愿意回忆起那些悲惨的生活。

希尔克 我命令你说正题！

哈森罗伊特 希尔克先生，您先别打断她好吗？她说的这些我倒是有很大的兴趣！（对克诺伯太太）您说您的表弟现在是近卫军骑兵上尉？

克诺伯太太 没错，他现在是近卫军骑兵上尉，不过那时候他还没有参军。当时他也认出了我，我们在一起很开心地待了几个钟头，想起了童年的很多美好情景。和他一起的还有一个年轻的少尉——原谅我不能说出他的名字，他是一个英俊不凡却又满怀忧郁的年轻人。经理先生，我早已不要什么名声了！就在前几天还有人把我从教堂里赶了出来。我已经如此声名狼藉、任人践踏并且有过多次前科，我还有什么顾虑向您承认，他就是赫尔弗哥特·贡多弗里德的父亲呢？

哈森罗伊特　就是那个丢失的孩子的父亲？

克诺伯太太　有好几个人都跟我说，我的孩子很有可能被偷走了！当然我自己现在还不敢完全确信，尽管我的仇人们个个身居高位。但也不排除这就是孩子的祖父搞出的花样。如果您知道真相的话一定会感到十分吃惊，那是一个古老的颇具名望的家族。经理先生，再见！不管他人如何评价，都请您务必相信，尽管我并不清白，但我依然有纯真的感情！现在的我已经无力摆脱困境，只能生活在人类的渣滓之中。看看吧，（抬起了裸露的胳膊）纸醉金迷，毫无追求！只有酒精和吗啡能帮我忘掉所有的事情！除此之外我还能怎么办呢？我的堕落究竟是谁的责任呢？我亲爱的母亲常常因为我被父亲训斥，我的保姆因为我几乎气得精神错乱！可是现在……

希尔克　……现在你最好闭上嘴巴！您浪费了这位先生太多的时间。（将图书室的门一把推开）您过来，现在您告诉我，这个孩子是您的吗？

〔皮帕卡尔卡首先走出来，她一直盯着克诺伯太太，满眼仇恨。接着，基尔巴克太太抱着孩子走上来。希尔克将孩子身上的被单揭开。〕

皮帕卡尔卡　您究竟想干什么？为什么要到这里来诬赖好人？我是吉卜赛人吗？我总是偷偷地到别人家里抱走别人的孩子吗？我告诉您，我可不是随便欺负的！我都养不活我自己和我的亲生儿子，还要偷别人的孩子干什么呢？我的命运已经够悲惨的了！

〔克诺伯太太怔住了，眼睛里全是疑惑，她慢慢地将头转动了一下，茫然无措地向四周张望，她从口袋里面拿出一个小玻璃瓶子，从瓶子里面将香水倒在手绢上，然后将手绢放在鼻子上猛地吸了几口，大概这个能够让她忍住不会昏倒吧。然后，她又一副怔怔的表情，一动不动地看着皮帕卡尔卡。〕

哈森罗伊特　克诺伯太太，您怎么了？您怎么什么也不说？这个女士说这个孩子是她的，您怎么说呢？

〔克诺伯太太将自己手中的伞高高地举起来，想要去打皮帕卡尔卡，旁边的人一拥而上阻止了她。〕

希尔克　放肆，你以为是在教训小孩吗？我告诉你，就算是教训小孩，也只有在你自己家里才行！现在的重点是，到底谁才是这个孩子的母亲。现在……现在，克诺伯太太，你实话实说，你究竟是不是这个孩子的母亲。

克诺伯太太　（忽然爆发）我发誓，以圣母玛利亚和耶稣基督的名义，以圣父、圣子和所有圣灵的名义，这是我的孩子！

皮帕卡尔卡　我也以圣母玛利亚……

哈森罗伊特　姑娘，什么也别说了吧，别让你的灵魂彻底堕落！这件事情或许看起来十分复杂，或许你的起誓也是由衷而诚恳的，但是你不得不承认，也许一个女人可以同时生下两个孩子，可是两个母亲不可能只有一个孩子。

瓦尔布尔迦　（直勾勾地盯着孩子）爸爸，爸爸！您快看看这个孩子！

基尔巴克太太　（用颤抖的声音，惊恐的语气）这孩子好像快不行了，刚才我进到那个房间就觉得孩子好像有问题了。

希尔克　什么？

哈森罗伊特　什么情况？（快步走到基尔巴克太太跟前，仔细端详了孩子一番）这个可怜的孩子已经走了！无形的上帝已经对这个无辜的小东西做出了罗生门式的判决！已经无法挽回了！

皮帕卡尔卡　（满脸疑惑）您究竟在说什么？

希尔克　都别说话了，跟我走一趟吧！

〔克诺伯太太已经惊恐得说不出一个字了，她将手绢死死地压住自己的嘴巴，发出一阵阵抽搐似的嘶叫。希尔克、克诺伯太太、皮帕卡尔卡和抱着孩子的基尔巴克太太一起走下去。走廊里发出一阵阵嘈杂的声音。

哈森罗伊特将房间的门关上，站在屋子中间。〕

哈森罗伊特　亲爱的施皮塔，看到了吗？这就是人的命运，这样的事情你能够想象出来吗？

第四幕

　　周日早上八点左右,泥瓦匠约恩的家中,所有布置和第二幕完全相同。

　　约恩正在一个房间里面,房间是用一块块木板隔开的,里面传来阵阵流水的声音和呼呼漱口的声音,他应该正在洗漱。克瓦夸罗推开了门,一只手还扶在门把手上面。

　　克瓦夸罗　保尔,你老婆在吗?

　　约恩　(在木板房里面回答)埃米尔吗?她没在,她带着我们的孩子去了汉格斯堡,去看孩子的姑姑了,上午她应该就回来了,我们说好的。(他站在木板房的门口,一边用毛巾擦脸一边说)埃米尔,早上好!

　　克瓦夸罗　保尔,早上好!

　　约恩　对了,有什么新鲜事儿吗?我刚从汉堡回到这里,下火车才不过半个小时。

　　克瓦夸罗　没错,你走进大门上楼的时候,我一直看着你呢。

　　约恩　(将毛巾放下)埃米尔,你可真是一条忠于职守的看门狗啊。

克瓦夸罗　保尔，你跟我说，你老婆什么时候带着孩子去的汉格斯堡？

约恩　一个礼拜前吧。埃米尔，你为什么要问这个呢？她已经付过房租了。对了，那边的工作，我决定放弃了。埃米尔，十月一号我们就要搬走了。我已经和我老婆达成了共识，再也不要住在这栋快要倒掉的破房子里了，我们去找个好点儿的房子。

克瓦夸罗　阿尔托纳那边不再去了？

约恩　不去了，我要待在家里，好好地照顾我的家庭，再也不去外边了。一方面总在外面漂泊也不现实，另一方面我也老了，也勾搭不到年轻的姑娘了……嗯，是时候结束那种漂泊不定的日子了。

克瓦夸罗　保尔，你太太确实很辛苦的。

约恩　（语气轻快）我们很早就结婚了，一直到现在才刚刚有了孩子！我曾经跟我的工头聊起，说我结婚很早。他还问我说，是不是我已经结第二次婚，第一个老婆已经不在人世了。哈哈，刚好相反，她一直都活得很好呢，而且，刚刚给我生下了一个大胖小子！今天清晨，我搭乘火车从汉堡回到柏林，下车的时候，我最后一次拿着我的全部行李从四等车上下来，我特意发出一声叹息，用来感谢那亲爱的上帝。见鬼，车站上人声鼎沸，但愿因此我的那声叹息他没有听到。

克瓦夸罗　保尔，你还没听说吧，对面克诺伯太太的小儿子前几天刚刚死了。

约恩　是吗？我还不知道呢。唉，死了倒也是解脱吧。埃米尔，八天前的时候，我还看到过那个可怜的小家伙，当时他就在抽风。塞尔玛推着他来到我们这里时，我们夫妻俩还给他喂了一勺糖水，那个时候就感觉他不行了。

克瓦夸罗 哦，孩子究竟是怎么死的你完全没听说？

约恩 我完全不知道！（从沙发后面拿出一个长烟斗）稍等一下，让我把烟斗点着。我不知道，我怎么会知道呢？

克瓦夸罗 你老婆也没有写信告诉你？真是太奇怪了。

约恩 我们有自己的孩子之后，我老婆就对克诺伯太太的儿子绝口不提了。

克瓦夸罗 （带有试探性的）你老婆很迫切地想要一个儿子吧？

约恩 那是当然的啦，难道我不想要吗？我为什么要累死累活？为什么要这么辛苦工作折磨自己？还不就是希望给儿女留下一笔钱？

克瓦夸罗 保尔，你知道吗？有一个以前从未见过的姑娘，她说克诺伯太太的儿子不是克诺伯太太亲生的，而是那个姑娘自己生的。

约恩 什么？有这样的事？克诺伯太太会去偷别人的孩子？怎么可能，她怎么会这样做，如果说我老婆去偷别人的儿子倒似乎更有可能。埃米尔，跟我说说，究竟发生了什么事？

克瓦夸罗 各有各的说法，公说公有理，婆说婆有理。克诺伯太太说，是他的仇家找人用阴谋诡计害死了那个可怜的小家伙。后来事情也明了了，那个小家伙确实是克诺伯太太的孩子。对了，你的那个亲戚最近几天在哪里？你知道吗？

约恩 你指的是在汉格斯堡的我那个屠夫妹夫？

克瓦夸罗 不是不是，不是说你妹夫，我问的是你老婆的弟弟。

约恩 布鲁诺？

克瓦夸罗 对，我说的就是他。

约恩 嘿，我跟他毫无关系。我每天有操不完的心，至于那个该死的家伙，谁知道是不是还在普莱尔施泰纳堕落呢？那个混蛋啊，我提都不愿意提。

克瓦夸罗 保尔，这件事儿我跟你说了，你不要着急。警察告诉我，那个自称是孩子母亲的波兰姑娘，前几天和布鲁诺一起来到了这栋房子周围，有人说曾经在皮革匠常常去洗皮子的那个河边见到过他们俩。可是现在那个姑娘失踪了，警察一直在找她，其他的情况我也知道得不是太多了。

约恩 （将刚点燃的烟斗放在地上）不知道怎么了，心里总觉得憋闷得很，今天早上什么也不想吃。以前我看见什么都很开心，今天却总觉得很别扭，真想立刻回到汉堡，过两天清静的日子。一大清早的，你干吗跑过来跟我说这个？

克瓦夸罗 这几天你和你老婆都不在家，我只是想跟你说说发生了什么。

约恩 都是在我家发生的事情？

克瓦夸罗 对，都在你家！据说是塞尔玛用小车将克诺伯太太的儿子推到你家的，过了没多久，孩子又被那个陌生姑娘抱走了，万幸的是在楼上那个戏子那里，警察把那个女人抓住了。

约恩 她这样做究竟为什么？

克瓦夸罗 据说为了那个孩子，克诺伯太太和那个陌生姑娘差点儿大打出手。

约恩 究竟发生了什么？见鬼去吧。女人们碰在一起，总是纠葛不清。打吧打吧，这关我什么事儿呢！埃米尔，但愿这后面没有什么花招。

克瓦夸罗 我就是因为这个而来的，保尔！我觉得后面一定有隐情，在众多证人面前，那个姑娘依然不断坚称，克诺伯太太的那个可怜的小家伙是他的孩子，并且她说她把她的孩子交给了你老婆来抚养。

约恩　（哈哈大笑）真是太荒谬了！她应该是精神有问题吧。

〔艾里希·施皮塔上。〕

施皮塔　约恩先生，早上好！

约恩　早上好，施皮塔先生！（对在门口站着的克瓦夸罗）埃米尔，好啦，究竟发生了什么事，我会去搞清楚的。（克瓦夸罗下。片刻之后）施皮塔先生，您看看这个混蛋，一脚踩在监狱里，一脚踩在警察局，据说还巴结上了地方警察局长！整天到处晃荡，就像一条猎狗一样到各个规矩人家去打探风声。

施皮塔　约恩先生，瓦尔布尔迦·哈森罗伊特小姐有来这里问过我吗？

约恩　没有啊，至少现在没有。不是，我也不是很清楚。（将通向走廊的门打开）塞尔玛！塞尔玛！你能来一下吗？施皮塔先生，我要跟这个小姑娘询问一些事情。（塞尔玛·克诺伯上）

塞尔玛　（站在门口）找我干什么？

约恩　快进来吧，把门关上。塞尔玛，跟我说说，你死去的弟弟和那个陌生姑娘到底发生了什么事？

塞尔玛　（一副有些心虚的样子，探头探脑地走进房间。说话则口齿十分清楚）那天我把婴儿车推到您家来，当时约恩大娘刚好不在。弟弟病得很严重，哭个不停，我想他在您家待着会安静一点儿。可是，忽然闯进来一个先生和一位小姐，对了，还有另外一个女人。他们从婴儿车里把弟弟抱出来，给换了件干净衣服然后就抱走了。

约恩　是那位姑娘说那个小孩是她放在你约恩大娘这里，让她抚养的吗？

塞尔玛　（明显是撒谎）我不知道啊，我什么都不知道。

约恩　（一掌拍在桌子上）真是莫名其妙，简直荒谬无比！

施皮塔　不好意思我插一句嘴，在楼上那两个女人和哈森罗伊特先生是这么说的。

约恩　施皮塔先生，那个时候您也在场吗？克诺伯太太和那个姑娘争吵的时候您在场吗？

施皮塔　是的，当时我也在场，亲眼所见。

塞尔玛　这些事情我什么都不知道。警察希尔克先生，还有一个高个子少尉，他们一起询问了我两个小时，可是我真的不知道，所以什么也说不出来。

约恩　一个少尉问了你两个小时？

塞尔玛　（咬了咬嘴唇）他们要带走妈妈并且把她关起来，说有人要控诉她，诬告她饿死了弟弟。

约恩　塞尔玛，好啦。帮我去煮一杯咖啡好吗？

〔塞尔玛到炉子旁边煮咖啡。约恩走到木板搭成的书桌前面，拿起铅笔和圆规画了起来。〕

施皮塔　（小心翼翼地）约恩先生，我本来是想来这里找您的太太，听说她可以凭借担保给大学生提供贷款，我现在遇到了困难，需要一笔钱。

约恩　施皮塔先生，好像是有这样的事儿，可那是我太太的事情。

施皮塔　跟您直说了吧，如果我今晚之前拿不到钱，我就会交不了房租，房东太太恐怕会没收我的书和其他物品了，那样我就只能睡在大街上了。

约恩　施皮塔先生，我没记错的话，您父亲是一位牧师。

施皮塔　没错，就是因为我不愿意做牧师，所以昨天晚上和我父亲大吵了一架，可能从今往后他不会再给我一分钱了。

约恩　（在书桌上写写画画）做父亲的，总是对儿女的死活不管不顾。

施皮塔　约恩先生，像我这样的人总不会饿死吧。就算饿死了，我也无所谓了。

约恩　真是见鬼了，您这样的大学生，我就不相信会去做饿死鬼！您就不去想想做点什么实际的事情！（一阵雷声传来，约恩向窗外看了看）打雷啦，今天可真是闷热呀。

施皮塔　约恩先生，不是您说的这样，我并不是没做实际的事，我有家庭教师的工作，还会给商店写地址！我干过很多事情，只要能做的事情我都愿意做，也在不断地想其他的出路！而且不仅白天拼命干，有时候还会通宵达旦。另外，我还必须得努力学习，好好读书。

约恩　老兄，您可以到汉堡去，找个泥瓦匠的工作试试！我像您这么大的时候，在阿尔托纳做小工，每天都有两个马克的收入呢。

施皮塔　或许您说得对，可是，我是脑力工作者。

约恩　我明白。

施皮塔　是吗？约恩先生，我并没觉得您很明白。您要记得，倍倍尔和李卜克内西先生都是脑力工作者。

约恩　好啦！我们也得吃点儿东西吧，来吧！一顿饭之后，或许世界就会不一样了。施皮塔先生，您也应该还没吃早饭吧？

施皮塔　坦白地说，今天确实还没吃早餐。

约恩　那就一起过来坐坐吧，一杯热咖啡，再来上几片小面包！

施皮塔　这不是要紧的事情。

约恩　哦，您的精神状态看起来不怎么好，我昨天一晚上都是在火车上度过的。(转过来看着塞尔玛，她正在从一个布袋子里取出小面包)再给我拿过一个杯子来！(舒服地靠在沙发上，喝了一口咖啡，并拿起一个小面包吃起来了)

施皮塔　(还是站着)如果睡不着的话，夏天的晚上还是不要待在家里好。我昨晚彻夜未眠。

约恩　身无分文的人怎么可能睡得好呢？穷困潦倒的人在外面的空地里才有最多的伙伴。(忽然停止了咀嚼)塞尔玛，你过来，再跟我好好说说那个从我家抱走孩子的女人。

塞尔玛　这个我也说不太清楚。每个人都一直问我，妈妈一整天也在问我！问我有没有看见布鲁诺·梅歇尔克，问我剧院经理楼上的衣服究竟是谁偷走的？这样的话……

约恩　(声音严厉)当时那个先生和女人从婴儿车里抱走你弟弟，你为什么一声都不吭？

塞尔玛　当时我也没有多想什么，我以为他们只是想给弟弟换件衣服。

约恩　(一把抓住塞尔玛的手腕)走，跟我去找你妈妈。

〔约恩拉着塞尔玛下。他们一离开，施皮塔便来到桌子旁，拿起上面的食物大口大口地吃了起来。片刻之后瓦尔布尔迦匆匆忙忙地上。〕

瓦尔布尔迦　只有你自己吗？

施皮塔　目前是这样的。瓦尔布尔迦，早上好！

瓦尔布尔迦　我是不是来晚了？你都不知道，我花了多少心思才能从家里逃出来！我妹妹一直在门口堵着，女佣也一直死死地拉着我！直到后来我跟妈妈说，如果一直不愿意放我出去，那你们就把窗口全部钉上吧，不然的话我就从四楼的窗户跳下去，反正我也不想活了。艾里希，我已经做好了最坏的打算，你和你父亲谈得好吗？

施皮塔　我们彻底闹翻了。他一直在跟我说，回头是岸，别想着去当什么跳梁小丑了——他一提到演员，就会说这些字眼——否则他永远不会原谅我。他说，一个无赖休想踏进他的家门半步。对于这样的命运，我已经无所畏惧了，只是要让我善良、可怜的母亲为此受苦了。你完全想象不到，他一提起戏剧便咬牙切齿！什么恶毒的话都能说出来，在他的心里，世界上最无耻下流的职业就是演员了。

瓦尔布尔迦　对了，我打听到爸爸为什么会知道我们之间的事了。

施皮塔　是我的父亲得到了你的照片，交给了他。

瓦尔布尔迦　艾里希，艾里希，爸爸发了很大的火，说了很多十分难听的话，我只能一直默默地听着。本来我可以将很多事情都告诉他，或许那样他就能给我多一点儿宽容，不会再一直对我进行道德说教。我几乎脱口而出了，可是我还是忍住了，我为父亲感到脸红。我说不出口，艾里希，我说了的话妈妈会难受的。他还打了我，把我塞进漆黑的壁橱里，一关就是八九个小时，说是要除掉我身上的倔强。可是这不可能，艾里希，我不会对他屈服的！

施皮塔　（一把抱住了瓦尔布尔迦）你太了不起了，你太勇敢了！我一直都明白，你就是我的一切，你是我最宝贵的！（热烈地）瓦尔布尔迦，你真美！

瓦尔布尔迦　艾里希，什么也不用说了，我相信你！

施皮塔　可爱的瓦尔布尔迦，你还是别这样过于乐观。你看看我，我内心安定不下来，总是幻想能干出一番伟大的事业，可是到现在我都不知道这个伟大事业是什么。我才刚刚 20 岁，几乎世界上所有人都在反对我，都在嘲笑我！不过你一定要相信我，迟早有一天，我会改变这一切。希望就在我们眼前，我们脚下的大地已经开始颤抖！就算现在头上的天空布满阴云，但早晚我们会得到收获！我们就是未来，未来属于我们！那个崭新而广阔的世界一定在某一天属于我们。

瓦尔布尔迦　艾里希，继续说下去吧，你的话让我心里无比舒服！

施皮塔　瓦尔布尔迦，有些话在我心里藏了很久了，就在昨天晚上，我全部跟父亲说了。我对他说，他对姐姐犯下了不可饶恕的罪过，为此，他跟我决裂了。他一口咬定他从来就没有我提到的这个女儿，因为她在他的心里早已经消失了。他还说，他的儿子看起来很快也要在他心里消失了。看吧，这些基督徒！这些上帝的牧羊人，对于他们口中所谓的迷途羔羊，他就是这样对待的。亲爱的上帝，您的训谕和教诲，被改得面目全非了，变得截然不同了！昨天晚上，天空电闪雷鸣，我在动物园的一条长凳上坐着，周围围着一帮流氓，当时我就觉得姐姐那个伤痕累累的灵魂就在我身边。我在想，她在世的时候，不知道在这露天的长凳上度过了多少个夜晚。或许我坐的那条长凳，姐姐也曾经坐过，在孤独和绝望中思考在耶稣基督诞生两千年后，那些富有基督精神的基督教徒在世界上是怎样伤害她的。无论她怎么想，我都依然觉得，尽管姐姐受到了所有正直之人的谴责，尽管她被这个罪恶的世界所遗弃，尽管在他们看来她只是一个可怜的堕落者和罪人，但姐姐依然应该活在我心里。我要将姐姐所承受的所有痛苦和忧愁，一股脑地抛进烈火！瓦尔布尔迦，姐姐没有死，她一直在我心里点燃我的激情，在上帝面前创造美好的东西，这一切都是那些冷漠和虚伪的世界无法通过道德说教而做到的。

瓦尔布尔迦　艾里希，你昨天在动物园待了一晚上吗？难怪你这么疲惫，你的双手如此冰凉。艾里希，你拿着这个钱包！艾里希！你拿着吧，你必须拿着！你必须相信，我的东西就是你的！艾里希，你爱我吗？那你就拿着！你太憔悴了。你如果不拿着，我就拒绝吃任何东西，直到你接受为止，我发誓我会这么做的，以上帝的名义！

施皮塔　（不得不坐下，哽咽着含着眼泪）是我太紧张、太疲惫了。

瓦尔布尔迦　（将钱包塞进施皮塔的口袋里）艾里希，看看这个，这张法院传票是我昨天收到的，我就是因此才让你来约恩太太这里的。

施皮塔　（看着瓦尔布尔迦递过来的这张纸）你？瓦尔布尔迦，这究竟是怎么回事？你给我说说。

瓦尔布尔迦　我相信，这一定事关楼上被偷走的东西。我很担心爸爸知道这件事……我该怎么办？

〔看起来灰头土脸的约恩太太穿着出门的衣服上，怀里抱着孩子。〕

约恩太太　（吃了一惊，刻意降低语调，带着怀疑的语气）你们？你们怎么在这里？保尔呢？他在家里吗？我带着孩子刚从很远的地方回来。（抱着孩子进入了木板屋）

瓦尔布尔迦　艾里希，法院传票寄给我的事情，快跟约恩太太说说。

约恩太太　我看到保尔的东西了，他应该已经回家了吧。

施皮塔　约恩太太，哈森罗伊特小姐想告诉您一件事情。有一张法院传票寄给了她，或许与阁楼被偷的东西有关。

约恩太太　（从木板屋里面出来）什么？瓦尔布尔迦小姐？有法院传票寄给了您？那您一定要谨慎啊！这可不是可以开玩笑的事情，您要想办法准备很多说辞才行！

施皮塔　约恩太太，您这话究竟什么意思？

约恩太太　（忙起了家务活儿）你们没听说吗？今天早上，一个炸雷劈死了哈莱门一个花园里的一家三口，男人、女人和他们七岁的小姑娘，对了，还有一棵大杨树。

施皮塔 约恩太太，这事我们还不知道。

约恩太太 暴雨将至。

〔一阵急促的雨声从外面传来。〕

瓦尔布尔迦 （略带恐惧）艾里希，我们出去吧，不要在这个房子里了！

约恩太太 （语调越来越高）真是匪夷所思啊，打雷之前，那个女人还跟我说过话。施皮塔先生，您听听，她是这样跟我说的，一个孩子死了，有个人在太阳下面把他放到婴儿车里晒了会儿，那个孩子竟然又活过来了，一直哭！肯定是夏天的太阳对吗，那个死孩子是被夏天的太阳晒活的。难以置信，对吗？施皮塔先生，不过这确实是我亲眼看到的啊。

〔她一副奇怪的表情，在屋子里走来走去，似乎屋子里那两个年轻人根本就不存在一样。〕

瓦尔布尔迦 艾里希，咱们走吧，看到约恩太太的样子我觉得心里有点发毛。

约恩太太 （更大的声音）您一定觉得我是在胡言乱语对吗？他妈妈把他从婴儿车里抱出来，还给他喂奶呢。

施皮塔 约恩太太，再见。

约恩太太 （一副怪异的神情，送两个人出门，用更大的声音说）您一定不相信！施皮塔先生，但这就是真实发生的事情啊。（施皮塔和瓦尔布尔迦下。约恩太太一手握住门把手，向走廊外喊道）不相信这件事情的人就永远不知道我发现的是什么样的秘密。

〔约恩从房门口出现了，走进屋子。〕

约恩　哎哟，你可算回来啦，欢迎欢迎！听见你说你发现了什么秘密？

约恩太太　（摸着自己的额头，仿佛刚从梦中醒来）我说什么了？

约恩　我耳朵又没聋，你是说了呀。难道只是你的灵魂在家？

约恩太太　（一副怯生生的神情）什么灵魂啊？

约恩　（轻轻地抚摸了一下约恩太太的背）叶特，别担心！真开心你和小家伙回来了。（走进木板屋）小家伙怎么好像变瘦了呢？

约恩太太　或许是那里的牛奶不合他胃口吧，乡下奶牛都是以青草为食的。我刚刚在联合牛场订了牛奶，那是吃干草的奶牛产的奶。

约恩　（走出木板屋）怎么忽然心血来潮带着孩子去乡下呢，坐火车要那么长的时间！在家里难道觉得不好吗？

约恩太太　保尔，我也没去多久啊，再说我已经到家了。

约恩　叶特，我已经把阿尔克纳的事情全部处理完了。卡尔承诺会给我找一个新工作，中午我去他那里看看有没有什么消息。看看，这是给孩子的！

〔从裤袋里拿出一个小拨浪鼓，摇了摇。〕

约恩太太　这是什么？

约恩　柏林总是这么安静，弄出点声音让小家伙开心一下。你听听，他很高兴，在啊啊地叫呢！（木板屋里传来孩子开心的笑声）有了这个小家伙，我什么都没有也满足了。

约恩太太　保尔，有谁来过我们家吗？

约恩　没什么人来过！早上克瓦夸罗过来闲扯了几句。

约恩太太　（紧张）哦，都说什么了？

约恩　也没说什么，就随便说了几句，都是些无关紧要的。

约恩太太　（紧张）他说了什么？

约恩 他能有什么说的呀？大周末清早为什么要自寻烦恼地刨根问底呢？他就问了我布鲁诺的事情。

约恩太太 （脸色惨白，着急）问布鲁诺什么？

约恩 没什么啦！别着急，过来先喝杯咖啡！谁让我们有这么一个好弟弟呢？他的事情我们为什么要关心呢？

约恩太太 我就想知道，那个整天都在搜罗别人隐私的混蛋，那个让人厌恶的家伙，到底说了布鲁诺什么。

约恩 叶特，我实在不想提及布鲁诺！嘿……你怎么了？……你没必要……不过我一直觉得，如果布鲁诺进了监狱，我也丝毫不会感到吃惊，或许他很快就会进去了吧。（约恩太太坐在旁边，面容惨淡，一副落寞的表情，双手支撑着脑袋，呼吸逐渐粗重急促）我只是那么一说，你别在意，可能没我说的那么严重，是我夸大其词了！我妹妹她们好吗？

约恩太太 我不知道。

约恩 你不是刚从那里回来吗？

约恩太太 （一副魂不守舍的样子，看着他）我从哪里回来？

约恩 看看，叶特，你们女人总是这样！你怎么了，不停地发抖？让你去医院看看你一直不肯！去躺一会儿吧，或许太少见到阳光身体过于虚弱吧。

约恩太太 （搂住约恩的脖子）保尔，你不会离我而去吧？保尔，跟我说，究竟发生了什么事情？上帝啊，千万别隐瞒我。

约恩 汉娜叶特！你今天究竟怎么了？

约恩太太 （又恢复了正常的神态）保尔，我刚才在胡说八道，别在意。昨晚我整宿都没睡着，早上又很早就起来了，现在觉得身体疲乏得很。

约恩 好啦，你躺一会儿吧。（约恩太太躺在沙发上，眼睛直勾勾地盯着天花板）叶特，你要收拾一下头发！火车上总是有很多灰，你的头发很脏了吧？（约恩太太一言不发，一直盯着天花板）我抱着孩子到外面去转转。（走进了木板屋）

约恩太太 保尔，咱们什么时候结婚的？

约恩 （在木板屋里一边走，一边摇着拨浪鼓）我们是1872年结婚的，当时我刚从战场回来不久。

约恩太太 你一回来就去我家找我父亲了，对吗？我到现在还记得你左胸前挂着铁十字勋章，在那里笔挺地站着的样子。

约恩 （抱着孩子从木板屋里走出来，一边摇晃着拨浪鼓，很高兴）没错，我到现在还保留着那枚铁十字勋章呢。老婆，你喜欢的话，我可以重新别上给你看。

约恩太太 （一直躺着）然后你走到我面前跟我说，别总是一直操劳……总是这么停不住地楼上楼下忙碌……我真想轻轻松松地生活几天啊。

约恩 叶特，到现在我还是会这么说。

约恩太太 后来你吻了我的左耳一下，还用胡子扎我的脸。再后来……

约恩 后来你就答应和我结婚了，对吗？

约恩太太 后来我好开心，我笑着换上了你的军装，然后一直在镜子里看着穿着全套军装的自己。那几乎变成另外一个我了，后来你说……

约恩 哟，还真没想到，我老婆对这些事情记得这么清楚呀。

约恩太太 后来你说，等以后有了自己的儿子，也一定让他去莱茵河畔高举军旗，为上帝和国王而战，为了国家和正义而战。

约恩　（看着怀中的孩子，一边晃着拨浪鼓，一边唱道）

他凝望着远方，天边的牧场，

那是英雄的父亲战斗过的地方，

奔赴莱茵河，奔赴莱茵河，

那是德意志的莱茵河……

如果现在说以后送小家伙去当炮灰，我可舍不得呢。（抱着孩子走进了木板屋）

约恩太太　（如前）保尔，亲爱的保尔，好像这些事情都发生在一百年前一样啊！

约恩　（一个人从木板屋里走出来）叶特，可没那么久远。

约恩太太　我们这样好不好？你带着我和孩子去美国定居吧。

约恩　叶特，你究竟怎么啦？到底发生了什么事情？好像有一群冤魂一直在不停地追逐我一样！你知道的，我以前干活儿的时候，就算那些工人抡起各种家伙打作一团，我也从来不会去过问一句。他们都说我一点儿脾气也没有。但是今天，究竟发生了什么事？阳光如此明媚，但我看不见阳光下的任何东西。我好像听见周围有人在暗自发笑，有人在交头接耳，有人一直在我周围转来转去。可是我怎么也看不见，也摸不着！那个陌生女人来到这里的事情，你必须要如实跟我说说到底是怎么回事！

约恩太太　保尔，你应该也知道了，没有人见过那个女人再来过这里。你去外面随便问问……

约恩　你一副筋疲力尽的样子，好像连说话的力气都没有了。

约恩太太　（情绪猛地激动了）没错！你长年累月地在外面，将我扔在这个鸟笼一样的家里。我甚至找不到可以和我说话的人，有时候我会问自己，我为什么总要这样埋头于无尽的家务活中，费尽心思地去节约每一个铜板？你给我的钱我都攒起来，然后千方百计地去额外挣钱来养活自己。我为什么要这么做？难道仅仅为了我自己吗？保尔，我的一生都被你毁了！

〔她将头趴在桌子上，开始放声大哭。这时，布鲁诺·梅歇尔克蹑手蹑脚地进来了。他穿着那件只有周日才会穿的衣服，将一支丁香花别在帽子上，还将一大把丁香花捧在手里。约恩正在窗户旁站着，根本没注意到他进来。〕

约恩太太　（像看见鬼一样凝视着他，过了一会儿）是你吗，布鲁诺？

布鲁诺　（瞥了一眼窗边的约恩，轻轻地）叶特，是我啊。

约恩太太　你来干什么？你是从哪里来的？

布鲁诺　叶特，我整晚都忙个不停。你看，我现在心情大好呢。

约恩　（一直铁青着脸看着布鲁诺，一种可怕的表情渐渐地在脸上浮现。他快步走到屋子里的一个小柜子旁边，打开柜子门拿出一支军用手枪，并且装填好子弹。这一切约恩太太并没有看到）混蛋，你给我听着！我提醒你，你还记得吗，去年秋天的时候，我就告诉过你，如果我再看到你到我家来，我就打死你！现在，我只要扣动一下扳机，你就再说不出任何理由了！你这无赖，都不配做人，最好快点给我滚出去，否则我就开枪！明白吗？

布鲁诺　你这玩意儿吓不倒我。

约恩太太　（发现约恩正愤怒地用手枪对着布鲁诺）你要打死他就先打死我吧，他可是我的亲弟弟！

〔她挡在布鲁诺身前，让枪口对着自己的胸膛。〕

约恩　（一动不动地看着约恩太太）好吧。（将手枪小心翼翼地放回柜子里）叶特，或许你是对的！你这个死不悔改的混蛋，呸！叶特，你有这个流氓弟弟可真是一件耻辱的事！好吧，打死他，侮辱了我的手枪和子弹。这把枪可是打死过两个法国骑兵，那可是真正的英雄！现在却可能要用来送一个恶贯满盈的家伙去地狱。

布鲁诺　没错，你才是恶贯满盈呢！你如果不是我姐姐的丈夫，我早就要收拾你了，老家伙，我让你两个礼拜都爬不起来！

约恩　（用一种让人可怕的冷静）叶特，如果你还说他是你弟弟的话……

约恩太太　保尔，算了吧，我会跟他说，让他走的！你明白，他是我的弟弟，这是无法改变的事实。

约恩　那好，我看我也没有在这里待着的必要了，就让你们在这里胡言乱语吧！（将衣服穿好向屋外走去，站在布鲁诺前面）混蛋！你父亲就算在地下也会为你感到羞耻！你姐姐当年就不该将你养大成人，就让你饿死在你父亲坟前算了，这样就不会让世界上多了你这个混蛋。半个小时以后我会回来的，我会带着警察回来。（戴上宽檐帽，满怀愤怒地走了出去。布鲁诺一直望着约恩远去的背影，直到消失了很久，才吐了口口水）

布鲁诺　如果在伍尔海德碰见你，看我怎么收拾你！

约恩太太　布鲁诺，你是从哪里过来的？快告诉我，事情究竟发展成什么样子了？

布鲁诺　叶特，你得立刻给我一笔钱，不然我就死定了。

约恩太太　（将通往走廊的门关上，并且锁住了）你先等一下，我把门锁上再说。你刚才说什么？你昨晚在哪里？你从什么地方过来的？

布鲁诺　我一直在跳舞，跳了大半夜，直到黎明时分，我才去了野外。

约恩太太　克瓦夸罗有没有看见你进来？你可千万要小心，别让人抓住你。

布鲁诺　感谢上帝。我是偷偷溜进院子的，从一个朋友的地下室里面出来，再翻墙爬上阁楼，从上面下来的。

约恩太太　嗯。布鲁诺，事情处理得怎么样了？

布鲁诺　叶特，别多问了！马上给我拿点儿钱，我需要立刻远走高飞，不然我肯定就完蛋了。

约恩太太　那个姑娘，你把她怎么了？

布鲁诺　叶特，也没什么，我只是跟她说了一些话。

约恩太太　什么意思？

布鲁诺　只是警告她一下，让她不要再找事了。

约恩太太　你敢肯定她不会再来骚扰我了？

布鲁诺　当然！她肯定不会再来了！只是，那件事情出了点儿意外。叶特，你总是刨根问底。我想喝水，给我拿点儿水喝！你真叫人无法忍受！（一口气喝完了一瓶水）

约恩太太　他们都说，看见你和那个姑娘在门口一起出现过。

布鲁诺　叶特，我已经和阿图尔计划好了。因为她不想看见我，所以阿图尔约她去跳舞，说是要去一个很高级的地方，然后跟她说她的未婚夫早已在那里等候她了，就带着她去了城墙边的一间地下室。（越说越开心，嘴里开始哼上了小曲儿，并且不停地手舞足蹈）

我们这一生，

从一个旅店，

到了另一个旅店！

约恩太太　后来怎么样了呢？

布鲁诺　她去了以后，阿道尔夫跟她说，她的未婚夫已经离开了。于是她也想离开，我坚持一定要送她，于是我和阿图尔、阿道尔夫陪着她一起走，然后我们去了卡林尼奇家，在后房里我们一起喝了些烧酒。慢慢地她就喝醉了，后来我们把她带到阿图尔的女朋友家，在她家的地窖里过了一夜。第二天，我们哥仨一直紧紧地跟着她，一直拿她找乐子。那个妞真够味儿。（教堂周日的钟声响起了）叶特，我现在身无分文了，马上给我点钱。

约恩太太 （伸手从口袋里掏钱）你要多少？

布鲁诺 （好像在听屋外的钟声）你说什么？

约恩太太 你要多少钱？

布鲁诺 叶特，你听见钟声响了吗！地下室那个老瘸子告诉我，我最好越境去俄国躲躲。

约恩太太 为什么一定要去国外躲避呢？

布鲁诺 叶特，给我拿条蘸点醋的湿毛巾。流了一晚上的鼻血，真是太难看了。（从口袋里拿出一条手绢，按在鼻子上）

约恩太太 （拿过来一条毛巾，呼吸显得很急促）布鲁诺，你的手腕是被谁抓成这样的？

布鲁诺 （倾听钟声）她再也听不见今天凌晨三点半以后的钟声了。

约恩太太 什么，上帝啊，啊，耶稣！你快跟我说，你是骗我的！布鲁诺，布鲁诺，怎么可能，我从没叫你那样做！我快崩溃了。（她一屁股坐了下来）我忘记了爸爸临终时跟我说的话，你将来会成为杀人犯的。

布鲁诺 叶特，惹着我布鲁诺可没有什么好下场。如果你要去报警，就跟他们说，我布鲁诺擅长干这件事，这样我就再也不会麻烦你们了。

约恩太太 可是万一你落到他们手里怎么办？

布鲁诺 那也就一了百了了，大不了上绞刑架就好了，一具尸体他们又能怎么样呢？

约恩太太 （将钱递给他）布鲁诺，你跟我说你是骗我的！你都做了些什么？

布鲁诺 叶特，看来你真是老糊涂了。（顺手接过了钱）你们总是觉得我一无是处，可每次你别无他法的时候又会来求我帮你。

约恩太太 那又怎么样？你警告一下她，让她以后不敢再来这里找麻烦就好了。布鲁诺，你就应该这样做，你是这样做的对吗？

布鲁诺 我跟她一直跳舞到半夜，然后就去外面的街上。你知道吗，当时有个男人一直跟着我们。我从身上拿出一把刀，跟他说要和这位女士谈点事情，他撒腿就跑了。我对她说，小姐，别紧张，别乱叫，乖乖地跟我走就是了！以后别再去打扰我姐姐，别再去看那个孩子，这样大家都相安无事。然后我们又在外面散了一会儿步。

约恩太太 那后来呢？

布鲁诺 后来，后来她忽然发疯了，死死地掐住我的咽喉。她几乎用尽全力，像疯狗一样……我当时就想，干脆一下子彻底了结吧！所以……所以就这样，我就做了。

约恩太太 （一脸愕然地瘫在了椅子上）那个时候大概几点？

布鲁诺 大概三点多吧。那时候月亮旁边有一个很大的光晕，一群野狗在木板房后面的空地上一直来回乱窜，不停地嘶叫。再后来就打雷下雨了。

约恩太太 （恢复了镇定的神态）好吧，好吧，也许她命该如此吧。

布鲁诺 再见了！或许要很久都不会再见面了。

约恩太太 你现在想好去哪里了吗？

布鲁诺 我得先睡几个小时，实在是太疲倦了。然后，我打算去弗里茨那里，他在渔夫桥租了一间小房子，旁边就是旧警察监狱。那里相对会安全一些吧。一旦有什么风吹草动，你就去那里给我报信吧。

约恩太太 你要不要再看一看孩子？

布鲁诺 （猛地打了一个寒战）不了。

约恩太太 为什么呢？

布鲁诺 叶特，我永远都不想看他一眼。叶特，我要走了，再见！对了，我在路上捡到一块马蹄铁（从口袋掏出一块马蹄铁放在桌子上），愿它能给你带来好运！这个我也用不上了。

〔布鲁诺·梅歇尔克又了无声息地溜出了房间，和来的时候一模一样。约恩太太一直死死地望着他消失的地方，一脸惊恐地瞪着眼睛。她将双手合十放在嘴边，瘫倒在沙发上，嘴里不停地念叨着，好像念悼词一样。〕

约恩太太 我没杀人，我没杀人！这不是我想要的结果！

第五幕

约恩夫妇的家中。沙发上约恩太太正在熟睡中。瓦尔布尔迦和施皮塔打开门从走廊进来了。屋外正响起嘹亮的军号声。

施皮塔　屋子里好像没有人。

瓦尔布尔迦　艾里希，你看，约恩太太在沙发上躺着！

施皮塔　（和瓦尔布尔迦一起走到沙发前）她好像睡着了！不可思议，她居然能在这么吵闹的环境下睡着了。（屋外的军号声逐渐远去）

瓦尔布尔迦　嘘，艾里希！看到这个女人我总是觉得害怕得很。你知道为什么楼下会有那么多警察吗？你知道为什么我们被禁止出去吗？真的很担心，警察会将我带走关在警察局。

施皮塔　瓦尔布尔迦，别瞎想啦，我想你是见到幽灵了吧。

瓦尔布尔迦　刚才我们遇到的那个便装男人，一直不停地上下观察我们，你问他要干什么。你知道吗，当他将警官证从口袋里拿出的时候，我紧张得几乎要瘫在地上了。

施皮塔　他们只是在追捕一个罪犯而已。瓦尔布尔迦，这只是刑警常常会采用的大搜捕的方式而已。

瓦尔布尔迦 艾里希，你听听，好像是爸爸的声音，我听见他似乎在和谁高声说话。

施皮塔 你听错了吧，或许是你太敏感了。

瓦尔布尔迦 （约恩太太忽然说了一句梦话，瓦尔布尔迦被吓得打了一个哆嗦）你听见她在说梦话了吗？

施皮塔 你看她的额头上一颗一颗豆大的汗珠，还一直紧紧地攥着这块锈迹斑斑的马蹄铁。

瓦尔布尔迦 （仔细倾听，十分紧张）我爸爸来了。

施皮塔 瓦尔布尔迦，你到底怎么啦？他来就尽管来好啦，瓦尔布尔迦。只要我们自己坚定不移，只要我们的良心清白无瑕，我已经做好所有准备，面对任何可能出现的结果！（敲门声响起，施皮塔坚定地说）请进！

〔哈森罗伊特太太推开了门，气喘吁吁地走了进来。看到自己女儿之后，才放松了一些。〕

哈森罗伊特太太 上帝保佑，谢天谢地！孩子啊，你们果然在这里！（瓦尔布尔迦颤抖地扑到了母亲的怀抱里）孩子，妈妈快要被你吓死了！

〔一阵长久的沉默和啜泣。〕

瓦尔布尔迦 对不起妈妈，我别无选择了。

哈森罗伊特太太 不，女儿，瓦尔布尔迦，你怎么能这么想呢？你怎么能在写给妈妈的信中说那样的话呢？尤其还是写给我这样一位母亲。我完全明白，你十分痛苦，可是你也应当明白，不管什么时候我总是和你站在一起，还会为你出谋划策。你知道的，妈妈绝非蛮横不讲理的人，妈妈也是从你们这个年龄走过来的，可是跳河……跳河，这样的玩笑可不是随便开的。施皮塔先生，希望我说的话也能得到你的认同。看看你们现在，立刻跟我回家。约恩太太是怎么回事儿？

瓦尔布尔迦　妈妈，您真是太好了，您一定要帮帮我，带我们走吧，您一定要跟我们在一起！看到您来了，我实在太开心了！这几天我真的又担心又无助，都不知道是怎么过来的。

哈森罗伊特太太　好啦，那我们回家吧。施皮塔先生，只要你和我这孩子没有因为绝望而做出什么傻事，那就行了。你们这样大的年轻人确实应该具有勇气，绝不应该因为任何理由，因为一点儿小事不如意就轻易选择放弃生命。人的生命只有一次啊。

施皮塔　啊，我不会缺乏勇气！在生活面前我从未想过让步，从未想过懦弱地放弃生命，只要瓦尔布尔迦不会放弃我的爱情。否则的话，我就真的只剩死路一条了。虽然我现在一无所有，甚至只能去贫民食堂①用一份汤来填饱肚子，但是我的信念永远不会失去，我对未来的美好憧憬永远不会失去。瓦尔布尔迦也坚信，我们现在经受的苦难终归有一天会获得回报。

哈森罗伊特太太　你们还没有长大，人生之路，也还很漫长。一个大学生，暂时还没有正式工作，去贫民食堂也不是什么见不得人的事情，但是如果你和瓦尔布尔迦结婚了，再这样可就要受苦了。我想在你们结婚之前，至少要有一个炉灶，将生活必备的东西准备好。我想跟你们说的最重要的事情是，经过我千辛万苦的劝说，你爸爸已经接受了你们结婚的事情。这可真是一件十分艰难的事情，如果不是早上邮差来告诉他，他已经被任命为斯特拉斯堡剧院的经理，恐怕我也无法说服他同意呢。

---

①德国19世纪城市慈善机构专门向贫困者提供廉价午餐的食堂。

瓦尔布尔迦 （惊喜万分）妈妈，真的吗，妈妈？这可真是天大的好消息啊！

约恩太太 （忽然猛地坐了起来）布鲁诺！

哈森罗伊特太太 （满含歉意地）约恩太太，真是不好意思，我们吵到您了。

约恩太太 布鲁诺已经走了吗？

哈森罗伊特太太 谁？布鲁诺是谁？

约恩太太 哦，布鲁诺！您不知道布鲁诺？

哈森罗伊特太太 我想起来了，您的弟弟叫布鲁诺。

约恩太太 刚才我睡过去了吗？

施皮塔 约恩太太，刚才您在睡梦中还说梦话呢。

约恩太太 施皮塔先生，您是没看见，院子里的那帮小兔崽子……您是没看见，那帮孩子一直在往阿达尔贝特的坟墓上面丢石块，被我看见了，我一个个抓着他们，每个人赏了几个耳光。

哈森罗伊特太太 约恩太太，听起来，您是梦见死去的儿子阿达尔贝特了。

约恩太太 没有，没有，我没有做梦，不是这样的，经理太太。对了，后来我还带着阿达尔贝特去了户口登记处。

哈森罗伊特太太 但是，阿达尔贝特已经不在了……您怎么……

约恩太太 一个孩子只要一出生，就会一直在母亲的心里活着；他不在了，就更是只会在母亲的心里活着了。木板房后面那些野狗在疯叫，你听见了吗？月亮旁边那些很大的光晕，你看见了吗？布鲁诺，你误入歧途了！

哈森罗伊特太太 （抱着约恩太太的肩膀摇晃了几下）约恩太太，约恩太太，您醒醒！您怎么啦，您身体不舒服吗？得让约恩先生带您去医院了。

约恩太太 布鲁诺，你误入歧途了。（窗外钟声再次响起）外面的声音是钟声吗？

哈森罗伊特太太 约恩太太，祈祷仪式，现在已经结束了。

约恩太太 （逐渐清醒过来，木然地看着四周）为什么我要醒过来？为什么你们不趁我睡着砍下我的头颅？在梦里我都说了些什么？经理太太，千万别跟别人说，嘘！（猛地翻身爬起，用手梳了梳她别着很多发卡的头发。哈森罗伊特从走廊的门进来）

哈森罗伊特 （看到他的妻子和女儿，愣了一下）

看吧，看吧，梯摩特乌斯，

看伊壁库斯的鹤①！

约恩太太，您不是告诉我，周围有一家店铺可以帮忙托运行李吗？（对瓦尔布尔迦）女儿，在你用你年轻的固执憧憬你的幸福之时，你爸爸因为工作已经来回奔波了两三个小时。（对施皮塔）年轻人，如果你知道拖家带口为一点儿发霉的面包而辛苦奔波有多么不容易，或许你就不会那么着急组建家庭。愿上帝保佑每一个人，不会有一天因为一无所有而在柏林的最底层苦苦挣扎，不会为了家人的生存而被扔在肮脏的地下室或下水道里。好啦，各位，向我祝贺吧！八天之后，我们就要在斯特拉斯堡生活了。（哈森罗伊特太太、瓦尔布尔迦、施皮塔和哈森罗伊特将手紧紧地握在一起）所有的一切，我都会安排得井井有条的。

哈森罗伊特太太 亲爱的，一直以来确实是你妥善地为我们安排好了一切，为我们一直在努力。

哈森罗伊特 就好像是划了一条快要沉没的破船要去到安全的

---

①这两句来自席勒的诗《伊壁库斯的鹤》，用在这里表达一种惊讶之情。

彼岸。我的那些高贵而价值不菲的戏服，本来是为了让世人看到诗人的梦想，然而现在不知被遗弃在哪个角落里，或许穿在哪个卑贱之人的身上，这帮低贱的无赖！好了，忘了这些不快，还是跟你们说一些高兴的事吧。我已经将行李全部装好了，很快就可以将我们的家搬到一个新的地方，希望那是一个给我们带来永恒幸福的地方。（忽然转向施皮塔）尊敬的施皮塔先生，您必须发誓，你们两个绝不会在任何绝望的时候失去理智，做出蠢事来。只要是你们合理的请求，金钱上我会尽可能给你们帮助。此外，有一件事我需要询问约恩太太。首先，我想知道为什么我们的大门口有一堆警察，而且禁止我们去到大街上；其次，我想知道我这样一个正直之人，刚好在命运转折之际怎么会成为报纸上丑陋的诽谤对象。

哈森罗伊特太太　亲爱的哈罗，我想约恩太太听不懂你想说什么。

哈森罗伊特　好吧，那我就直说了。这是我这几天收到的信（拿出一沓信来），一封，两封，三封，五封，看看吧，几乎有整整一打！这些我根本不认识的人，竟然写信向我祝贺阁楼上的事情。本来这些事我不会在意，可是再加上这些地方小报的胡言乱语我就无法装作不知道了。他们居然说，在郊区一栋楼上的一个面具出租者——这是什么话……——一个刚刚降生的婴儿出现在一个面具出租者的阁楼里！……这真是莫名其妙的说法，简直让人啼笑皆非。完全是黑白颠倒了，可为什么背黑锅的是我？真是岂有此理！更有甚者，他们居然将那个面具出租者说成是一个破产的蹩脚演员！太太，您看看，面具出租者之鹤①。这些混蛋简直该死！今天晚上，报纸上就要正式公布我成为斯特拉斯堡剧院经理的任命，可是就在这个时候，

①在德国，鹤象征着新出生的婴儿。

我却成了大家口中的笑柄。毫无疑问，嘲笑是所有诅咒中最恶毒的。

约恩太太 经理先生，大门口有警察吗？

哈森罗伊特 没错！克诺伯太太的儿子的葬礼因此都无法举办。无论是小棺材，还是抬棺材的那个獐头鼠目的虔信教会的家伙，都不被允许上车。

约恩太太 哪个孩子的葬礼？

哈森罗伊特 克诺伯太太的孩子啊，您难道没听说，就是那两个陌生女人偷偷摸摸抱到我楼上的那个孩子。他就是死在我眼前，也许是病死的吧。我想顺便问……

约恩太太 克诺伯太太的孩子死了？

哈森罗伊特 我想顺便问一下，约恩太太，您知不知道，那两个偷孩子的女人，被警察抓起来之后怎么样了？

约恩太太 您说，杀死那个孩子的是上帝之手吗？我的小阿达尔贝特是不是也是因为被上帝之手抓住，才早早夭折的呢？

哈森罗伊特 您在说什么？您的逻辑我不明白。我更加怀疑的是，那个看上去颠三倒四疯言疯语的波兰姑娘，跟我阁楼上被偷的衣服，克瓦夸罗在靴子里找到的那个奶瓶，以及现在报纸上这些莫名其妙的评论，到底有没有关系？

约恩太太 经理先生，您不要胡思乱想，随便联系了，这些之间没有任何关系。对了，经理先生，您看见保尔去哪儿了吗？

哈森罗伊特 保尔？您是说您的丈夫？对，如果我没记错的话，就在刚刚他还跟来我家调查衣服被偷的那个警长说话呢。

〔约恩上。〕

约恩 叶特，看见了吗，不出我所料，才过了一会儿就出事了。

约恩太太 出了什么事？

约恩　外面路灯的柱子上，到处都贴满了警察局的告示，正在重金悬赏告发呢。这一千马克我是不是应该去挣到呢？

约恩太太　究竟怎么了？

约恩　你还不明白？在外面的这些警察就是来搜捕布鲁诺的。

约恩太太　到底发生了什么事儿？谁告诉你的这些事儿？为什么会有这样的事儿？

约恩　孩子的葬礼已经被迫停下来了，其中有两个混入葬礼队伍的家伙，已经被抓住了，那的确是两个彻头彻尾的坏蛋。经理先生，您看看，报应这么快就来了。这个女人是我妻子，现在警察局正在到处搜捕他的弟弟，因为他就在施普雷河附近的郊区，把一个女人杀死在丁香花丛中了。

哈森罗伊特　我的上帝呀，约恩先生，上帝怎么会让这样的事情发生呢？

约恩太太　你血口喷人，那绝不是我弟弟干的。

约恩　叶特，真是新鲜事儿啊。经理先生，就在刚刚我还在跟她说她这个弟弟不是什么好东西。（看到了桌下的丁香花束，一把将其抓起来）您看看，刚刚这个混蛋就在这里！如果他再来这个屋子，我一定会把他绑起来，让他接受正义的审判。（在屋子里四处寻找）

约恩太太　把你的正义收回去吧！天上都不存在正义，何况是人间呢？这个屋子从没来过外人，我从汉格斯堡将这束丁香花带回来的，就在你妹妹屋子后面，就有一大丛丁香花。

约恩　叶特，你撒谎，你根本就没有去汉格斯堡。克瓦夸罗刚才告诉我。警察已经得到了证据，有人看见你在施普雷河畔的公园里。

约恩太太　你胡说！

约恩 你整晚都待在公园的凉亭里。

约恩太太 你想干什么？你这次回来就是想让这个家走向毁灭吗？

约恩 我说的都是事实，事情已经发展至此了，不是你能抵赖得掉的！难道我们家还没有被毁？我早就预感到迟早会有事情发生。

哈森罗伊特 （略微紧张）那个和克诺伯太太争夺孩子的像母狮一样的波兰姑娘，有人看见过她吗？

约恩 就是她被杀死在丁香花丛中，今天早上警察在那里已经找到了她的尸体。如果我说是布鲁诺·梅歇尔克杀死了她，上帝一定不会惩罚我舌头抽筋。

哈森罗伊特 （急促地）难道她是他的情人？

约恩 我不知道，可能我老婆会比较清楚吧。我一直觉得早晚会出事，这个家我早就不想回来了。我老婆总是跟这些人在一起厮混，想摆脱他们也无能为力，没事发生才不正常呢！

哈森罗伊特 孩子们，我们走吧！

约恩 你们尽管随意待着就好啦，为什么要走呢？

约恩太太 你到底还想怎么样？你要打开窗户去喊吗，去让世人皆知吗？我们悲惨的命运已经如此糟糕了。呸，过不了多久，你就再也不会看见我了。

约恩 对，我就是要这样做！我就是要喊给所有人听，让每个人都知道，让这栋房子里、外面街上的所有人都听一听。我还想告诉院子里的木匠、裁缝店里的大姑娘和小伙子们，我要跟他们说我老婆有一个王八蛋弟弟，而且还一直包庇纵容他，甚至不惜毁了自己。

哈森罗伊特 约恩先生，自称孩子母亲的那个美丽的波兰姑娘真的死了吗？

约恩　她是不是美丽，我真不知道。我只知道，她现在正静静地躺在停尸间里。

约恩太太　那到底是个什么玩意儿，我一清二楚。一个昧着良心的下贱女人！不知廉耻，整天和男人乱搞，给一个蒂罗尔人生了孩子，不久就被男人踹了！孩子还没出生，她就迫不及待地想要那个孩子死。没想到后来又跟基尔巴克一起，就是那个曾经在普洛岑湖蹲过监狱又总喜欢冒充好人的烂女人，找到这里来想要回孩子。布鲁诺跟她之间的关系，我也不知道，或许有，或许没有。布鲁诺他自己犯罪，我跟他毫无关系。

哈森罗伊特　约恩太太，这么说那个姑娘您早就认识？

约恩太太　我怎么会认识她呢？经理先生，我和她素不相识！我只是听大家都这么说。

哈森罗伊特　约恩太太，您一直都是一个规矩本分的女人。约恩先生，您也一直都是老实勤劳的男人。尽管您妻弟犯罪这个事实无法改变，但是这跟你们的家庭生活确实没有太大关系，又何必因此而影响你们的幸福……不过，你们最好坦诚地……

约恩　这样的生活环境，我一刻也不想继续留下了，我绝不想跟那个混蛋有任何瓜葛！（他一边用拳头捶打桌子和墙壁，一边使劲地踩着地板）您听听，在糊墙的报纸下面，泥灰一直在不停地往下掉！木头墙壁全部都腐烂了，蛀虫和老鼠已经将它全部啃光了！（又使劲跳了两下）整个屋子一直在摇晃，随时都有可能轰然倒掉！（将房门一把拉开）塞尔玛！塞尔玛！在这里彻底坍塌之前，我要赶紧走。

约恩太太　为什么你要叫塞尔玛？

约恩　让塞尔玛抱着我的孩子，我们要去找我妹妹，我要让我妹妹来帮我抚养我的孩子。

约恩太太　你别做梦了，你别想碰孩子一根头发！

约恩　我可不希望我的孩子在这种环境中生活，迟早像布鲁诺一样成为警察逮捕的对象，最后在监狱里过完一生。

约恩太太　（大声叫嚷）你搞清楚，这孩子根本不是你的，你明白吗？

约恩　你说什么？我很想知道，当一个女人对他的杀人犯弟弟一味纵容包庇，甚至狼狈为奸的时候，她正直合法的丈夫究竟能不能为他的孩子做更好的安排。

约恩太太　我要打开窗户告诉所有人！经理太太，您看到了吗，他居然想带走一个母亲的孩子！我才是他的母亲，这是我的权利！我有做母亲的权利！经理太太，我有做错什么事儿吗？他们如此欺人太甚，要剥夺我做母亲的权利！是我把这个孩子抱回来的，那时候他被人抛弃，浑身上下只裹了块破布，我带他回来又搓又揉地小心呵护，费了九牛二虎之力才让他缓过来，难道我没有做他母亲的权利吗？如果没有我，三周之前他就已经死了。

哈森罗伊特　约恩先生，我本来不想调解你们夫妻之间的矛盾，这样的事情往往费心费力还得不到任何感激。尽管您认为有损您的名声，但还是应该谨慎行事。怎么说她也是您的太太，布鲁诺犯的错确实跟她没有直接关系。您要抱走孩子，就显得太过不留余地了。不幸的事情已经发生了，您就不要让事情变得更加不幸了。

约恩太太　保尔，孩子是我的骨血，是我身上掉下来的肉！现在整个世界都与我为敌，连你也来步步紧逼，这就是我们的夫妻情分吗？我觉得我就处在一群饿狼中间。你想要我死可以，但我绝不会让你碰我的孩子。

约恩　经理先生，就在今天早上，我带着我全部的行李，坐火车回来。我放弃了汉堡、阿尔托纳所有的工作！我就是想，哪怕赚的钱没那么多，但是能够多陪陪家人！可以常常抱抱孩子，逗逗孩子，我就别无所求了……

约恩太太 保尔，来吧，保尔！（走到约恩先生前面）你掏出我的心来看看吧！

〔她凝视着他，良久，跑进了木板屋。传来了一阵婴儿的啼哭声。〕

塞尔玛从走廊的房门进来。她一身丧服，手里还拿着一个小花圈。

塞尔玛 约恩先生，您刚刚叫我了吗？有什么事儿吗？

约恩 塞尔玛，换好你的衣服！跟你妈妈说说，和我去一趟汉格斯堡，去找我妹妹。在那里给你找份工作挣点儿钱。去把我的孩子抱起来，我们马上就走。

塞尔玛 不，我永远也不想再碰那个孩子。我妈妈和那个警察也一直骂我，我害怕极了。

约恩太太 （走出木板屋）他们为什么会骂你呢？

塞尔玛 （大声哭泣）那个叫希尔克的警察，还动手打了我。

约恩太太 哼！他再敢动手……让他好看！

塞尔玛 我也不知道那个波兰女人是来抢弟弟的！我要是知道的话，我一定掐住她的喉咙，这样弟弟就不会死了。现在妈妈晕过去了，在克瓦夸罗家的床上躺着，小贡多弗里德的棺材还放在楼梯上。他们说，要让我去孤儿院，约恩太太。（咧开嘴，大哭起来）

约恩太太 你家那么糟糕的一个地方，你倒是应该庆幸去孤儿院。

塞尔玛 可是我会受到审判！他们都已经给我定罪了。

约恩太太 什么罪？

塞尔玛 他们说把那个波兰女人的孩子从阁楼抱到你家来的是我，约恩太太。

哈森罗伊特　这么说，确实有一个孩子在阁楼上生下来？

塞尔玛　是的。

哈森罗伊特太太　是哪个阁楼？

塞尔玛　就是用来放戏服的那个阁楼。可是这关我什么事儿呢？我也不知道是怎么回事呀。我只能说……

约恩太太　塞尔玛，走吧！无论别人怎么胡言乱语，你都是无辜的。

塞尔玛　约恩太太，反正我不会对任何人说的。

约恩　（将想要溜走的塞尔玛一把抓住）你回来，话没说完别想就这么走！你给我实话实说，刚刚你说"你不对任何人说"。经理先生，您也听见了吧？还有经理太太、施皮塔先生和小姐们也全都听见了吧？你给我实话实说！如果你不告诉我布鲁诺和他的情人究竟做了什么，那个孩子究竟去了哪里，你休想踏出这个屋子一步。

约恩太太　保尔，我什么也没做，我以上帝的名义起誓。

约恩　真的是这样吗？小丫头，快说，把你知道的都告诉我！我一直觉得你和我老婆古里古怪的，到现在还在不断使眼色，你说，那个孩子是不是已经死了？

塞尔玛　不，约恩先生，那个孩子没有死。

哈森罗伊特　是你将孩子从楼上偷偷抱来这里的？

约恩　如果那个孩子死了，你也会像布鲁诺一样被绞死的，你等着瞧吧。

塞尔玛　我刚才说了，那个孩子没有死。

哈森罗伊特　在我看来，你或许并没有抱什么孩子从阁楼下来？

约恩　汉娜叶特，你难道对这一切都一无所知？（约恩太太目不转睛地看着约恩先生，塞尔玛则一脸茫然地看着约恩太太）汉娜叶特，是你将布鲁诺和那个波兰女人生下的孩子抱走，然后又将克诺伯太太的儿子抱过来代替那个孩子。

瓦尔布尔迦 （脸色惨白，勉强地说）约恩太太，您说，那天刚好爸爸上楼来，我们不得已只能爬到阁楼里愚蠢傻瓜一样地躲起来，您说说，那天的情况究竟是怎样的？爸爸，我回头再给您仔细解释。当时我就发现约恩太太、布鲁诺和那个波兰姑娘是一起的。

哈森罗伊特 瓦尔布尔迦？

瓦尔布尔迦 爸爸，就是这样的，当时您约了阿丽丝·吕特布什。而我也恰好在那里约了艾里希，后来他却没看见我——我当时藏在了阁楼上——然后就和你聊了会儿。

哈森罗伊特 是这样吗？我不太记得当时的情况了。

哈森罗伊特太太 （对哈森罗伊特先生）就因为这事儿，这孩子已经好几天都无法安睡了。

哈森罗伊特 我也曾经当过律师，后来因为无法通过检察官考试不得不转向艺术，如果您还对我报以信任的话……如果您还愿意听我的建议的话，约恩太太，在现在这种情形下，我必告诉您，您将自己知道的事情和盘托出才是维护自己的最佳方法。

约恩 叶特，那个孩子究竟被你们带去哪里了？我忽然想到，警察们说，他们也正在千方百计想要找到那个波兰女人的孩子。上帝啊，不会是你杀死了他吧？不会是你想要包庇你弟弟，为你弟弟毁灭罪证，从而杀死了那个刚刚出生的孩子吧？

约恩太太 （忽然笑了起来）保尔，我会杀死小阿达尔贝特？

约恩 我们谁也没提到阿达尔贝特。（对塞尔玛）如果你不告诉我那个孩子究竟去了哪儿，你看我会不会杀了你！

塞尔玛 约恩先生，那个孩子就在您家木板屋里。

约恩 叶特，他究竟在哪里？

约恩太太 我为什么要跟你说？

〔木板屋里传来了孩子的哭声。〕

约恩 （对塞尔玛）你最好实话实说，否则我现在就让警察来逮捕你。你看着，我就用那根绳子将你绑起来让警察带走你。

塞尔玛 （十分惊恐，脱口而出）约恩先生，那个孩子您不是认识吗？他现在正在哇哇大哭呀！

约恩 我……认识？

〔他疑惑地看着塞尔玛，又回头看了看哈森罗伊特。最后将目光停在了自己妻子身上，忽然好像什么都明白了，他身体颤抖，甚至都有些站不住了。〕

约恩太太 保尔，她在撒谎，你千万不要相信她！这肯定是她妈妈教她撒谎来报复我的！保尔，你不要这样看着我。

塞尔玛 约恩大娘，您居然最后把责任推到我身上，这可是太过分了。既然如此，就别怪我把事情全部说出来了。所有的一切你心里都明白，就是您让我从阁楼上把那个波兰女人的孩子抱下来，然后帮您放在新买的婴儿车里面，我完全可以以任何名义起誓！

约恩太太 你血口喷人，你的意思是，我不是这个孩子的亲生母亲？

塞尔玛 约恩太太，事实上，您本来就没有生过孩子。

约恩太太 （一把抱住约恩的大腿）她胡说，你别听她的。

约恩 放开你的双手，汉娜叶特。我不想让你弄脏了我的身体。

约恩太太 保尔，我实在别无选择了呀，只能这样一错再错。我也被骗了，我没办法，只能给你写了信。你知道以后那么开心，我实在没有办法揭穿这个谎言。那时候我就想，只有这个办法了，否则的话，那……

约恩 （保持着可怕的平静）叶特，你让我冷静一下！（他走到衣柜前，拉开一个抽屉，将里面所有的婴儿衣服全部拿出来丢在了地上）这几个礼拜谁知道她没日没夜地用她那血淋淋的双手都做了些什么？

约恩太太 （发疯一样，从地上捡起婴儿衣服，并且将衣服用一块布好好地包起来）保尔，为什么你要这样啊？不管你怎么做都可以，但是不要在我伤口上撒盐了好吗？

约恩 （沉默无语，双手抱住头一屁股坐在了凳子上）叶特，如果这一切都是事实，我就算死了都会羞愧得无地自容的。

哈森罗伊特 约恩太太，你这样的做法不是掩耳盗铃吗？你已经被深渊吞噬了！孩子们，我们快回家吧，这里的事情我们已经无能为力了。

约恩 （站起来）经理先生，你走吧，我也不想再待在这里了。

约恩太太 都走吧，越远越好！你这样的男人对我也没什么用了！

约恩 （转过来，冷冷地对着）所以说，是你抱走了孩子，最后孩子的母亲来讨要孩子，你就指使布鲁诺杀掉了她。

约恩太太 你不是要走吗？都不是我丈夫了，还打听这些做什么？警察给你钱了吗？让你来把我送上刑场吗！保尔，快滚吧，你这个丧尽天良的家伙，你不是人！去呀，去让警察过来抓我呀，怎么还不快去？我终于看清楚了你的真实嘴脸！我会一直鄙视你的，只要世界还存在一日，我就会鄙视你一天。

〔约恩太太忽然跑向门口。同时，希尔克警官和克瓦夸罗一起走进了屋子。〕

希尔克 给我站住，别想从这里逃出去。

约恩 埃米尔,请进来吧!警官先生,您快进来!这里都还好,没有发生什么大事。

克瓦夸罗 保尔,别生气,我知道你和这些事情毫不相关。

约恩 (勃然大怒)埃米尔,你是在嘲笑我吗?

克瓦夸罗 保尔,你这是怎么说的!我只是陪着希尔克先生过来,他要把那个孩子送到孤儿院。

希尔克 没错,我就是为这个目的而来的。孩子呢?

约恩 我怎么知道?那个老妖精想要要弄别人而变出个小妖精,会不会从烟囱飞走啊,你们要千万留神呢。

约恩太太 保尔,这个孩子活不下去了!你们不让我活,我也不会让他活下去的!他得跟我一起死!我们得一起死。

〔约恩太太迅速进入了木板屋,然后抱着孩子出来,就像发了疯一样想要从门口冲出房子。哈森罗伊特和施皮塔迅速截住了她,试图把孩子从约恩太太的手中抢下来。〕

哈森罗伊特 站住!既然我在这里,这样的事情我就绝不袖手旁观!都听我的!不管这个孩子最后究竟是谁的,但是他出生在我的阁楼上!现在他的母亲死了,事情也越来越复杂了。施皮塔,使劲!让我们看到你的品质的时刻到了,小心一点儿,好,好,再加把劲,太好了!好像在抢救刚出生的耶稣一样!好了,约恩太太,您现在留下了孩子,您现在想去哪儿,我们都不会阻拦你。

〔约恩太太疯狂地从门口冲了出去。〕

希尔克 站住,不许动。

哈森罗伊特太太 快点儿抓住他,那个女人精神已经失控了!

约恩 (忽然惊恐万状)拦住她,快点拦住她,把她拦住!她一定会出事的!

〔塞尔玛、希尔克和约恩一起追了出去。施皮塔、哈森罗伊特夫妇和瓦尔布迦在桌子旁边仔细地照顾着桌子上的孩子。〕

哈森罗伊特　（小心地将孩子放在桌子上）这个可怜的女人已经彻底崩溃了，可是她也不能因此杀死这个孩子啊。

哈森罗伊特太太　这个女人在这个孩子身上几乎倾注了全部心血，她近乎疯狂地爱着这个孩子！但是哈罗，你刚才说的几句话有些严厉，也有些欠妥，或许她会因此而自寻短见。

哈森罗伊特　太太，我没觉得刚才的话有什么地方过于严厉啊。

施皮塔　我有很不好的感觉，这孩子永远都不会有母亲了。

克瓦夸罗　我也这么觉得。而且，也不用奢望他父亲会照顾他。那个混蛋昨天刚刚在哈森海德结婚了，和一个游乐场主的寡妇。他母亲本身就是一个堕落的女人，更可恨的是那个基尔巴克太太也不是什么好东西，被她收养的孩子十个里面活不了两个。看起来，这个孩子也不会活太久了。

哈森罗伊特　这都是上天的父亲早就已经做好的安排了。

克瓦夸罗　保尔？你是说那个泥瓦匠？不会的，对他我还是很了解的，他有极强的自尊心。

哈森罗伊特太太　哎，看看这孩子，看他身上的衣服多么精致啊，做工真好，衣服上还镶有花边！你看，他就像洋娃娃一样可爱，可是真是没想到，仅仅一会儿工夫，他就要沦为一个孤儿了。

施皮塔　如果我是以色列国王 ①……

哈森罗伊特　就会去建一座专门纪念约恩的丰碑！人类在命运的争斗中，或许充满了崇高伟大的东西，但是就算是终生致力正义

---

①以色列国王所罗门，曾经审判过两个女人争夺婴儿的案件，在传说中以智慧闻名。

的科尔哈斯，也无法让他的理想完全变成现实。我们还是按照基督教义，做点儿有用的实际点儿的事情吧。或许我们可以考虑将这个孩子收养了。

克瓦夸罗 我建议您还是别这么做！

哈森罗伊特 为什么呢？

克瓦夸罗 你想收养这个孩子，不只是需要一大笔钱，还要花费大把的时间周旋在慈善机构、警察局和法院之间，恐怕还要打官司。

哈森罗伊特 这样我可真的耗不起。

施皮塔 您有没有觉得这正是现实中上演的一幕悲剧吗？

哈森罗伊特 看到了吗？我多次告诉过你，并不总是在高贵的人身上才会发生悲剧。

〔塞尔玛喘着粗气跑上来。〕

塞尔玛 约恩先生！约恩先生！约恩先生在哪儿？

哈森罗伊特太太 塞尔玛，发生什么事情了？约恩先生出去了。

塞尔玛 赶快让约恩先生到外面的街上去。

哈森罗伊特 塞尔玛，你好好说，究竟发生了什么？都别嚷嚷，安静一些。

塞尔玛 （气喘吁吁）您太太……您太太……外面满大街的人……还有好多马车……好多人都在围观……她就在大街上……您太太就在大街上直挺挺地躺着。

哈森罗伊特太太 你都在说些什么啊？怎么回事？

塞尔玛 上帝啊，我的天啊，约恩大娘从楼上跳下来，摔死了。

〔剧终〕

织　工

致　辞

　　谨以此剧本献给我的父亲罗伯特·霍普特曼。

　　亲爱的父亲，您一定清楚，我为什么要把这个剧本献给您，这里就不详细说明了。早年，祖父就像剧本所描绘的那些在织机旁辛苦劳作的人一样，是个穷织工。我的剧本就是以您讲给我听的和祖父有关的故事为原型的，不管它生机勃勃还是腐朽落后，归根结底，"一个可怜如哈姆雷特的人"可以贡献出的最美好的东西就是它了。

　　　　　　　　　　　　　　　　　　您的盖哈特

本剧主要人物

德赖西格　织布厂老板

德赖西格太太　织布厂老板的太太

普法伊弗尔　发货员，德赖西格的雇员

诺伊曼　会计，德赖西格的雇员

一学徒　德赖西格的雇员

约翰　马车夫，德赖西格的雇员

一女仆　德赖西格的雇员

魏因霍尔德　德赖西格家的家庭教师

基特尔豪斯　牧师

基特尔豪斯太太　牧师的太太

海德　警察局长

库切　警察

朔尔茨·韦尔策尔　酒店老板

韦尔策尔太太　酒店老板娘

安娜·韦尔策尔　酒店老板的女儿

维甘德　木匠

维蒂尔　铁匠

一推销员

一农民

一森林管理员

施密特　外科医生

霍尼希　收购破布的小贩

贝克尔

莫里茨·耶格尔

鲍默特老人

鲍默特大妈

奥古斯特　鲍默特夫妇的傻儿子

贝尔塔　鲍默特夫妇的女儿，15 岁

埃玛　鲍默特夫妇的大女儿，22 岁

弗里茨　埃玛的儿子，4 岁

安索格

海因里希大嫂

希尔泽老人

希尔泽大妈

戈特利布　希尔泽夫妇的儿子

路易丝　戈特利布的妻子

米尔兴　戈特利布的女儿，6 岁

雷曼

海贝尔

一男孩　8 岁

印染工人

一大群织工

序　幕

　　剧情发生的时间是1804年，地点位于欧仑山区中的卡施巴赫和欧仑山麓的彼得斯瓦尔道和朗根比劳。《织工之歌》的唱法是根据《奥地利有一座宫殿》的曲调来的。

第一幕

彼得斯瓦尔道村中一间粉刷成灰白色的房间里。这个房间属于德赖西格家，织工们会在这里交付自己织好的布品。房间的左边是几扇没有窗帘的窗户，后墙和右边各有一扇相同的玻璃门，男女织工和孩子们便可以通过这里进出。每一面墙边基本都有一些木架，上面放着很多布匹。在右墙边设有一条长凳，织工们来到这里之后，会先把织品放在长凳上，然后按照顺序带去检验。织工们把带来检验的织品放在一张大桌子上，普法伊弗尔就站在这张桌子后边，他担任的是发货员的角色，一把尺子和一个放大镜就是他检验时所需要的两个工具。织工会把普法伊弗尔验完的织品放到秤上，一个学徒先称量织品的重量，然后将其搬到木架上。会计诺依曼就坐在旁边的小桌上，普法伊弗尔算好应付的工钱之后，就大声地告诉他。

在五月末的一天，刚好中午十二点整，天气非常闷热。织工们都在焦急地等待着验布，就如同在法庭上等待着事关生死的判决一样。每个人心里都觉得非常压抑，如同在接受施舍，对所有的事情都只能容忍，所以才逐渐变得看不起自己。除此之外，每个人脸上都带有一种古板呆滞的神情，他们在思索着，却又毫无办法。这里的男织工们简直就像一个模子里出来的，他们既像侏儒，又像教书的先生。他们中很大一部分人都是一副憔悴的模样，他们的家庭非常贫穷，因为每天坐的时间太长，膝盖也伸不直，胸部也很扁，不时还会咳嗽，脸上露出憔悴的神情，身上满是污垢。如果不细看的话，根本看不出他们的妻子有什么特征。她们每天都非常劳累，因为工作变得忐忑不安，终日忙于工作，她们的丈夫则能稍微表现出一点点尊严。女工们的衣服十分破旧，男工们的衣服也是破旧不堪，基本都是缝补之后才勉强穿上的。这里年轻的姑娘也有一种独特的魅力：她们脸色很苍白，身材苗条纤细，眼睛里流露出忧郁的神情。

诺伊曼 （数了数钱）一共是十六个银币两芬尼。

织工妻甲 （已经 30 岁了，脸上焦黄憔悴，用颤抖的双手接过钱）谢谢您。

诺伊曼 （看见这个女人没走）难道这一次我又弄错了？

织工妻甲 （很紧张，渴求的目光）我现在非常急着用钱，能不能给我预支一点儿？

诺伊曼 要是这么说的话，我也急需用钱，我还需要几百个塔勒呢！（正在忙着给另一位织工付钱，不急不慢地）只有德赖西格先生才能决定是否可以预支工资。

织工妻甲 那我能不能和德赖西格先生谈一谈？

普法伊弗尔 （以前也是一位织工，现在还依然能看出他以前的影子，只不过现在吃得很胖，穿了一身好衣服，脸上没有胡子，已经刮得很光了，可还是一个爱抽烟的烟鬼。他十分强横地朝这边大叫）这么点儿微不足道的小事情都要麻烦德赖西格先生，那他得多忙啊！这些事情就找我们，我们就负责处理这些事情。（他在量布，用放大镜仔细地观察着）妈的！穿堂风这么大！（把一条厚厚的围巾围在了脖子上）不管是谁进来，请把门关上！

学徒 （朝着普法伊弗尔大声地说）你可真像在和木头人说话。

普法伊弗尔 这样就行了。称吧！（织工把布放在秤上）如果能更加了解这份工作该有多好啊！这块布上有这么多疙瘩……根本不用我看了。如果是一个真正懂织布的人，他一定不会忘记卷轴，你看看这块布，谁知道你是忘了多久才想起来卷轴的！

贝克尔 （从外边走进来。他是一个青年织工，身材壮硕，行为很随便，甚至算得上没有礼貌。普法伊弗尔、诺依曼和学徒看到他进来，相互使了个眼色）贫穷是多么可怕！这个场景真是令人感到害怕，身上都会出冷汗。

织工甲 （声音很小）现在的天气太闷热，看来一场大雨是避免不了了。

鲍默特老人 （他好不容易才从右边的玻璃门口挤进来。从那里可以看到，门外有很多织工在等着交货，熙熙攘攘的。他腿脚不方便，蹒跚地走到前面，把布包和贝克尔的布包紧挨在一起放在了长凳上，坐下之后就在擦汗）到这里真不容易啊，终于可以休息一会儿了。

贝克尔 休息比金钱更加重要啊！

鲍默特老人 不管怎么样，钱都必须要啊！贝克尔，你好！

贝克尔 你好，鲍默特伯伯！还需要在这里等，真不知道还要等多久！

织工甲 对于织工来说，等一个钟头和等一天根本没有什么两样，因为织工就是要听他们的话，根本没有自由。

普法伊弗尔 后边的人别吵了！连说话的声音都听不到了！

贝克尔　（非常小的声音）今天对他来说又是心情烦躁的一天。

普法伊弗尔　（面朝着一个织工）我都跟你们说过多少遍了，一定要把布弄干净！你们怎么糊弄呢？你们看看！这个疙瘩和手指一样长，还有这么多稻草和污垢！

雷曼　之所以这样，是因为没有能清洁毛结的新镊子。

学徒　（称完布）这个分量根本不够！

普法伊弗尔　把棉纱发给这样的织工，简直就是浪费！回想起以前，要是我的师傅见到我织出这样的布，一定不会轻饶我。那个时候的纺织业跟现在截然不同，那时候每个人都必须对自己的工作了如指掌。可是现在呢？似乎不需要这样了！雷曼，十个银币。

雷曼　损耗的最多也就只能算一磅！

普法伊弗尔　我没那么多时间，无所谓，就这样吧！下一位。你拿来的货怎么样？

海贝尔　（把布放在了桌子上面。趁着普法伊弗尔检查，他凑上去，压低声音，非常恳切）普法伊弗尔先生，请求您原谅我！这一次您就帮帮忙，别扣我预支的工钱了吧！

普法伊弗尔　（手上量着布，嘴上带着讽刺的语气说）这次的布也太差了！最起码得有一半的纬纱缠在纱管上了吧？

海贝尔　（仍然在祈求着）我保证下个星期一定会把布织好。因为这个星期我在贵族老爷的领地上服劳役，工作了两天。可我的老婆依旧卧病在床……

普法伊弗尔　（拿着布交给负责称量的学徒）又出现这么一匹差劲的布！（他继续检查另外一匹布）看看这块布的边！有宽有窄，纬线抽得太紧，而经线却又太松。一寸布里纬纱竟然不足七十根！其他的呢？这活儿干得也太马虎了，你竟然能织出这样的布！

海贝尔 （眼里泛着泪花，强忍着屈辱，很无奈地站在一边）

贝克尔 （对鲍默特小声地说）这个人就是个无赖，他一定在想着让人家自己花钱来买棉线呢！

织工妻甲 （已经从会计桌旁慢慢地后退，目光呆滞地看向四周，眼神中满是祈求。此时她站在原地，心里下了很大的决心，哀求的对象变成了会计）求求您了！给我预支点儿工钱吧，否则我可能就会……天哪！我也不知道会怎样！

普法伊弗尔 （大喊）够了吗？你怎么还没完没了呢？能不能让上帝稍微安静一会儿！平常你对上帝根本没有心存敬仰。你还是好好地管管你丈夫，让他不要从早到晚泡在酒店里。我们支出的每一分钱都得给出解释，所以我们没办法给你预支。这钱并不归我们所有。如果自己能勤奋一点、能干一点、对上帝多敬仰一点，那么她根本不需要预支工钱。好了好了，就这样吧！

诺伊曼 在比劳，就算一个织工能挣到多四倍的工钱，那么他也会同等地花掉所有，而且还会欠下一屁股债。

织工妻甲 （声音高亢，就像在引导大家来拥护正义）我真的没有偷懒，我现在没有办法像以前那样去工作了，因为现在我的体力没有以前那么好了。我曾经小产过两次。而我的丈夫就是一个可怜的人。以前他曾经给策尔劳的牧羊人工作过，可是根本没有挣到钱，主要是因为……我认为不能强迫别人多干活儿……我们的确已经竭尽全力了。我已经好几个星期没有合过眼了。我的身体太虚弱了，这才导致根本没有办法继续生活了。先生，希望您体谅一下我的处境吧。（非常急迫，恳切地）希望您能帮帮我，给我预支点儿工钱吧！

普法伊弗尔 （根本不去搭理她）菲德勒，十一个银币。

织工妻甲 我只是想借点儿钱买面包。农民已经不再愿意借给我了。我的家里还有很多小孩儿……

诺伊曼 （声音很低，却带着一种可笑又正经的表情，对学徒）织工的小孩子真多啊，一年增加一个，每一年都会加，哎呀！

学徒 （迎合着）刚开始的几个星期，小孩儿们睁着大眼睛，哈哈……

雷曼 （没有碰会计给他的钱）以前每匹布都是给我们十三个半银币。

普法伊弗尔 （对着这边大叫）雷曼，如果你不满意，可以说出来。这里不缺织工，像你这样的织工更是摩肩接踵。只有布的分量足够，工钱才会给够。

雷曼 你是说这块布缺斤少两……

普法伊弗尔 如果这块布的分量足够的话，我一分钱的工钱都不会少你的。

雷曼 我的布根本不会像你说的那样有很多污垢！

普法伊弗尔 （继续检查布）只有把布织好，才能过上好日子。

海贝尔 （一直站在普法伊弗尔的身边，等到合适的时机，听到普法伊弗尔的话也忍不住苦笑。他又靠了过来，继续像第一次那样恳求）普法伊弗尔先生，发发慈悲吧，这一次我预支的五个银币就别扣了吧。自从狂欢节以来，我老婆就一直卧病在床。她现在根本没法做任何事情。我还得给一个帮我络纱的姑娘支付工钱，求您了……

普法伊弗尔 （吸了一口烟）海贝尔，我可不是光处理你的事情，好多人都在等着呢！

雷曼 如果我领着这块纱回去，然后上机织布，最后取下来，那么根本没有办法织出比这更好的布。

普法伊弗尔 如果你认为这里的纱不好，你可以永远不用来领了。想来这里找工作的人多的是！

诺伊曼 （面对着雷曼）你是不是不想要工钱了？

雷曼 可是只有这么一点儿，我很不满意。

诺伊曼 （不再去搭理雷曼）海贝尔，一共十个银币。扣除预支的五个，还剩下五个。

海贝尔 （慢慢地走近，简直不敢相信自己的眼睛。随后便把钱小心翼翼地塞进口袋里。）天哪！我的钱！我的钱！（唉声叹气）唉！这可如何是好啊！

鲍默特老人 （看着海贝尔的脸）弗兰茨，你说得没错，确实有的时候让人忍不住唉声叹气。

海贝尔 （就像没有力气一样）我的一个女孩病了，现在只能待在家里，我还要买两瓶药呢！

鲍默特老人 她怎么啦？

海贝尔 她从小就体弱多病，我也不了解啊。唉！这么说吧！她的病打从在娘胎里就有了，她的血液有毛病，结果就是全身都不太好。

鲍默特老人 这太正常了！只要人穷，各种疾病就会随之而来，根本没有办法解决。

海贝尔 你的那块布里装的是什么？

鲍默特老人 我的家里没有一分钱了，所以只能请人把我家的狗杀了。它饥肠辘辘，饿得皮包骨头。那是一条非常可爱的小狗，我很喜欢它，却没法亲自下手，我实在是狠不下心。

普法伊弗尔 （检查了贝克尔的布，大叫）贝克尔，十三个半银币。

贝克尔 这根本不是工钱，而是一种施舍，而且太少了。

普法伊弗尔 所有办完事情的都离开，不然我们连转身都困难！

贝克尔 （没有压低声音，对着周围的人）这就是一点酒钱，这么少！我们天天起早贪黑，弯着腰弓着背趴在织机上工作，每天都感到筋疲力尽，还有那么多灰尘，辛辛苦苦干了十八天！获得的报酬呢？只是十三个半银币！

普法伊弗尔 别在这里抱怨！

贝克尔 你想要让我闭嘴？不可能！

普法伊弗尔 （大跳起来喊）那咱们就看看吧！（对着玻璃门朝向办事处大喊）德赖西格先生！德赖西格先生！能不能麻烦您过来一趟？

德赖西格 （走了进来。他是一个刚过不惑之年的胖子，还有哮喘病，表情严肃）普法伊弗尔，叫我做什么？

普法伊弗尔 （非常凶狠地）贝克尔一直在这里抱怨！

德赖西格 （摆起谱来，昂起头一直紧紧盯着贝克尔，鼻翼微微动了一下）原来是这样！是贝克尔！（对着普法伊弗尔）是他吗？（其他的雇员纷纷点头）

贝克尔 （根本没有害怕）没错！德赖西格先生！（指了指自己）就是这个人！（然后指了指德赖西格）就是这个人！

德赖西格 （非常生气）你简直太放肆了！

普法伊弗尔 依我看啊，这个家伙一定是好日子过习惯了。这么长时间了，他总是这么自大，不把规矩放在眼里。总有一天会遭报应的！

贝克尔 （非常愤怒）你这个贱种！把你的狗嘴闭上！你的母亲也一定是出了什么岔子吧？所以才会跟魔鬼跳舞生出了你这个魔鬼儿子！

德赖西格 （怒发冲冠，大叫）给我闭嘴！否则……（气得浑身

哆嗦，往前走了几步）

贝克尔 （在原地自信地等着他走近）我不聋，我的听力很不错的！

德赖西格 （尽力地控制自己，冷静下来问）这个小子不是也加入了吗？

普法伊弗尔 他是比劳的一个织工。不管哪里有闹事的，都会有比劳的织工。

德赖西格 （非常生气）我警告你们，昨晚有喝醉的酒鬼和无知的人从我家旁边经过，还唱那么下流的歌，这样的情况如果再发生……

贝克尔 你说的应该是《血腥的审判》吧？

德赖西格 你知道我说的是哪一首歌！我警告你们，如果再让我听到，我一定会抓住那个领头人，然后我保证会交到检察官那里！让我查出来是谁胡乱改这些歌……

贝克尔 那可是一首很美的歌曲！

德赖西格 你给我闭嘴！要不然我立刻派人去找警察！就你们这些青年，我能应付过来，我制服比你们成熟老练的人都不在话下。

贝克尔 我对你这番话倒是毫不怀疑。如果这么说的话，一个地道的老板能很轻易地吞掉两三百织工，连骨头都不会剩下。他的胃像牛一样，牙像狼一样，吞掉这两三百个织工对他来说简直是小菜一碟。

德赖西格 （对雇员们）以后有什么活儿都不要分给这个人了！

贝克尔 对我来说，在织机旁饿死和在大街上饿死根本没有什么不同。我不在乎！

德赖西格 你给我滚出去！立刻！

贝克尔 （立场坚定）先把我应得的工钱给我！

德赖西格　诺伊曼，这家伙应该拿多少钱？

诺伊曼　十二个银币五芬尼。

德赖西格　（急匆匆地接过会计手中的钱，扔在桌子上，还有几个硬币掉在了地上）这是你的钱！滚出去！立刻！马上！

贝克尔　先把我应得的工钱给我！

德赖西格　钱在这儿！立刻滚出去！否则……现在正好十二点了……我的染匠马上要出来吃午饭了……

贝克尔　我的钱应该放在这里！放在我的手里！（用右手的手指指向左手的手心）

德赖西格　（对学徒）把钱捡起来，蒂尔格纳。

学徒　（从地上捡起钱递到贝克尔手上）

贝克尔　做什么都要讲规矩才行。

〔他不紧不慢地打开一个旧钱包，把钱塞进去。〕

德赖西格　还想干什么？（看贝克尔还赖着不走，非常不耐烦）你想让我赶你出去吗？

〔织工们突然骚动起来。有人呻吟了一声，紧接着有人跌倒在地。这个突发事件吸引了所有人的注意力。〕

德赖西格　那里出什么事儿了？

众织工　有一个很瘦的小男孩跌倒了，应该是病了吧。

德赖西格　有人跌倒了？（他走了过来）

老织工　躺在这里的就是。

〔大家让出了一条路，一个8岁的小孩就像死了一样，躺在地上一动不动。〕

德赖西格　有没有人认识他？

老织工　我在村里没有见过。

鲍默特老人　好像是海因里希的儿子。（然后仔细地看了看）没错！他叫古斯塔夫，他父亲是海因里希。

德赖西格　他的家在哪儿？

鲍默特老人　在我们村上边的卡施巴赫。每天晚上他父亲都要去演奏音乐，白天就在家织布。现在他有九个兄弟姐妹，第十个还在他妈妈的肚子里。

众织工　这一家人真是太可怜了，简直没法生活了。有九个孩子，可海因里希的妻子连两件衬衣都没有啊。

鲍默特老人　（伸手摸了摸小男孩）小家伙！你怎么了？醒醒！

德赖西格　你们帮忙把他抱起来。这个孩子这么瘦弱，却让他跑这么远的路，真是太可恶了！普法伊弗尔，你去倒点儿水来。

织工妻　（把他扶起来）孩子，以后别做这种傻事了，这会伤害自己的身体啊。

德赖西格　普法伊弗尔，你还是倒一点儿白兰地吧，这样更好。

贝克尔　（已经淡出了大家的视线，站在一旁围观，讽刺地大声喊）拿点儿吃的给他，他就会醒过来的！（下）

德赖西格　那个家伙不会有好结果的。诺伊曼，慢慢地把孩子扶起来。慢一点儿……对！就是这样。送他去我房间。（对孩子）你想要什么？

诺伊曼　德赖西格先生，他的嘴唇动了，他说话了！

德赖西格　孩子，你想要什么？

男孩　（嗫嚅着）我好饿。

德赖西格　（脸色发白）听不清他说什么。

织工妻　我想他是说……

德赖西格　我们一定会把这件事情搞清楚的。不要停下来。先让他在我的房间里躺会儿吧。我们必须要听听大夫怎么说。

〔德赖西格、诺伊曼和织工妻带小男孩离开了办公室。如同老师离开教室后，小学生会做的那样，织工们又骚动起来。他们中有的活动四肢，也有的在低声交谈，来回踏脚，过了几秒钟，他们交谈的声音就很大了。〕

鲍默特老人　我认为贝克尔说得很对。

许多织工　他确实是说过那些话——有人饿倒已经不是什么奇闻了——要是继续被这样克扣工钱，我们要度过冬天都很成问题。今年马铃薯的产量很不好，这里的情况也好不到哪儿去，大家都只有死路一条。

鲍默特老人　就现在而言，最好的方法就是在脖子上套上绳子，在织机旁把自己勒死，织工南特维奇就是这么干的。(对一个老织工)来，吸一口鼻烟吧！我妹夫在诺伊罗德的一家烟厂干活，我刚从他那里回来，这点儿鼻烟就是他给我的。你的这块布里包着什么新鲜玩意儿？

老织工　是一点儿碎大麦粒。磨坊老板乌布里希的车经过我身边的时候，我看到装大麦的袋子裂开了一个小口。说真的，这可真解了我的燃眉之急。

鲍默特老人　在彼得斯瓦尔道，磨坊多达二十二家，磨出的面粉有那么多，可是我们得不到其中的任何一点。

老织工　我们不能泄气，一定能够找到活路的。

海贝尔　饥肠辘辘的时候，就向十四圣徒祷告，希望他们向我们伸出援手。要是还觉得饿，就把石头放到嘴里，不停地舔。鲍默特，你的意思是这样吗？

〔德赖西格、普法伊弗尔和会计回来了。〕

德赖西格　那个小孩已经醒过来了，没有什么大碍了。(非常激动，一边大喘气，一边来回踱步）这可真是一件缺德的事情。那个小男孩体质太差了。怎么能这样呢！他的父母怎么能这样做？我真的想不通。我真是无法想象让这个小男孩背上两匹布，走上好几里路才到这里。我必须要做点儿什么，以后如果是孩子来送货，我就不收了。（来回踱步）不管怎么样，以后要坚决杜绝这一类事情的发生。发生这样的事情，负责的人不还是我们老板吗？如果在冬天，有个穷小子在雪地中呼呼大睡，恰巧又来了一个水平不高的文人，那么我相信，不出几天，所有报纸都会大肆报道这惊悚的故事。让孩子外出的父母并没有什么过错，可是老板不会得到宽容，只能背黑锅。受到逢迎的是织工，受到斥责的却是老板。人们会说老板没心没肺、心狠手辣，恶狠狠的记者都能反咬我们一口。那些记者就会说我们整天都过着奢侈的生活，却一直克扣工钱，让贫困的织工们食不果腹。而现实呢？老板也有忧愁，也会在夜晚失眠，也会冒着各种风险来让生活过得更加节俭、更加幸福，这种风险是工人做梦都不会梦到的。老板每天都要深思熟虑，对于各种事都要仔细地揣摩，每天都进行着事关生死的斗争，每一天都会遇到各种烦恼、各种损失。对于这些事情，那些聪敏的人总是一言不发。大家不都是依靠着老板吗？不是老板养活大家吗？如果你们处在我这个地位的话，一定会厌烦、会崩溃的。（心情平复了一些）那个家伙！就是贝克尔，他把我说得那么坏，说我就因为一些微不足道的小事，不管青红皂白，就要解雇织工！我就真的像他所说的那样恶毒吗？

众人 不，不是那样的。

德赖西格 我也是这样觉得。那些流氓整天四处闲逛，唱着下流的歌曲来诬陷我们。他们表面说着自己饥饿，背后却论斤买劣质酒喝。他们就应该去别的地方看一看，让他们好好看一看麻布织工们的生活。他们会向你们倾诉。而你们这些棉布织工的处境并不糟糕。你们应该对上帝心怀感激。请问你们当中那些踏实肯干的老织工，要是一个工人生活节俭，那么在被雇用期间，他的生活到底如何？

众人 不错，德赖西格先生。

德赖西格 就是这个样子。像贝克尔那样的人，他的生活自然不会好。我希望你们去管管他，如果真到了我无法忍受的地步，我就不干了。如果真停业的话，我倒要看看你们能到哪里去生活。反正在高贵的贝克尔先生那里一定是不可能的。

织工妻甲 （靠近德赖西格，态度谦恭，用手弹去德赖西格衣服上的灰尘）善良的德赖西格先生，您的衣服不小心被弄脏了。

德赖西格 你们都知道最近的生意很差。我不但没有挣钱，反而还亏了钱。尽管是这样，我还要让我的织工们一直有活儿能干，之所以这么做，是因为想得到你们的赞赏和理解。几万匹布还在存着，不知何年何月才能卖出去。我还听说这附近很多的织工都已经没活儿干了，所以……普法伊弗尔会告诉你们详情。我说了这么多，就是希望你们能知晓我的善意……我不可能对每个人都施舍，我也没有那么多钱财，但是我也会尽自己的能力去帮助那些失业的人，让他们也能多多少少地挣点儿钱。这么做有很大的风险，这不光是我自己的事情。我心里是这么想的，和死相比较，每天都挣到几片夹着黄油的面包更好。你们认为呢？

众人 您说得对，德赖西格先生。

德赖西格 我现在想多雇用二百位织工，普法伊弗尔会把具体的条件告诉你们。（准备离开）

织工妻甲 （走到德赖西格的面前，挡住他，心情很激动，很紧张，祈求）善良的德赖西格先生，求您了。您能不能……我已经流产过两次了。

德赖西格 （非常匆忙）大嫂，你有什么事就和普法伊弗尔说吧。我还有事，要迟到了。（把她扔在了一边）

雷曼 （也过来拦住德赖西格，满是委屈，恳求）德赖西格先生，我是真的不得不倾诉我的苦衷，普法伊弗尔不愿意给我……以前我织的布都换十三个半银币……

德赖西格 （打断他说话）你应该去找验货员，他就在那里。

海贝尔 （拦住了德赖西格）善良的德赖西格先生（说话结巴，十分紧张）我求您了，不知能否……因为我不知道普法伊弗尔会不会……

德赖西格 你到底想说什么？

海贝尔 关于我上次预支的钱，因为……我想……

德赖西格 真是搞不懂你要说什么！

海贝尔 我境况不妙，是因为……

德赖西格 你去找普法伊弗尔，这些事情都归他管。我真的没办法，你和他商量一下吧。（随后藏在办公室里。苦苦祈求的人们没有办法，互相看着对方，叹气之后只能退回去）

普法伊弗尔 （继续在检查布）安娜，这次你带来的布怎么样啊？

鲍默特老人 普法伊弗尔先生，现在我们织好的布每匹给多少钱？

普法伊弗尔 十个银币。

鲍默特老人 这也太离谱了。

〔织工们出现了骚动，他们在小声地互相探讨。〕

第二幕

　　欧仑山区的卡施巴赫村中一间很狭窄的斗室，它的主人是威廉·安索格。房间不足六尺高，地板非常破旧，屋顶也被熏黑了。在房间里一共坐着四个人：埃玛和贝尔塔·鲍默特是两个年轻的姑娘，她们坐在织机前；在床沿儿有一张矮板凳，瘫痪的鲍默特大妈坐在上面，在她的前面有一架络纱机；她有一个痴呆的儿子叫奥古斯特，他坐在一张胶凳上络纱。奥古斯特今年大约20岁，身体和脑袋都很小，手和脚就像蜘蛛一样。左墙上有两扇很小的窗口，窗口一部分是用纸糊的，一部分是用稻草塞住的。傍晚，玫瑰色的夕阳将光通过那两扇窗户洒进房间里，照到了姑娘们淡黄色且蓬松的头发上，照到了她们裸露的瘦弱肩膀上，照到了她们泛着苍白色的细脖子上，照到了粗布衬衣背后的褶皱。她们仅有的衣服就是一条很硬的亚麻短裙和衬衣。老太婆的脸上、脖子上、胸脯上都有暖暖的光照射着。她的脸上布满皱纹，好像没有肉一样，骨头布满了她的脸，毫无生气；她的双眼深陷，因为灰尘、烟雾和灯下的劳作，她的眼睛已经变得红肿，经常泪汪汪的；她的脖子很细长，但是患有甲状腺肿，可以看到很多皱纹；她的胸脯非常干瘪，用一条褪色的破布包裹着。

在右边墙上也能看到一点阳光，在墙边有火炉、长凳和床架，在墙上有很多幅圣像，明显可以看出是用水彩颜料画的。很多准备要烘干的破衣服放在了火炉的围栏上，在炉后边堆着一些旧破烂儿。火炉旁的长凳上有几个旧罐子和炊具。地上有准备要晒干的马铃薯皮。在横梁上挂着一束束棉纱和很多纱框。织布机旁有好几小筐纱管。一扇矮门镶在后墙上，并没有上锁。在门旁边，靠墙放着一捆柳条，柳条旁边还有几个小破筐。各种声音充满了整个房间，有织布机的吵声、络纱机有节奏的转动声、梭子来回穿的啪嗒声，还有纺纱机发出沙哑的嗡嗡声。

鲍默特大妈　（看着姑娘们都停止织布，弯着身子看布，语气很悲伤，身心疲惫地问）又打结了吗？

埃玛　（是年纪较大的姑娘，22岁，正在接线头）这些棉纱质量太差了！

贝尔塔　（15岁）对呀！这次给的纱真的太差了。

埃玛　爸爸九点钟就出去了，怎么现在还没回来啊？

鲍默特大妈　是啊！他现在到底在哪儿啊？

贝尔塔　妈，您别担心！

鲍默特大妈　我怎么可能不担心啊？

埃玛　（继续织布）

贝尔塔　埃玛，你先停一下。

埃玛　怎么？

贝尔塔　我好像听到了什么声音，有人来了。

埃玛　应该是安索格回来了。

弗里茨　（一个小男孩，4岁，光着脚，衣衫褴褛，哭着进来）妈妈，我饿了！

埃玛 弗里茨，稍微等一下。外公马上就要回来了，他会给我们带回面包和代用咖啡。

弗里茨 妈妈，可我现在就饿了。

埃玛 孩子，听妈妈的话。外公很快就会给我们带回面包和代用咖啡。等干完活儿之后，妈妈就将土豆皮送去农夫那里，然后他会给妈妈一罐脱脂牛奶，宝宝就有牛奶吃了。

弗里茨 外公去哪里了？

埃玛 孩子，外公带着布去交给工厂老板了。

弗里茨 去工厂老板那里了吗？

埃玛 对啊。到德赖西格的家去了，在彼得斯瓦尔道。

弗里茨 在那里，外公可以拿到面包吗？

埃玛 能，外公会从那里拿回工钱，就会买面包。

弗里茨 那老板会给他很多钱吗？

埃玛 （很严肃）别多嘴！（继续和贝尔塔织布，但是又停了下来）

贝尔塔 奥古斯特，你去找安索格伯伯，问他能否给我们点上一盏灯。

〔奥古斯特和弗里茨下。〕

鲍默特大妈 （脸上的表情非常天真，非常哀愁）孩子们！爸爸去哪里了？

贝尔塔 可能是去看豪芬了吧。

鲍默特大妈 （哭着）希望他别进酒店。

埃玛 妈，怎么可能啊。我爸不是那种人。

鲍默特大妈 （一直担心着，心情无法平复）你们说说！到底会发生什么呢？万一他空着手回来呢？家里已经没有任何东西了，连一把盐、一块面包都没了。还有，家里还缺着一铲煤……

贝尔塔 妈，趁着现在还有月光，不如我们和奥古斯特一起去树林里，可以捡些柴回来。

鲍默特大妈 行，一定要小心，千万别被猎人抓走。

安索格 （老织工，身材高大，进房间之前要弯腰，让头和上半身先进去。他的头发和胡须都是乱糟糟的）有什么事情吗？

贝尔塔 请您点上一盏灯！

安索格 （声音变小，就像他交谈的对象是一个病人）现在天还亮着呢！

鲍默特大妈 您难道要我们坐在黑暗当中吗？

安索格 我也得节约点儿啊。（向后退出去）

贝尔塔 太吝啬了！

埃玛 没办法啊。只能等他开心的时候了。

海因里希大嫂 （走进来，30岁，怀孕。身心憔悴，心情很不安）大家晚上好！

鲍默特大妈 海因里希大嫂，你带了什么新闻来？

海因里希大嫂 （一瘸一拐地走近）我的脚上扎进了一块碎玻璃。

贝尔塔 过来坐下吧，我看看能不能帮你把它拔出来。

〔海因里希大嫂坐下了，贝尔塔跪在她的面前取玻璃片。〕

鲍默特大妈 海因里希大嫂，家里人都挺好的吧？

海因里希大嫂 （突然大声叫，非常绝望）活不下去了！（眼睛里泛着泪花，泪流满面，无声地哭泣）

鲍默特大妈 海因里希大嫂，像咱们这样的人只有一条出路，就是等着慈悲的上帝把我们带走。

海因里希大嫂 （控制不住自己的情感，突然大哭起来，大声地倾诉）我的孩子们都快要饿死了。（抽噎着）我真的是没办法了。人家吩咐做什么我就去做，最后终于累倒。我已经快要累死了，可是生活仍然没有改善。九张嘴巴都非常地饿，可我去哪里弄吃的呢？昨晚我弄到了一块面包，可是都不够填饱最小的两个孩子的肚子。他们都在喊我妈妈，想得到我手里的面包。我真的不知道该给谁。实在是太棘手了！我现在还能动，处境就已经这么糟糕了，如果有一天我真的病倒了，后果简直不堪设想。本来我的地里还有一点点马铃薯，现在被雨水冲走了，结果一点儿吃的都没有了。

贝尔塔　（把玻璃片取出来，洗了洗伤口）伤口需要包扎。（对着埃玛）去拿一块布。

鲍默特大妈　海因里希大嫂，我们家的处境和你们差不多。

海因里希大嫂　不管怎么说，你有两个女儿，你的丈夫还能干活儿。可我呢？我的丈夫上个星期又病倒了，把我吓得半死，手足无措。以前他得病，在床上一躺就是八天。

鲍默特大妈　我丈夫身体也不行了。他的胸部和腰都有毛病。我们也同样是身无分文啊。如果他今天没有带着几个钱回来的话，我也不知道该如何是好。

埃玛　海因里希大嫂，这么跟你说吧，为了能够吃点东西，我们都把阿明①让别人杀了。

海因里希大嫂　你们能给我一把面粉吗？

鲍默特大妈　唉，我们别说一把面粉了，连一粒盐都没有。

海因里希大嫂　那我该怎么办？（呆呆地站起来，苦苦地思索着）我该怎么办？我不敢想象。（十分愤怒，心里非常难受，大叫）如果能弄到猪食，我也很开心。可我不能两手空空就回家。我不想活了！上帝啊，饶了我吧，我真的是没别的办法了。

---

①一条小狗。

〔她的左脚只能脚后跟着地，蹒跚地走了。〕

鲍默特大妈 （在她的后边说）海因里希大嫂，你可千万别干傻事啊。

贝尔塔 您放心吧，她不会想不开的。

埃玛 她经常诉苦。（又坐在织布机旁，织了几秒钟）

奥古斯特 （点着一支蜡烛给父亲照路，鲍默特老人一瘸一拐地走进来，手里拿着一包棉纱）

鲍默特大妈 孩子他爸，你去哪儿了？怎么待了这么长时间？

鲍默特老人 好了，先别怪我了，让我歇会儿，先看看是谁跟我一起来的吧。

莫里茨·耶格尔 （弯着腰进了门。他是一个军人，身体很强壮，脸色很好看，头上歪歪地戴着一顶轻骑兵帽子，还穿着整套的军服、靴子和一件干净的无领衬衣。进门后站好行军礼，声音高亢激昂）大妈，晚上好！

鲍默特大妈 是你啊！你还没忘了我们啊！快过来坐吧。

埃玛 （用裙子擦了擦木椅子，然后递给了莫里茨）晚上好，这次又来看看穷人的境况了？

耶格尔 埃玛，怎么你也说这样的话！我听说你不但有了一个小男孩，他还很快就要去当兵了，真让我难以置信。你是在哪儿弄来这个小家伙的？

贝尔塔 （把父亲带回来的少得可怜的食物接过来，把肉放在平底锅上，然后把锅放在火炉上。奥古斯特生火）织工芬格尔，你应该认识吧？

鲍默特大妈 有一段时间，我们和他一起住在这所房子里，那时候他有很严重的肺病，居然妄想娶她。我警告这丫头好几次，可她就是不听话。现在那个男人死了，没人记得他，孩子还这么小，我看她怎么把他拉扯大！莫里茨，还是聊聊你的事情吧。

鲍默特老人 孩子他妈，你安静点儿。现在的他非常幸运，没准会笑话我们。你看他的穿衣打扮，简直和爵爷没什么两样，他还有一块银表，口袋里还有很多现金，足足有十个塔勒。

耶格尔 （不顾形象地坐下，笑容很得意，又露出一丝亲切）我很知足，我算是士兵里混得还不错的了。

鲍默特老人 他曾经给骑兵上尉担任过勤务兵，你听他讲话，就像个上等人一样，咬文嚼字的。

耶格尔 说我咬文嚼字，我养成了这样的习惯，改不了了。

鲍默特大妈 当然了啊。以前的时候，你可不像现在这么阔气。以前没有能让你展示自己才能的地方，所以你不愿意坐下来安心织布。你总是溜到外面，捉山雀、斑鸠。我说得对吗？

耶格尔 大妈，您说得太对了，斑鸠和燕子都是我喜欢捉的。

埃玛 我们经常告诉你，燕子是有毒的。

耶格尔 我不在乎这些。鲍默特大妈，你们过得好吗？

鲍默特大妈 这四年里简直太艰难了。你看看我的手指，我得了风湿症。也不知道这是在哪儿得的这个病！我根本不敢动，别人都不知道这有多痛苦。

鲍默特老人 她的身体很差，估计寿命不多了。

贝尔塔 每天早晚都要帮她穿衣服和脱衣服，喂她吃饭就像喂小孩子一样。

鲍默特大妈 （抽噎着，继续倾诉自己的痛苦）我没办法自己做任何事，我就是个累赘，这比生病还痛苦，现在我渴望上帝能快把我带走。我真的太倒霉了……我根本猜不透别人心里怎么想的。在小时候，我就习惯干活儿了。那时候，我自己的事都是我自己处理，可现在呢？（她尝试着站起来，却没能如愿）真的不行了！我有好丈夫，有好儿女，却只能无助地看着，自己做不了任何事情。那两个丫头现在都变成什么样了啊！她们总是一直在织机旁干活儿，脸色越来越苍白，可是靠这些挣的钱根本不够用。她们过的生活太糟糕了。她们在织机上工作一年，可是到头来还是没有好一点的衣服能穿，她们没办法出门，没办法去教堂做弥撒。她们今年一个15岁，一个22岁，可是她们的样子那么沧桑，像稻草人一样。

贝尔塔 （在火炉旁边）这火炉又开始冒烟了。

鲍默特老人 看看这烟，不要奢望会发生任何变化。这屋子很快就要坍塌，而我们只能眼睁睁地看着。我们没有办法，只能吸煤烟，大家都因此咳嗽，一个比一个严重。尽管我们喘不动气，仿佛都要把肺咳出来，可还是不会有人来问候一下。

耶格尔 安索格负责这些事，他应该把火炉修好。

贝尔塔 他非常讨厌我们，恨不得我们立刻搬走。

鲍默特大妈 他嫌弃我们占了太大的地方。

鲍默特老人 如果我们对他说出一句抱怨，就得马上搬离这里。这都快半年了，我们的房租一直没交。

鲍默特大妈 他孤单一人，对待人也应该要和气一点儿啊。

鲍默特老人 尽管从表面上看他不像个穷光蛋，但是他也很穷，生活困难。

鲍默特大妈 可他有房子啊！

鲍默特老人 不，孩子他妈，别这么说。这栋房子不归他所有，就连一砖一瓦都不是。

耶格尔 （坐下，从衣袋里掏出一个短烟斗，烟斗配着一个精美的缨子，从另一个衣袋里拿出一瓶白兰地）这样的情况不能再发生了。当看到这里乡亲们的生活之后，我真是无比惊讶，比城里的狗都不如。

鲍默特老人 （心情很激动）你也知道这些？每次提起这里的生活，都会有人说，只能怪年成不好啊！

安索格 （走向这里，他一只手端着一个盛着汤的瓦盆，另一只手提着一个篮子，这个篮子刚编了一半）莫里茨，你回来了啊？欢迎你！

耶格尔 谢谢您！

安索格 （把带来的瓦盆放进炉里的烘烤室）好小子啊，看起来就像个伯爵一样。

鲍默特老人 把你的表给他，让他开开眼。他不但带回了一套新衣服，还有现金，足足有十个塔勒！

安索格 （摇了摇头）这是真的吗？不可能吧！

埃玛 （用一个小口袋把马铃薯皮装起来）我要带着这些马铃薯皮出去一趟，兴许可以换一罐脱脂牛奶呢。（下）

耶格尔 （大家都在静静地听他说）你们还记得吗？以前你们总是吓唬我，说如果我当了兵，他们就会教训我。而现在我依旧过得挺好。我只用了半年时间就变得有钱了。最主要的是干活儿要脚踏实地地干。我很勤快，会迅速地替中士擦靴子、刷马、取啤酒。每次我都会把武器擦得锃光瓦亮的。我总是第一个进马厩，也总是第一个跑去集合，第一个上马训练。如果是打仗，不管战斗有多激烈，我也会向前冲！我做事都会深思熟虑，对于当兵，我心里想本来就要去吃苦。所以我振奋起精神，日子也就凑合着过。后来有一次，中士当着骑兵中队的面夸奖我，说我是一个真正的骠骑兵。（然后他没有说话，把烟斗点燃）

安索格 （摇了摇头）照你这么说，你非常幸运？不会吧？（坐

在地板上，身旁放着柳条，继续在编织两腿之间的篮子）

鲍默特老人　真希望我们也能沾一点儿你的好运气！我们现在能不能尝尝你带来的酒？

耶格尔　鲍默特伯伯，当然没问题。喝完以后再去打。（说完便朝桌子上扔了一个硬币）

安索格　（嘴张得很大，很吃惊，大笑）天哪！竟然有这么好的事！炉子里有烤肉，这里还有白兰地。（说完喝了一口酒）莫里茨，希望你健康！真棒！（酒瓶在每个人手里传来传去）

鲍默特老人　不能一整年连块肉都见不到啊，星期天怎么也要能吃上一块烤肉。而现在，就只能等待一条狗跑过来，重演四个星期之前的一幕，但是这样的事情，一辈子碰到一次都要烧高香了。

安索格　你让人杀死了阿明？

鲍默特老人　如果不杀它，我们全得饿死。

安索格　不会吧？天啊！

鲍默特大妈　那条狗非常讨人喜欢，它还会主动做好多事呢。

耶格尔　你们还是像以前一样对烤狗肉情有独钟吗？

鲍默特老人　天啊！如果能吃一顿的话，那可真是太好了！

鲍默特大妈　有狗肉吃就已经谢天谢地了。

鲍默特老人　你现在喜不喜欢这些东西？莫里茨，如果你留在这里的话，你的口味很快就会改变的。

安索格　（嗅了嗅）这味道真香，好美味啊。

鲍默特老人　（嗅了嗅）真香！

安索格　莫里茨，你见多识广，跟我们说说外边的世界什么样吧！你说我们织工能不能改变现状？

耶格尔　真希望能改变。

安索格　实话对你说，我们的生活非常困难，简直就是在生与死之间挣扎。我们苦苦地奋斗着，忍受着屈辱，可是一家人还是没有活路，房子还是那么破旧不堪，简直无处容身。以前在织布机旁干一天活儿，还能让日子勉强过下去。可后来呢，情况越来越差。现在，只能靠着编篮子补贴家用。我干一整天，直到夜里上床睡觉的时候才停下，能收获多少报酬呢？一个银币零六芬尼。你接受过教育，你来说说就这么点儿钱能做什么？根本活不下去。我一年只能挣十四个塔勒，除去房屋税三个塔勒、土地税一个塔勒、房租三个塔勒，最后只能剩下七个塔勒。可我还得要买柴米油盐，买衣服和鞋子，还得让别人来缝补衣服，还得维持一个临时的住处，不光如此，还有很多乱七八糟的支出。如果我不能按时缴纳租金，这也不用大惊小怪。

鲍默特老人　必须找人去柏林，国王才能知道我们的境况。

耶格尔　这根本不管用。报纸上报道的还少吗？可还是没什么用。因为那些富人总是能颠倒是非，把白的说成黑的，他们太狡猾了！

鲍默特老人　（摇了摇头）真是没想到啊，柏林人竟然也有这么坏的心肠。

安索格　莫里茨，你说再这样发展可怎么办？真的没有支持穷人的法律吗？如果我干活儿导致遍体鳞伤，却仍然还不上钱，那么债主就可以把我的房子抢走吗？每天他都会来要我还债，我真的不知道该怎么办。如果我被人从这房子里赶出去的话……（脸上的眼泪止不住地流）这是我出生的地方，我的父亲曾经当过四十多年的织布工人。他经常对我母亲说："如果有一天我死去了，无论如何你都要保住这幢房子。我费了很多辛苦才把这幢房子盖起来。我通宵达旦地干活儿，就是为了买钉子；我吃着难以下咽的干面包，只是为了买一根房梁。"我必须要替别人着想啊。

耶格尔　那帮家伙都能夺走人家的最后一口饭，还有什么他们不敢做的？

安索格　我年事已高，事已至此，我宁可被他们抬出去，也不会自己走着出去。我不害怕死亡！我父亲也宁可选择死亡，却在还剩最后一口气的时候有了一丝害怕的感觉。当我躺在他身旁睡觉的时候，他就会变得安静。还记得当时我13岁，非常困，生病的父亲躺在我身边，那时候的我懵懂无知，等到醒来的时候，父亲已经去世了。

鲍默特大妈　（过了一小会儿）贝尔塔，你去把烘炉里的汤端出来，给安索格送去。

贝尔塔　这是汤，安索格伯伯，吃吧。

安索格　（一边吃着，一边流眼泪）嗯！好！

〔鲍默特老人端起平底锅，吃起烤狗肉来。〕

鲍默特大妈　孩子他爸，你能稍微等一等吗？让贝尔塔把餐具拿来以后再吃。

鲍默特老人　（咀嚼着烤狗肉）还记得上一次吃圣餐已经是两年前的事了。那时，我卖掉了节日穿的黑礼服，买了一块肉。吃完那次，直到今晚，这期间我就没有吃过一块肉。

耶格尔　我们根本没有肉吃了，都让工厂主们吃完了！在比劳和彼得斯瓦尔道，都可以看到他们过着奢靡的生活。在那里，工厂老板的宫殿排布紧密，上面有玻璃窗、阁楼、铁栏杆。真的让人太吃惊了。那里的环境非常优越，感受不到任何艰难困苦，有的只是一些煎的、烤的、炒的，还有许多华丽的马车和家庭教师，也不知道还有些什么东西。他们高兴到忘乎所以，因为自己的富裕和傲慢，对于自己干下的蠢事一无所知。

安索格 以前的情况和现在完全不同，那时候的老板会给织工们一些福利。可现在呢？他们把一切都收入囊中，花天酒地。我认为之所以会发生这样的事情，就是因为那些身份尊贵的老爷不相信鬼神，不懂得约束自己，更不知道可能会受到惩罚。只要有机会，他们就会抢走我们仅剩的面包，还会减少我们的口粮。就是他们把我们的生活变得水深火热。我们的老板心肠太狠毒，所以我们就过不上正常一点的生活。

耶格尔 你们注意听，我要念一些东西，保准你们都爱听。（说完便从口袋里拿出了几张纸）奥古斯特，为什么你一直都在大笑啊？乡长 ① 家里有酒，你再去打一瓶吧。

鲍默特大妈 我也不知道他到底怎么了，他经常笑，每天都是这样。他总是喜欢看热闹，嘲笑别人。好了！你快打酒去吧。（奥古斯特拿着烧酒瓶离开）孩子他爸，现在知道什么是美味了吧？

鲍默特老人　（一直在吃东西，吃完喝完之后非常兴奋）莫里茨，你是站在我们这一边的。你不光识文断字，而且还了解纺织的情况，你对我们心存怜悯。你一定要重视这件事。

耶格尔 我会的！我非常希望能教训一下这里恶毒凶狠的老板，我是一个脾气很好的人，可如果我真的生气了，我就会用两只手分别抓住德赖西格和迪特里希 ②，让他们用脑袋互相撞，直到眼冒金星。我们要团结起来，只有这样才能对抗那些工厂主。我们根本不需要国王和政府的支持，我们就要理直气壮地说要什么、不要什么。我认为很快就会查得很严，当他们看到我们的胆量时，一定会落荒而逃。那些整天念经的宗教迷都是些心肠很坏的胆小鬼。

---

①乡长家开了个小客栈。
②朗根比劳的一个工厂主，率先安装了机械化织布机。

鲍默特大妈 我同意你说的。我心肠不坏，但是我经常挂在嘴边的一句话是：富贵人也得吃点儿苦头。如果事情照那样发展……

耶格尔 我要让他们全都去见鬼！这是他们自讨苦吃。

贝尔塔 爸爸去哪里了？（鲍默特老人偷偷溜了）

鲍默特大妈 我也不清楚啊。

贝尔塔 会不会因为那一块肉在他身体里没法消化？

鲍默特大妈 （心情很激动，以至于哭了出来）你们看看！他根本消化不了，吃点好吃的都还要吐出来！

鲍默特老人 （回到屋子里，泪流满面）老了！不中用了！好不容易有点好吃的，我却无福消受，看来我是活不长了。（坐在炉边的长凳上哭）

耶格尔 （激动过度）就在距离这里不远的地方，有一些人，还有官僚，他们整天悠闲自在，过着奢靡的生活，吃得脑满肠肥。他们却说是因为织工们太懒，才导致钱不够用。

安索格 只有畜生才能说出这样的话！

耶格尔 别管这些了，他们早晚会接受惩罚。那一次我和贝克尔在临走之前唱了《血腥的审判》来报复德赖西格。

安索格 天哪！是那一首歌吗？

耶格尔 对。还有这首歌呢。

安索格 我记得这首歌好像叫《德赖西格之歌》，对吗？

耶格尔 我给你们念一念。

鲍默特大妈 是谁编的这首歌？

耶格尔 没有人知道！大家听一听。（非常费劲地在读，发音不标准，但是感情很饱满。感情是那么绝望、悲伤、痛苦、疾恶如仇）

这里有非常糟糕的法院，

连王家法庭都不如，

先砍下人头，

再做出判决。

这里就如同刑讯室，

人们饱受屈辱，

数不清的哀怨声，

这就是穷人悲惨命运的佐证。

鲍默特老人 （被歌词所震撼、所感动，终于从歌词的意境中走出来，好几次都想打断耶格尔的朗诵，可是都不忍心。他很激动，终于开口说话，似笑似哭地对着他的妻子）这里如同刑讯室。这歌词就是事实！你可以证实这一点。"哀怨，哀怨声……"下一句是什么？

耶格尔 "这就是穷人悲惨命运的佐证。"

鲍默特老人 这说的就是我们啊，我们每天从早到晚都是这个样子。

耶格尔 （安索格停止编篮子，内心受到极大的冲击，忧愁地坐在地上。鲍默特大妈和贝尔塔一直在擦眼泪。他继续朗诵）

德赖西格杀人不眨眼，

手下的奴才都是一群走狗，

你们都是流氓，都是恶魔，

仗势欺人就是你们逞威风的手段。

鲍默特老人 （非常生气，身体止不住地颤抖，用脚狠狠地踩着地）没错，他们就是恶魔！

耶格尔 （朗诵）

……你们是万恶的魔王，

你们把穷人的财富掠夺走，

你们会得到应有的惩罚。

安索格 　对，他们一定会得到惩罚。

鲍默特老人 　（义愤填膺，情绪非常激动）"你们把穷人的财富
掠夺走……"

　　耶格尔 　（继续朗读）

乞求哀告也不听，

诉苦哀怨更不闻，

"如果不称心如意，

那就去继续挨饿。"

鲍默特老人 　歌词是"诉苦哀怨更不闻"，每一个字都是事实，
都那么确凿无误，就和《圣经》说的一样。这里的"乞求哀告也不听"
说得太对了！

　　安索格 　没错！毫无用处。

　　耶格尔 　（朗读）

考虑一下穷人的感受，

他们的处境艰难困顿，

家里连一口面包都没有，

你们为何就不能心怀慈悲？

慈悲是一种美好的感情，

每个人都知道你心里的坏想法，

千方百计地剥掉穷人身上的衣和皮。

鲍默特老人 　（生气地跳了起来）想要剥掉我们身上的衣服和
皮！真是一点都不错，人心隔肚皮，他们就是想这么做！罗伯特·鲍

默特，卡施巴赫的织工师傅还有我都站在这里。你们谁能站出来讲一讲……我是一个踏实肯干的人，可是到头来，我没有任何好处。我现在看起来是什么样子？他们把我都折磨成什么样子了？看看吧！这么多年，对我的折磨根本没有停过。(伸出了胳膊) 你们摸摸看，就是皮包着骨头！他们就是流氓，就是一群恶魔！ (他非常气愤，一直在哭，倒在了一把椅子上)

    安索格 (把篮子扔到墙角，浑身发抖，站起身来，激动到说话都不连贯)是时候改变了！就是现在！不管怎么样，我再也无法忍受了。

第三幕

　　一家位于彼得斯瓦尔道村的中型酒店的大堂面积很大，支柱是一根挨着一张桌子的木柱。柱子靠右手边开了一道门，从这道门看过去，映入眼帘的是一间放置着酒桶和酿酒器具的大房间。卖酒的柜台位于门右边的墙角处，这是一个木柜台，大概一人高，里面有搁置卖酒器具的格子。柜台后面是一个放置有层次分明的烧酒瓶的壁橱。酒店老板就站在柜台和放酒的壁橱中间。卖酒的柜台前放着一张桌子，上面铺着光怪陆离的桌布，还有一盏特别美丽的吊灯，好几把藤椅放在桌子四周。在其右手边也开了一扇门，可进入匾额上写有"小酒店"的雅座。右前方有一个旧式的落地钟，此刻正不知疲倦地走着。在正门左手边、后墙旁边，可以看到一张放置有喝酒器具的桌子，一个大的瓷砖壁炉位于旁边的墙角处。右边的侧墙上有三扇小窗户，下面摆着一条长椅，每个小窗户前都放了一张长方形的木桌，宽大的一面放有靠背长椅，窄小的那一面和墙壁相对，也各放有一把木椅。这个宽敞的房间整体呈蓝色，上面有广告、图画和彩色图片作为装饰，弗里德里希·威廉四世①的肖像挂在下面。

——————————
①弗里德里希·威廉四世（1795—1861），普鲁士君主。

酒店老板朔尔茨·韦尔策尔有50多岁了，是个特别善良的汉子，此刻正在柜台后面忙着灌酒。老板娘还不到35岁，个子很高，穿着整洁的服装，正在壁炉旁边熨衣服。安娜·韦尔策尔今年17岁，长得很漂亮，一头金黄色的秀发格外亮眼，穿着整洁的衣服，此刻正在铺了桌布的桌子后面绣花。这时，学生们唱挽歌的歌声传了过来，她停下刺绣，抬起头来，打量了一会儿，又侧耳倾听了一会儿。身穿工作服的木匠师傅维甘德正在同一张桌子旁边坐着，正饮着一杯巴伐利亚啤酒。显而易见，他明白凭借机智、速度和肆无忌惮的行动，人生就可以获得成功。靠着支柱的桌子旁边坐着一个旅行推销员，这个人身材中等，大腹便便，爱好说笑，活跃而且一点都不害羞，此刻正在津津有味地吃着一份德国牛排。他旁边的几把椅子上放着他的旅行物品——提包、样品箱、雨伞、外套和毛毯。

韦尔策尔　（给推销员送过去一杯啤酒，然后在旁边和维甘德聊天）今天的彼得斯瓦尔道非常混乱。

维甘德　（声音很大，很尖锐）因为今天是德赖西格家要收货的日子。

老板娘　平时那里可根本不热闹。

维甘德　应该是老板要多雇两百名织工导致的吧。

老板娘　（依旧在熨烫衣服）没错，应该就是这样。他想招两百人，最起码得有六百人去，这样的人太多了。

维甘德　说得很对，这种人太多了。虽然日子过得不好，却生生不息。他们生的孩子太多了，我们根本不需要那么多。（顿时，圣歌的声音更加清晰嘹亮）织工法比希死了，今天要为他举办葬礼。

韦尔策尔　很早之前他就快不行了。这么长时间以来，他总是像个魔鬼似的到处乱跑。

维甘德　说真的，那个棺材太小了，自打我出生到现在，从没有造过这样的，那一具尸体还没有九十磅重呢！

推销员　（嘴里吃着东西）我真的搞不懂……随便翻开一张报纸，我们都能看到关于织工苦难处境的可怕报道。按照上面讲的，仿佛这里已经饿死了四分之三的人了。你看看那葬礼！刚才我就在村子里面，我看到有铜管乐队、教师、学生和牧师，后边还有很多人，那架势绝不逊色于给中国皇帝送葬。如果这些人手里有钱的话……（他喝了一杯啤酒，然后放下杯子，开了一个放荡的玩笑）小姐，你说我说得对吗？

安娜　（露出尴尬的笑容，继续绣花）

推销员　这一定是给爸爸做的一双拖鞋！

韦尔策尔　我才不愿意穿这样的东西呢。

推销员　如果这双拖鞋是给我做的话，我愿意拿出我一半的财产来换。

老板娘　你根本不了解这种事情！

维甘德　（轻轻地咳嗽，把椅子转动了一下，想要开口）这位先生看到刚才的葬礼就神经过敏，这不过是一个很小的葬礼而已吧，年轻的太太？

推销员　没错，我也这么想。把葬礼办成这样需要花多少钱啊？他们哪有这么多钱？

维甘德　我说句话您别怪我。我认为穷人太傻了。就因为对死去的人心存敬畏，所以他们就会有一些过分的想法。碰到父母离世，他们就大肆办一些迷信活动。儿女和近亲会将自己所有的积蓄拿出来，如果家里没有钱，就借财主的。于是，他们就会负债累累，牧师、教堂司事、所有参与这场丧事的人，都会成为他们的债主。除了这些，吃喝方面也是一笔不小的开支。虽然我们确实应该提倡孝敬父母，但是要是让死者家属后半生都被债务所困，就得不偿失了。

推销员 您怎么能说这些话呢？牧师一定会制止他们的。

维甘德 抱歉，先生。对于每个小乡村都有自己的教堂、供奉自己的牧师这一情况，我很赞同。就像这么大的葬礼，牧师也会从中得到很多好处。礼金随着参加葬礼人数的增加而增加。了解这里工人们的处境的人一定会说，牧师们绝对不会同意悄悄地举办葬礼。

霍尼希 （上，收购破布，罗圈腿，一条带子缠绕在这个小老头的肩膀和胸上）您好！给我来一杯烧酒。有没有破布啊，年轻的太太？安娜小姐，车上有漂亮的辫绳、衬衫带、袜带，还有许多精美别致的别针、发夹、搭扣。只需要几块破布就可以换哦！（把声调变了）还能用破布换回一张白纸，那样您的情人就可以给您写信了。

安娜 谢谢您的好意！然而我并不喜欢情人。

老板娘 （把熨斗的铁心插到熨斗中）她不是那样的姑娘，她对结婚毫无兴趣。

推销员 （惊喜地跳了起来，走到安娜身旁，向安娜伸手）这是聪明的选择，在这一点上，我们俩的想法相同。那您把手伸给我作为保证吧！咱们俩都保持单身。

安娜 （脸红，把手伸过去）您结婚了吧？

推销员 没有！您一定是看我戴了戒指才这么想的吧？我是装成已婚的样子，就是为了防止不正经的女人来骚扰我，因为我太有吸引力了。但是我不害怕您。（把戒指塞进口袋里）说实话，小姐，您一直都是不想结婚吗？

安娜 （摇了摇头）就算是想结婚，又能怎么样？

老板娘 如果没有偶遇出现，她会一直单身的。

推销员 一定会出现的！西里西亚有一个富翁，他的妻子是他母亲的侍女；工厂老板德赖西格腰缠万贯，他的妻子是本地村长的女儿。小姐，与您相比，她的美貌可差远了。可是她如今以马车代步，身边穿着号衣的仆人成群。一定会出现的！（他来回走动，伸展着自己的身体）请给我一杯咖啡。

〔安索格和鲍默特老人每人带着一个包上场，没有说话，很谦卑地坐在舞台左边最前头的桌子旁，旁边就是霍尼希。〕

韦尔策尔 安索格伯伯，欢迎您！终于又看到您了。

霍尼希 你是从你的那个被熏黑的老窝里爬出来的吧？

安索格 （显得很尴尬，笨拙地）我又去领纱了！

鲍默特老人 一匹布给十个银币，他照样喜欢去做。

安索格 本来不想做，可是已经编完篮子了。

维甘德 总比闲着强。老板之所以这么做，是为了你们能有活儿干。我和德赖西格很熟，八天前我去那里给他拆双层窗，我们就聊过这件事。他心存善念，所以才会这么做。

安索格 哦！也许是这样。

韦尔策尔 （在每个织工前都放了一杯烧酒）现在每个人都有酒了。安索格，您说您这胡子有多长时间没刮了？那边的那位先生很想知道答案。

推销员 （朝这边大喊）嘿！我可没这么说！但是我确实对这位织工师傅的外表十分关注，他这么健硕的身材可是很少见的！

安索格 （很尴尬，挠了挠头）也许吧！

推销员 现如今，像这种人身上具有的那种粗犷的力量已经很罕见了。尽管我们被文化熏陶着，但我们对粗犷豪放的喜爱依然不减。你有浓密的眉毛，还有这乱蓬蓬的胡子！

霍尼希 尊敬的先生，让我来告诉您原因，这些人根本没有钱去理发店，甚至连一把剃刀也买不起。他们只能顺其自然，没办法去顾及自己的外表。

推销员 朋友，您可千万别认为我……（小声和老板说）我能请那个毛人喝杯酒吗？

韦尔策尔 你还是算了吧。他是不会接受的，因为他的脾气很怪。

推销员 那好吧！小姐，您同意吗？（桌上铺着一张桌布，他在桌边坐下）跟您说实话，我一进来就被您那一头秀发所吸引，那么柔软有光泽，真是浓密的秀发啊。（他如痴如醉地吻了自己的手指尖）这种颜色就像成熟的麦子一样。如果您到柏林去，我敢用我的名誉担保，凭您这头秀发，您一定会进王宫……（身体向后倾斜，看着她的头发）真是太漂亮了！

维甘德 她还因为有这一头秀发而得了一个美名。

推销员 什么美名？

安娜 （忍俊不禁）您别听他瞎说。

霍尼希 叫栗色马，对吗？

韦尔策尔 别胡说八道了！你们可别把我姑娘的思想搞混乱了！她脑袋里都是一些蠢想法，总是胡思乱想。今天想嫁给伯爵，明天又想嫁给亲王。

老板娘 孩子他爸，别为难女儿了！想要发迹可不能算作罪过。要是都像你一样，就不会有人想致富，那样有什么好处呢？大家不就都一个样了吗？如果德赖西格的祖父也有你这样的念头，也许他们如今也是穷织工。可现在呢，人家富得流油。如今托罗姆特拉老汉早已摆脱了穷织工的身份，成了高贵的贵族，光地产就有十二处。

维甘德　韦尔策尔，做任何事都要以合适为前提。我保证，这一次你老婆说得很对。如果我也和你那样想的话，我就不会像今天这样手底下有七八个伙计了。

霍尼希　大家都知道你善于抓住发财的机会，织工还能活蹦乱跳的时候，你早已经把棺材给他们预备好了。

维甘德　只有时刻关注行情，才能做到对业务了如指掌，适应业务的需求。

霍尼希　对！你确实是注意行情。你比医生都能提前知道织工什么时候会被死神带走。

维甘德　（强颜欢笑，突然非常生气地）然而你比警察都清楚，织工里哪些是窝主，每个星期会留下的棉纱的数量。虽然你要的是破布，可也不会拒绝有棉纱的破布！

霍尼希　你发的是死人财。躺在刨花里的人越多，你就挣得越多。看到到处都是孩子的坟墓，你会心满意足地说："到处都是死孩子，都比得上树上掉下的金龟子了，今年又能大赚一笔，我每周可以多喝一斤酒。"

维甘德　即便你说的是真的，可我也不是个窝主啊。

霍尼希　你给富有的布场老板伪造假账，趁着月黑风高，你就偷着从德赖西格的建筑工地上带走几块木板，这就是你做的最坏的事情了！

维甘德　（背对着他）你愿意跟谁说就跟谁说，别跟我聊这些。（突然大声骂）你可真会说谎，霍尼希！

霍尼希　只会做棺材的维甘德！

维甘德　（对着所有人）他可以对牲畜施魔法。

霍尼希　你要当心点，不然我就要念咒语了。（维甘德的脸色变

得苍白）

老板娘 （刚从外边进来，给推销员把咖啡端过来）我把咖啡给您送到雅座好吗？

推销员 不必了！（用深情的目光向安娜望去）我宁愿一直坐在这儿，直到我死去。

森林管理员和农民 （一起出来，农民手里拿着鞭子。两个人异口同声）早上好！

农民 请给我们两杯姜汁酒。

韦尔策尔 欢迎光临。（给他们倒上酒。他们俩端起酒杯，彼此碰了碰杯子，喝完以后把杯子放在了柜台上面）

推销员 森林管理员先生，今天又没少走路吧？

森林管理员 还可以！我从施泰因赛弗思村赶来。

〔老织工甲、乙出现，坐在了安索格、鲍默特和霍尼希身旁。〕

推销员 抱歉，请问您是为霍赫海姆伯爵效劳吗？

森林管理员 不，我是在凯尔施伯爵家中。

推销员 对！对！我想说的就是他家。这里的伯爵、男爵和其他爵爷数不胜数，我都记混了，想要记住他们，需要惊人的记忆力。请问为什么您随身带着把斧子呢？

森林管理员 这是盗伐树木者的斧子，我缴获的。

鲍默特老人 我们的地主老爷对几根木柴都是这么认真。

推销员 话不能这么说，如果每个人都拿的话……这是不行的。

鲍默特老人 如果您允许我说话，我要说大小贼随处可见，这里就有人因为买卖偷盗来的树木而发了大财。可是一个穷苦的织工呢？

老织工甲 （打断了鲍默特的话）禁止我们拿一根树枝，可是地主老爷拿走我们的东西，根本不顾及我们的感受，就连身上的皮都被剥去。保护费、纺纱费，还有各种需要用实物来缴纳的税，一样都避免不了。不管我们愿意与否，我们都要替爵爷们跑腿，一点儿钱都拿不到。

安索格 就是这样。本来布厂老板给我们的就少得可怜，然后又被贵族老爷们统统拿走。

老织工乙 （在旁边的一张桌子旁坐下）我曾经对善良的老爷说过，我恳求他，因为这一年洪水毁了我的一切，把我仅有的田地冲毁，所以今年我没办法在他的庄园里服那么多天劳役了。我为了能活命，每天没日没夜地干活儿。那么大的暴风雨！而我只能眼睁睁地看着泥土从山上冲下来，冲到我的房子里，还把我宝贵的种子冲了个一干二净！我没有任何办法，泪流成河，我哭了整整八天，连街道都看不清了。后来，我费了九牛二虎之力才把八十多车土推到山上去。

农民 （很暴躁）你们在这儿喊冤哭穷，把这些事说得这么可怕。其实就是上天注定，我们每个人都要去承受。你们的日子过得不好，这只能怪你们自己。以前生意好的时候，你们在做什么？你们把好不容易挣来的钱全部挥霍掉了，用来吃、用来喝，如果你们能够留下点儿积蓄，准备一点儿能够应急的钱，那么你们现在还需要偷棉纱和木柴吗？

青年织工甲 （和几个伙伴在过道里，朝着门内大声地喊）就算是睡到几点钟才起床，可还是改变不了是一个农夫的命运！

老织工甲 现在情况就是这样：农夫和爵爷立场完全一样。农夫会对一个想要房子的织工说："我可以租给你一间小房子，但是你得先给我一部分租金，然后要帮我割草收麦子，如果你不同意，你可以去别的地方。"于是这个织工到别的地方试试，得到的答案依旧是这样。

鲍默特老人 （很愤怒）织工就像是一根骨头，每条狗都要来啃一口。

农民 （非常生气）你们就是些将要饿死的可怜鬼，能做什么事？你们会驾犁吗？你们能开出一样大小的犁沟吗？你们能把一捆捆麦子扔到车上吗？不能！你们能做的就是整天无所事事，陪女人睡觉。你们就是些废物！

〔他付了钱之后，正向外走。森林管理员笑着跟在他身后。韦尔策尔、木匠和老板娘开心地大笑，推销员也跟着笑，当笑声停了之后，顿时变得非常寂静。〕

霍尼希 这样的农夫就像一头蠢驴。他还以为我不知道这里的情况呢。这儿的村庄是什么样子？我们会看到在仅有的一张草席上躺着四五个光着身子的人。

推销员 （语气很温和地斥责）你怎么能这么说呢？每个人对于山区里的贫困处境的看法不同，如果你念过书、读过报纸的话……

霍尼希 我和您一样，只要是报纸上刊登的，我都会去读。我去过很多地方，也和很多人接触过，所以我了解情况。毕竟一个人背着背包跑了四十多年，自然会对社会有一定的了解。富勒尔的情况到底怎么样了？在那里，孩子们和农夫的鹅一起在粪堆里挑拣东西，那里人们有很多都会死在自己家的地板上。他们非常饥饿，就连织布用的臭胶水也吃。就是因为饥饿，成百上千的人都死去了。

推销员 既然您识字，那么您一定知道政府已经开始对此进行深入调查了。不光如此……

霍尼希 我非常清楚这一套。政府派来的官员还没抵达这里就已经对这里的情况了如指掌，比自己亲眼见到的都清楚。这个人来这里以后，只会在小河流发源的地方和一幢幢漂亮的房子附近踱步。因为他不想把自己锃光瓦亮的皮鞋给弄脏，心里想着别的地方也一定和这里一样美丽，于是他便坐上马车回家了。随后他向柏林报告，说这里压根儿没有出现灾难。如果这个人能够稍微有点儿耐心，只要他能继续向前走走，走到上边的村子，走到小溪的源头，越过小溪走到山坡上，那里的小屋和小茅棚破烂不堪，又旧又黑，好像随时都会倒塌一样，就连一根火柴都能毫不费力地点燃它。如果这样的话，他向柏林上报的内容就不是那样了。官员们接受政府的指派，来到这里，却不想相信这里出现了灾难。他们应该到我这里来，让我带着他们去看看，那些贫民窟什么样。

〔外边响起了《织工之歌》的歌声。〕

韦尔策尔　这首魔鬼之歌又响起来了。

维甘德　整个村子被他们搞成什么样了！

老板娘　好像有什么事要发生。

〔耶格尔和贝克尔挽着手臂，在一群年轻织工的带领下，鱼贯而入。〕

耶格尔　骑兵连立定！坐下！（于是新来的人坐在已经有织工的桌子旁，和他们聊起天来）

霍尼希　（和贝克尔打招呼）这么多人来到这里，到底发生什么事了？

贝克尔　（语重心长地说）可能要发生什么事。莫里茨，对吗？

霍尼希　有事要发生？你们可别乱来啊！

贝克尔　已经流血了！你要不要看看？

〔他撸起袖子，露出了他的上臂，上边的防疫注射部位在流血。其他的坐在桌子旁的织工也在做相同的动作。〕

贝克尔　我种了牛痘，就在施密特医生家里做的。

霍尼希 现在很明显了。因为你们这一群人到处游行，所以村子里才会这么闹腾。

耶格尔 （拿腔拿调地大声说）韦尔策尔，立刻拿两斤烧酒过来！我给你钱！你以为我付不起这笔钱吧？那你就大错特错了！如果我们开心的话，我们就会和旅行推销员一样，从现在到明天早上一直喝酒和咖啡。（这时，年轻的织工们大笑起来）

推销员 （很惊讶，表情非常好笑）难道您指的就是我？

〔酒店老板、老板娘和他们的女儿，还有木匠维甘德和推销员都大笑起来。〕

耶格尔 指的就是问这个问题的人。

推销员 年轻人，你怎么能这么说呢？看来你现在风生水起的。

耶格尔 我是个服装推销员，我没有什么可抱怨的。工厂主和我分红利时一人一半。织工们越饿，我就会吃得越好、越胖；织工们越贫穷，那我就越富裕。

贝克尔 莫里茨，你做得很好！敬你一杯！

韦尔策尔 （拿来了威士忌酒。他正要返回到柜台，半路上停下脚步，缓慢地转过身子，很冷漠、很坚决地对着织工们）这位先生并没有做对不起你们的事情，请别打扰他。

青年织工们 我们也没有对不起他啊！

〔老板娘和推销员聊了几句。她端起还没喝完的咖啡，向雅座走去。大厅里满是织工们大笑的声音，推销员跟着老板娘去雅座那里。〕

青年织工们 （唱歌）

德赖西格杀人不眨眼，

手下的奴才都是一群走狗……

韦尔策尔 嘘！只要别在我的屋子里唱这首歌，随便你们去哪儿唱。

老织工甲 他说得没错，你们就别唱了。

贝克尔 （大喊）但是我们还要继续游行示威，当经过德赖西格公馆门前的时候，我们就唱这首歌给他听一听。

维甘德 你们一定要把握好尺寸，别闹出什么误会。（大笑声和心情不愉快的"唉"声夹杂着）

维蒂希 （他是一个铁匠，头发灰白，没戴帽子，穿着皮围裙和一双木鞋，仿佛是刚从工场里出来似的，身上脏兮兮的。他走到柜台前，等待着喝一杯烈酒）让他们尽管去闹，你放心好了，这些狗只会叫，不会咬人。

青年织工们 维蒂希！维蒂希！

维蒂希 我在这儿！有什么事吗？

青年织工们 维蒂希在那儿！过来，来我们这儿坐吧！

维蒂希 我看到你们了！你们这群小子，我马上过去。

耶格尔 来，咱们一起喝酒吧！

维蒂希 你们的烧酒留着吧，我喝的酒我自己付钱。（他端着酒杯来到鲍默特和安索格身旁，安索格拍了拍自己的肚皮）织工们吃的都是什么啊！这是酸菜和虱子肉吗？

鲍默特老人 （神魂颠倒）如果他们对现在的情况不满意，那应该怎么办？

维蒂希 （装出一副惊讶的样子看着这个织工）海内尔，你这是说的你自己吗？（大笑起来）真是太好笑了。老鲍默特和裁缝居然要造反，依我看，以后就连小羊、大老鼠、小老鼠都会一起造反了，真是太好笑了。（纵声大笑）

鲍默特老人 维蒂希，你别说这些话。我没有改变，依旧是鲍

166

默特。最好这件事情能够和平解决。

维蒂希 解决这件事情会很麻烦，不可能轻而易举地就能完成。根本没有能够和平解决的事情。在法国，事情就不是和平进行的，罗伯斯庇尔也没有温柔地抚摸富翁的手。这是因为所有的富人都被清理干净，全部被送到了吉约蒂娜断头台上。烧鹅一定不会自己跑到你们的嘴里来！

鲍默特老人 如果我的生活能够勉强度过的话……

老织工甲 我们每天忍饥受饿，维蒂希。

老织工乙 我们真的不想再回家了。因为不管是风餐露宿地奔波挣钱，还是躺在家里睡大觉，肚子都饿得咕咕叫！

老织工甲 如果待在家里，那么我一定会疯掉。

安索格 无论如何，我已经不在乎了。

青年织工们 （情绪越来越激动）"我们没有正常的生活。"——"根本无心干活儿。"——"就在我们施特恩库恩策村上，一个织工整天光着身子在河边洗澡，就和当初上帝创造的裸体人一样。想必是被逼疯了！"

老织工丙 （站起来，喝醉了便发酒疯，举起手指来吓唬别人）末日判决就要来到了！你们不要和富人作对！末日判决就要来到了！万军之主……（其他的织工都在笑，有人把他按倒，让他坐下）

韦尔策尔 就算他只喝一杯酒，也免不了发酒疯。

老织工丙 （再次跳起来）但是他们不相信上帝！也不相信天堂和地狱。他们甚至还嘲笑宗教……

老织工甲 到此为止吧！

贝克尔 你就让他继续说下去吧！也许会有人记住他说的话。

众人 （非常嘈杂）让他说下去！

老织工丙 （声音变大）上帝帮助那些穷人，替他们打抱不平，说："一定要把欺负穷人、冤枉穷人的人带到地狱或者是鬼门关，那里的大门一直为他们敞开着。"（声音太嘈杂了，他突然像一个小学生一样朗诵起来）

认真想一想，

事情很奇怪，

他们竟然瞧不起麻布织工的劳动成果！

贝克尔 但我们是棉布织工啊。（顿时众人大笑起来）

霍尼希 麻布织工的生活比你们困难百倍，他们就像魔鬼一样，默默地游走在山间。你们却在这儿一直抱怨。

维蒂希 你是否以为最坏的事情早就已经发生了？老板已经将织工们身上本来残存的一点儿刚毅倔强的精神给抹杀掉了。

贝克尔 他以前的确说过："以后，织工干完活儿还可以得到一片夹干酪的面包。"（人声鼎沸）

织工们 这是谁说的？

贝克尔 德赖西格。

一青年织工 真应该把他吊死，这个狗杂种。

耶格尔 维蒂希，以前你总是谈法国革命，夸夸其谈。而现在到了证明你的时候了，这就能看出你是一个只会吹牛的人，还是一个正直的人。

维蒂希 （突然非常生气）你再给我说一句！你听过战场上的枪声吗？你在敌人的地盘上放过哨吗？

耶格尔 不要生气！咱们的立场一样，我没有恶意。

维蒂希 我不管和你的立场是否一样，你做事大大咧咧，狂妄自大。

〔警察库切上。〕

数人的声音 嘘！警察来了！

〔嘘声持续了很长时间才停了下来。〕

库切 （全场没有任何声音，他走到立在房间中央的支柱旁坐下）请给我一杯威士忌酒。（这时没有任何声音）

维蒂希 库切，您来是不是要看我们是不是守规矩啊？

库切 （没有注意到维蒂希的话）您好，维甘德师傅！

维甘德 （在柜台的墙角里）您好！多谢！

库切 最近生意怎么样？

维甘德 多谢您的关心。

贝克尔 警察局长派库切来，一定是担心我们把挣来的那么多钱都用来胡吃海塞，撑爆肚皮。

〔全场人都在大笑。〕

耶格尔 我们刚才吃了烤猪肉、团子、酸泡菜，现在我们又在喝香槟呢！对不对啊，韦尔策尔？（全场大笑）

韦尔策尔 今天阴暗的角落里都有了阳光的照射。

库切 尽管你们喝香槟、吃烤肉，可是你们依旧不会觉得满足，虽然我没有香槟喝，但是还能勉强生活。

贝克尔 （隐喻库切的鼻子）他在和木炭一样通红的黄瓜上浇上烧酒和杜松子酒，怪不得又肥又大呢！（大家都哈哈大笑起来）

维蒂希 像他这样的警察生活简直太艰苦了。一会儿要把一个快要饿死的乞丐关起来；一会儿又要骗取善良姑娘的芳心；一会儿喝得烂醉，然后去打自己的老婆，逼得老婆去别人家求救；一会儿又要骑在马上四处闲逛，不到九点钟不起床。这样的生活真是太糟糕了！

库切　随便你怎么胡说八道！到时候你的脖子就会被绳子勒住，其实大家早就知道你的底细了。你就知道耍嘴皮子，怂恿别人了，上面都已经知道了。有个人很长时间一直到小酒店喝酒，直到把自己的老婆孩子逼到了贫民收容所里，然后自己也进了监狱，但他还是一直怂恿别人，下场简直太凄惨。

维蒂希　谁都无法预料将来。也许你是对的！（顿时变得很生气）如果事情真发展成那样，我也知道是谁的功劳！那个人对着工厂老板们和地主老爷们嚼舌根，恶意诽谤我，以至于让我失去了工作。不仅如此，他还煽动农民和磨坊主们反对我，那样我整个星期里都无所事事：没有一匹马来装蹄铁，也没有一辆车来装修车轮。我知道这是谁干的好事！曾经有一个偷吃了几个生梨的傻孩子被一个人用牛鞭狠狠地揍了一顿，于是我把这个不要脸的人从马上拽了下来。你知道我的做派，如果你把我弄到监狱里去，那我奉劝你提前把遗嘱写好。如果我听到任何的风吹草动，不管我的手边是一块马蹄铁还是一把铁锤，不管是一根轮辐还是一个水桶，我都会拿起来去找你算账。不管你在床上，还是在你老婆身边，我都会把你拖出来，然后把你的狗头砸烂。我一定会说到做到，否则我就不姓维蒂希！

（暴跳如雷，就要扑到库切那里去）

织工们　（拦住维蒂希）维蒂希，你冷静一点儿！

库切　（脸色苍白地站起来，边说边向门口溜。离正门越近，他越有勇气，在门槛说了最后几句话）我没有给你造成麻烦，你干吗骂我？我在这里只是想和织工们聊聊天。咱俩井水不犯河水。但是我有话要和织工们说：警察局长大人说，谁也不准再唱《德赖西格之歌》什么的，也可能不是这个名字。有谁胆敢再唱，就抓去坐牢，让你们在牢里好好休息。到时候，你们不但有水喝，还有面包啃，高兴

地唱着歌，想唱多久都可以。（下）

维蒂希 （在他的背后大叫）我们想唱就唱，他们无权干涉。就算我们的歌声震天响，都能传到赖兴巴赫人的耳朵里，就算我们的歌声震塌工厂老板的公馆，震飞所有长官头上的安全帽，他们也无权干涉！

贝克尔 （已经站了起来，唱歌的手势已经摆好，与大家一起唱）

这里有非常糟糕的法院，

王家法庭都不如，

先砍下人头，

再出现判决。

这里就如同刑讯室，

人们饱受屈辱，

数不清的哀怨声，

这就是穷人悲惨命运的佐证。

〔大多数织工在大街上唱着下一节歌，只有几个年轻的小伙子在酒馆里付钱。当唱起最后一节歌的时候，房间里只剩下韦尔策尔和他的老婆、孩子，还有霍尼希和鲍默特老人。〕

你们都是流氓，都是恶魔，

你们是万恶的魔王，

你们把穷人的财富掠夺走，

你们会得到应有的惩罚。

韦尔策尔 （收拾着酒杯，非常淡定）今天这些人都动怒了。

〔鲍默特老人也要离开。〕

霍尼希 鲍默特，你说他们这是干什么去？

鲍默特老人　他们要去德赖西格家里，要让他涨工钱。

韦尔策尔　这么疯狂的一次行动，您会不会参加？

鲍默特老人　韦尔策尔，你也知道这不是我所能决定的。有的时候青年人可能要参加，但是老年人不得不参加。

霍尼希　（站起来）我感觉这件事不会有好结果的。

韦尔策尔　这些老头儿身体本来就差，他们可真是失去理智了！

霍尼希　每个人的欲望都是不同的！

第四幕

彼得斯瓦尔道。棉布厂老板德赖西格的卧室布置得很华丽，有强烈的本世纪上半叶那种拒人于千里之外的韵味。天花板、火炉、房门都是白色，糊墙纸的颜色阴暗、凄清，上面有直纹的小花图案。桃花心木做的软垫椅子上套有红色的套子，上面有精美的雕刻图案。橱柜和其他几把椅子的制作材料也是与之相同的。家具的陈列方式是这样的：右边放着一张写字台，位于两扇挂有丝绒窗帘的窗子之间，说是写字台，其实就是一张前面的折板橱柜。一把沙发椅子放在桌子的正对面，一个保险柜就位于其附近，沙发前面有一张桌子、几把沙发椅和椅子，一个搁置猎枪的柜子放置在后墙处。四周的墙上都挂着难以入目的画作，还镶了金色的框架。沙发上面有一面外面镶着镀金的洛可可式的镜框的镜子。左边是一扇再普通不过的门通走廊，后墙有一扇打开的双扇门，直通向一间布置一样华丽的客厅，给人不太舒服的感觉。德赖西格太太和基特尔豪斯太太正在客厅里欣赏画像。牧师基特尔豪斯和大学毕业生、家庭教师魏因霍尔德正相谈甚欢。

基特尔豪斯 （个子比较矮，十分亲切。他和大学毕业生都在吸着烟，他们在开心地聊天，一直走到前厅。他四处看了看没有人，很惊讶地摇了摇头）魏因霍尔德先生，您的年龄不大，确实没有什么好奇怪的，当我在您这个年龄的时候，不得不承认，我们老年人的确有很多看法和你们相似。不管怎么样，都是些相似的看法。这些理想就像四月的阳光一样非常短暂，这真让人感到遗憾。等您到了我这个年龄再来看！一个人在布道台上传道，当他每年传五十二次，传三十年的时候，他就会彻底冷静下来。等您到了这个地步的时候，您就想想我吧！

魏因霍尔德 （19岁，个子很高，身材很瘦，脸色苍白，一头细长的金发。心神不定，很烦躁）牧师先生，我非常尊重您。但是我不明白……人们的本性自然各不一样。

基特尔豪斯 亲爱的魏因霍尔德先生，虽然您依旧是个很好动的人。（用斥责的口气）虽然您现在依旧和现存制度进行激烈的斗争，可是现在一切都已平定。没错！我们确实有一些教友，尽管他们的年纪很大，却依旧玩弄年轻人的恶作剧。这个人大肆宣讲酗酒的危害，建立节制饮酒协会；另一个人撰写会让人深受触动的呼吁书。然而并没有什么用！织工们依旧那么贫困，社会的安宁反而因此被打破。那个时候我真的想说：不在其位，不谋其政。作为一个牧师，就不要去管肚子的事情。你只负责宣讲《圣经》上的道理就行了。对于其他的事情，上帝既能给鸟儿准备鸟窝和食料，也能不让田野里的百合花枯萎！现在，我特别想知道一件事，那就是我们温和友善的老板去哪儿了？

德赖西格太太 （和牧师太太一起走在前边。她30岁，身体很好，也很漂亮。她的言谈举止和她的高贵装扮显得格格不入）牧师先生，您说得很对。威廉就是这个样子。他只要突然想起一件事，就会马上看不见人影，才不会管我呢。以前我也说过这件事，可是并没有什么用！

基特尔豪斯　亲爱的太太，不管怎么说，他是个商人。

魏因霍尔德　如果我没猜错的话，楼下一定出事了。

德赖西格　（出现。很生气，很激动）罗莎，咖啡端上来了吗？

德赖西格太太　（脸色很难看）你不是要出门吗？

德赖西格　（漠不关心地回答）你不懂！

基特尔豪斯　德赖西格先生，很抱歉！请问您是不是碰到了什么不开心的事情？

德赖西格　我每天都能碰到这种事情，我已经习惯了。罗莎，咖啡呢？准备好了吗？

德赖西格太太　（不开心地走开了，用力拽了几下粗大的绣花门铃拉索）

德赖西格　魏因霍尔德先生，如果刚才您在那儿该有多好！那您就可以亲身经历一次了。再说了……您过来，咱们玩一玩惠斯特牌吧！

基特尔豪斯　好啊！抛去一天的忧愁，跟我们一起玩儿吧！

德赖西格　（已经走到窗前，把窗帘拉开，看了看窗外，便说）强盗！罗莎，赶快过来！（罗莎过来）你看，这是那个个子很高、头发红红的家伙吗？

基特尔豪斯　他就是那个所谓的"红色的贝克尔"。

德赖西格　就是他前两天骂你的吗？你一定还记得，在约翰扶你上马的时候，你跟我说过的话。

德赖西格太太　（噘着嘴，把声调拉长）我忘了。

德赖西格 别生气了！我要知道他是不是那个无耻的人，如果真是他，我要让他承担全部的责任。(这时可以听见《织工之歌》的歌声)您听！

基特尔豪斯 (非常生气)难道他们真的要这样一直胡闹下去吗？我想说的是，现在必须要警察来干涉一下了。麻烦请让一下。(他走到窗台前)魏因霍尔德先生，您来看！这里不光有青年人，还有一大群老织工跟着一起。这里面竟然有我这么多年来一直认为他们敬畏上帝的人，本以为他们值得尊重，可是他们竟然也加入其中。这就是一场胡闹，他们把上帝的戒律都不放在眼里，肆意践踏。也许您仍然愿意站在他们这一边吧？

魏因霍尔德 我当然不愿意！这就是说没有以前那么强烈啦！不管怎么说，他们都是一些整天饥肠辘辘、愚笨之人。他们只是用自己的方式来表达自己的愤懑。我不希望他们……

基特尔豪斯太太 (非常矮，而且很瘦、很老。说她是个老太太，都算是夸奖她)魏因霍尔德先生，您怎么能这样呢？

德赖西格 魏因霍尔德先生，真的很对不起！我把您请到我家里来，是让您教育我的孩子，而不是让您来教育我。除了教育我的孩子，其他的事情我自己来。您明白了吗？

魏因霍尔德 (脸色变得很难看，傻傻地站了起来，装作微笑的样子，鞠躬，很小声)我明白！我早就猜到会是这个样子。这也正是我希望看到的。(离开)

德赖西格 (粗鲁地)那就快一点儿，我们急需房间！

德赖西格太太 哎呀！威廉！

德赖西格 你做得对吗？难道你还想袒护这个给这首诽谤歌曲和那些流氓的暴乱行为做辩护的人？

德赖西格太太　他根本没有那样做……

德赖西格　牧师先生，他辩护了吗？

基特尔豪斯　德赖西格先生，他的年纪还很小，您不要跟他计较。

基特尔豪斯夫人　我真的搞不懂！这个年轻人出身于名门望族，地位显赫。他的父亲在官场中纵横40多年，从来没有出过什么差错。而他也找到了这么令人满意的职位，他母亲以他为骄傲，可是他并不放在心上。

普法伊弗尔　（把前厅的门推开，朝里面叫）德赖西格先生，他们把他抓住了！您快过来看看！

德赖西格　（匆忙地）有人去找警察了吗？

普法伊弗尔　警察局长先生正在上楼。

德赖西格　（在门口）您最恭顺的仆人来了。局长大人，您来了我非常开心！

基特尔豪斯　（对太太们示意，让她们离开。他和他的妻子还有德赖西格太太一起到客厅去了）

德赖西格　（非常生气，对着刚刚走进来的警察局长）我的染匠们终于抓住了一个带头闹事的人。我不能再坐视不理了，他们非常狂妄放纵，他们做的事情非常令人生气。我的家里有客人，而他们竟然也敢……只要我的妻子一出现，他们就会侮辱她，我也不敢保证我孩子的生命安全。我敢说他们一定还会对我的客人动手。如果在一个有秩序的社会里，像我和我家属这样正直的人，竟然会受到他们的谩骂侮辱，他们却得不到应有的惩罚，那么我只能改变对法制和文明的看法了！

警察局长　（大约50岁，中等身材，大腹便便，精力旺盛，一身骑兵制服，佩带着长刀和马刺）绝对不会是这样子的！德赖西格先生，我听从您的指示，您大可放心……我很开心您抓住了一个带头闹事的家伙，您做的这个决定太正确了，刚好和我的心意相符。他们就是危害社会秩序的作乱之人，我早就对他们恨之入骨了。

德赖西格　就那么几个乳臭未干的小伙子。他们就是些流氓，就是些好吃懒做的无赖，整天待在酒吧里，把挣来的钱全花在喝酒上。我现在要对这种诽谤行为进行严令禁止。我这么做并不单单是考虑到我个人的利益，也是为了大众的利益。

警察局长　德赖西格先生，您早就应该这么做了。没有任何人会责备你。只要我能做到……

德赖西格　要好好教训这些流氓。

警察局长　没错！就要做到杀一儆百！

库切　（行了个军礼。因为前厅的门开着，所以有人上楼的脚步声可以听得很清楚）局长先生，我要忠诚地向您报告一件事：我们抓住了一个人。

德赖西格　警察局长先生，您想看一看这个人吗？

警察局长　当然了！我们要靠近一点儿仔细地看。德赖西格先生，请您少安毋躁，您放心，我一定会让您满意的，否则我就不叫海德！

德赖西格　这样还不行，必须把他交给检察官才行。

耶格尔　（五名染匠把这个人带了进来，这些染匠全身上下都还沾着料，一看就是刚放下工作。而被抓的这个人一副若无其事的样子，帽子斜戴着。因为刚喝了白兰地酒，他显得很兴奋）你们这些人真是卑鄙无耻，你们有资格当工人吗？你们竟然想滥竽充数当我们的同志。我就是让自己的手烂掉，也不会去抓自己的同志。

〔警察局长暗示库切，库切叫染匠们把他放开。耶格尔恢复了自由，他根本不在乎，但是他周围的窗户和门都有人把守着。〕

警察局长 （对着耶格尔大声谩骂）你这个野蛮的家伙，把帽子摘下来！（耶格尔带有讽刺地笑着，慢慢摘掉自己的帽子）你叫什么名字？

耶格尔 你干吗这么亲昵地问我？

〔听到这句话，在场的人都开始议论纷纷。〕

德赖西格 太过分了！

警察局长 （脸色变了，他想发火，但又把怒气压了下去）其他的事情以后会调查明白的。我问你，你叫什么名字？（耶格尔没有回答，抓狂）要是不说我就让人抽你。

耶格尔 （很开心，警察局长的斥责对他根本没有作用，纹丝不动。他的目光越过在场所有人的头顶，停留在一个漂亮的女佣身上。这个女佣刚端来咖啡，突然看到了这个场景，一时间不知如何是好，呆住了）熨衣女工艾米莉，你属于他们之一吗？正如你所见，我要想方设法离开这里。一夜之间，风暴就会毁灭这里的一切。（姑娘紧紧盯着耶格尔，她知道这些话是针对她的，顿时面色绯红，用手捂住眼睛，跑了出去。桌子上横七竖八地放着丢下的咖啡用具。人群中又出现骚动）

警察局长 （根本没有办法，对德赖西格）我都这个年纪了，但是像他这样不要脸的人我实在是没有……

耶格尔 （吐了一口唾沫，代表瞧不起）

德赖西格 小子，这不是在牲畜栏里！懂吗？

警察局长 我已经忍无可忍了！最后再问你一次：你叫什么名字？

基特尔豪斯 （他一直在微微敞开的客厅后门里偷偷地看着刚才发生的一切，激动得不能自己，于是便站了出来）局长先生，他叫耶格尔。莫里茨·耶格尔！对吗？（对着耶格尔）你还认识我吗？

耶格尔 您是基特尔豪斯牧师。

基特尔豪斯　没错！我是你的牧师！当你还是个婴儿的时候，我就把你接收进了教会。我给你圣餐面包，这些事情你还记得吗？那个时候我费了九牛二虎之力才让你懂得《圣经》，难道你就是这样回报我的吗？

耶格尔　（脸上没有了刚才的傲慢，就像一个被斥责的学生）我曾经付过一塔勒钱。

基特尔豪斯　钱！也许你认为那点儿少得可怜的钱……我宁愿你把你的钱拿回去！真是一派胡言！我希望你做一个正直诚信的基督教徒。想一想你曾经发过的誓，想一想你的愿望。严格遵守上帝的戒律，希望你能够仁爱忠诚。钱！钱……

耶格尔　牧师先生，我现在是贵格会教徒，不会再信奉什么了。

基特尔豪斯　闭嘴！少在这儿说什么贵格会教徒，这些字眼你根本不懂，就更不要去卖弄炫耀。贵格会教徒都是一些忠诚的人，而你是个异教徒。

警察局长　牧师先生，请允许我……（站在牧师和耶格尔中间）库切，把他的手绑起来！

〔外面传来了粗鲁的叫声："把耶格尔放出来！"〕

德赖西格　（和其他人一样，开始变得不安，情不自禁地走到窗台前）这又是什么情况？

警察局长　我明白！意思就是要我们把这个流氓给放了！可我们是不会那么做的。库切，明白了吗？把他带到监狱里去！

库切　（手里拿着绳子，有点儿犹豫）局长大人，请宽恕我下面说的话。我认为这件事可能会遇到一些棘手的问题。外边有很多人，他们就是一些喜欢寻衅滋事的年轻人。里面有贝克尔，有铁匠……

基特尔豪斯　请允许我说句话，为了避免再造成一些误会反感，我认为应该和平解决这件事情。局长先生，耶格尔也许会答应顺从我们，跟我们去。也或者……

警察局长　你想到哪里去了？你有没有考虑到我的责任？我可不能答应！库切，快一点儿！不要再迟疑了！

耶格尔　（把双手合在一起，嬉皮笑脸地伸了出来）绑紧一点儿！反正一会儿又要松了。

〔库切和其他人一起，把他绑起来了。〕

警察局长　快点儿走！（对德赖西格）如果您实在是担心，就让六个染匠跟着一起去。他们可以看着他。我先骑马回去，库切和我一起。如果有人反抗，格杀勿论。

〔下面传来了"喔喔喔、汪汪汪"的声音。〕

警察局长　（对着窗户恐吓道）你们就是些泼皮！我要让你们喔喔喔、汪汪汪地叫！快点儿走！（他手里拿着马刀，第一个走了出去，其他人和耶格尔紧跟其后）

耶格尔　（离开的同时大喊）尽管德赖西格太太现在让人觉得高不可攀，但是当初她和我们一点儿区别都没有。以前她为了三芬尼小费，给我父亲端过成百上千次烧酒。骑兵连，向左转！（大笑着离开）

德赖西格　（周围寂静了一会儿，似乎变得坦然）牧师先生，您有什么想法？现在让我们来玩惠斯特牌吧！我认为这不会妨碍任何事的。（他点燃一根雪茄，同时发出几声很短的笑声，点燃了香烟以后，便开始大笑起来）现在我才感觉事情是多么可笑。这个家伙！（突然大笑）这真是太好笑了！真的没有办法来形容！当初还和魏因霍尔德大吵一架，可五分钟后他就离开了——都不知道溜到哪里去了。然后又发生了这件事。现在让我们继续玩牌吧。

基特尔豪斯　好啊！但是……（楼下传来了大声吼叫的声音）这

些人太闹腾了。

德赖西格 还是去另一个房间吧，那里会比较清静。

基特尔豪斯 （摇了摇头）我真搞不懂那些人这么激动是为什么。对于魏因霍尔德的看法，我是表示同意的，最起码在刚才我依旧是这样认为的，我觉得织工们都是比较谦虚、恭顺的，他们能容忍，比较容易支配管理。德赖西格先生，您不也是这样认为的吗？

德赖西格 没错！过去他们的容忍性很好，而且也极好掌控。毫无疑问，他们以前都很有教养，也很正直。如果人道主义梦想家不干涉的话，他们依旧会是那样的人。但是这么长时间以来，人道主义梦想家事无巨细地讲解他们的痛苦。你仔细想想，还成立了不少解救织工贫困的协会和委员会。对于他们的宣传，织工终于不再怀疑了，于是他们产生了太多不切实际的想法。真希望有人能够斥责他们一番，让他们恢复神志。织工们如果再被怂恿，他们就会不停地抱怨、不停地诉苦。各种事情都不符合他们的心意，所有东西都想要最好的。

〔突然传来了"乌拉"的欢呼声，特别响亮。〕

基特尔豪斯 照这样看来，那一套人道主义也就只能在一夜之间让人改头换面。

德赖西格 牧师先生，您不要冲动，好好想一想，事情不一定全部都是坏的。政府当局可能会关注这一类事情的。当局也许会这样想：要想保住我们国家的工业，就必须采取相关举措，不能再这样发展下去了。

基特尔豪斯 没错！但是我想请问我们国家工业为何会衰败？

德赖西格 外国通过关税对我们实施封锁。我们已经没有了最好的在国外的市场。而我们依旧要在国内顽强斗争，因为我们被抛弃了，被彻底地抛弃了！

普法伊弗尔 （踉踉跄跄地走了进来，一直在大喘气，面无血色）德赖西格先生！德赖西格先生！

德赖西格 （已经来到客厅门口，正要准备进去，又回过头来，气急败坏地）普法伊弗尔，又怎么了？

普法伊弗尔 没有怎么。唉，你们先让我缓一缓。

德赖西格 究竟怎么了？

基特尔豪斯 您真的吓到我们了！您不要有什么顾忌，赶紧说吧。

普法伊弗尔 （依旧心神不定）你们让我平复一下心情。我还从来没有见过这样的事情。警察局长本人……你们迟早会因为这件事而倒霉。

德赖西格 只是搞不明白您到底在怕什么？难道有人死了？

普法伊弗尔 （非常害怕，都快要哭了，大声喊道）他们把莫里茨·耶格尔放出来了，他打了警察局长和那个警察一顿，然后把他们赶走了。没有戴帽盔，就连马刀都断了。唉！

德赖西格 普法伊弗尔，你神志错乱了吗？

基特尔豪斯 很明显这是革命！

普法伊弗尔 （坐在椅子上哭泣着，全身都在发抖）德赖西格先生，事情变得越来越糟糕了。

德赖西格 那样所有的警察就可以……

普法伊弗尔 德赖西格先生，事情变得越来越糟糕了。

德赖西格 普法伊弗尔，把你的嘴闭上！真该死！

德赖西格太太 （和牧师夫人一起从客厅出来）威廉，真是太让人生气了！晚会竟然变成了这个样子。牧师太太都宁可回家。

基特尔豪斯　德赖西格太太，也许今天真的应该……

德赖西格太太　威廉，你必须要好好管管！

德赖西格　那你去说吧！（站在牧师面前，突然地）难道我如此恐怖？我是一个恶棍吗？

马车夫约翰　（上来）太太，我已经把马准备好了。约尔格尔和小卡尔已经被魏因霍尔德送上马车了。只要情况稍有不对劲，咱们马上离开！

德赖西格太太　能发生什么不好的事呢？

约翰　我真的是搞不明白！这就是我的真实想法。人群的数量急剧增多，就连警察局长和警察也被他们轰走了。

普法伊弗尔　德赖西格先生，情况越发糟糕了！

德赖西格太太　（变得更加害怕）到底会发生什么事情呢？他们到底有什么企图？约翰，他们不可能向我们发动攻击吧？

约翰　太太，他们有几条野狗。

普法伊弗尔　形势变得更加严峻了！

德赖西格　蠢驴，把你的嘴给我闭上！所有的门窗都被堵上了吗？

基特尔豪斯　您帮帮我吧！我一定会……（朝着约翰）这些人到底有什么企图？

约翰　（很难为情）这些流氓想涨工钱。

基特尔豪斯　好！到了我履行义务的时候了。我出去跟他们好好谈谈。

约翰　牧师先生，还是算了吧！跟他们谈话就是在浪费时间。

基特尔豪斯　德赖西格先生，我还有话想和您说。我希望在我出门后，您就安排几个人守住后门，把门关上。

基特尔豪斯太太　约瑟夫，你真的想好怎么做了吗？

基特尔豪斯　没错！我已经考虑好了。不用担心我，上帝与我同在。

基特尔豪斯太太　（和他握手，然后向后退，擦去眼泪）

基特尔豪斯　（这个时候从楼下传来了一大群人的喧哗吵闹声）我会装作我要不紧不慢地回家。我倒要看看我的牧师职责是否……看看这些人是否尊重我。（把帽子和手杖拿起来）向前走，以上帝的名义！（离开。德赖西格、普法伊弗尔和约翰也跟着一同前去）

基特尔豪斯太太　亲爱的德赖西格太太，（痛哭不止，把刀子紧紧抱在怀里）希望他一切都好！

德赖西格太太　（六神无主）牧师太太，我真的搞不明白。我现在都不知道我自己是什么样的心情。那样的事情一定不会发生的！如果真是那样……就好像富有就是一种罪过。牧师太太，如果我一早得知了这些情况，我宁愿过着和原来一样卑微的生活。

基特尔豪斯太太　德赖西格太太，不管位于哪一个社会阶层，都有自己伤心烦恼的事情。

德赖西格太太　没错！我也这样认为。如果就因为我们比别人富有一点……可这又不是偷来抢来的。每一分钱都是我们自己通过合理手段挣来的。所以他们没有理由攻击我们。难道生意不好就是我丈夫的错吗？

〔楼下传来大声喧哗的声音。这两个女人非常惊恐地看着彼此，突然德赖西格闯了进来。〕

德赖西格　罗莎，赶快披上点儿衣服上车，我很快就追上来。（飞快地跑向保险箱，打开之后把贵重物品全部带走）

约翰　（走进来）都准备好了。我们要赶紧离开这里，趁后门还没有被占领。

德赖西格太太 （非常害怕，感到恐惧，一直紧紧搂着马车夫的脖子）约翰，救救我们吧！救救我们的孩子吧！啊呀……

德赖西格 你冷静一点儿，把约翰放开吧。

约翰 太太，您不用担心。我们的马很厉害，根本没有人能追上。如果有人躲不开的话，还有可能被轧死。（离开）

基特尔豪斯太太 （非常惊恐，惊慌失措地）我的丈夫呢？德赖西格先生，我的丈夫呢？

德赖西格 牧师太太，您尽管放心，他很安全。

基特尔豪斯太太 他一定是遇到了什么事情，只不过您不肯说罢了！

德赖西格 您不用担心，他们一定会懊悔的。我知道是谁干的。以前根本没有听说过这种下三烂的行为，一定会调查清楚的。牧师竟然受到一群教徒的迫害。他们就是一群疯狗、一群疯了的野兽。我们要把他们当成狗和野兽。（他的妻子呆住了，他对着自己的妻子）咱们走吧。（撞击大门的声音传来）你听见了吧？这些流氓已经丧失理智了！（楼下传来砸玻璃的声音）这些恶棍已经完全疯了。咱们没有办法，必须赶紧走！（一些人一起喊："发货员普法伊弗尔滚出来！发货员普法伊弗尔滚出来！"）

德赖西格太太 普法伊弗尔！他们要求让他出去！

普法伊弗尔 （闯了进来）德赖西格先生，后门已经有人在那儿了。不出三分钟，楼房大门就会被攻占了。铁匠维蒂希已经神志不清了，在用一个喂马的提桶撞大门。

〔楼下变得更加喧闹，声音更大更洪亮："发货员普法伊弗尔滚出来！""普法伊弗尔滚出来！"〕

德赖西格太太 （飞快地跑着离开，就像后边有人追赶着似的。

基特尔豪斯太太紧随其后)

普法伊弗尔　(一直在听着楼下的声音，他的脸色忽然不对劲。他知道楼下在喊什么，他非常害怕，精神几近崩溃。突然他大哭了起来，紧接着苦苦哀求，就这么变幻无常。他抚摸着德赖西格，用手摸他的脸颊和肩膀，亲他的手，最后紧紧地抱住他，他根本无法挣脱)德赖西格先生，您这么善良、这么慈悲，请您不要丢下我，我一直对您很忠心，我任劳任怨地工作。我对那些人很好。按照规定，我并没有多发给他们工钱。他们会杀了我的，求您一定不要对我置之不理。天啊！我的老婆还有我的孩子……

德赖西格　(用力地想要挣开，可是却是徒劳的)你先放开我！事情一定能解决！(他和普法伊弗尔离开)

〔房间里有一会儿空无一人。客厅的窗子发出了破碎的声音，整幢房子里被刺耳的噼啪声充满。紧接着又是闹哄哄的"乌拉"声，在片刻的寂静之后，如履薄冰地向二楼走来的脚步声又响起来。不光如此，还可以听到带有一点儿害怕的声音："向左！""向上走！""嘘！""慢一点儿！""别推！""跟着一起叫！""你们这群无赖，继续干！""我们是来出席婚礼的！""你先进去吧！""还是你先进去！"〕

客厅门口有年轻的男女织工们，他们不敢进来，一直推推搡搡，都希望让别人先进去。一会儿之后他们没有了这种害怕的心理，于是到德赖西格的房间和客厅里去了。他们非常瘦，大多数人都体弱多病，全都穿着一些破旧的衣服，着实让人心生同情。他们进去以后，一开始很好奇，也很恐惧，四下打量着，过了一会儿，便到处乱摸。姑娘们躺在舒适的沙发上，有一些人正对着镜子欣赏着自己。有几个人在椅子上面欣赏着画像，还取下了画像。不断有身着破履烂衫、脸色暗淡无光的人从前厅进来。

一位老织工 （上来）不！你们先不要吵我！他们已经在楼下疯狂地砸东西了。这真是不理智的行为，到头来是不会有好结局的。有清醒头脑的人，绝对不会跟着一起干。我绝对不会参与其中。

〔耶格尔、贝克尔、维蒂希提着一个木桶，鲍默特老人和一群青年织工一起冲进来，异口同声地大叫。〕

耶格尔 他去哪里了？

贝克尔 恶魔在哪儿？

鲍默特老人 我们既然都能吃草，那他就一定可以吃锯末！

维蒂希 如果让我们抓到他，我们是不会放过他的。

青年织工甲 我们要把他的两条腿抓住，然后从窗户扔出去，把他摔到石头上，那样他就一辈子站不起来了！

青年织工乙 （出来）已经找不到他的踪影了。

众人 究竟是谁？

青年织工乙 德赖西格。

贝克尔 普法伊弗尔也不见踪影了吗？

众人 去找普法伊弗尔！去找普法伊弗尔！

鲍默特老人 对！去找他！跟他说，这里正有个织工等待着别人用饥饿降服他呢。（顿时大家都笑了起来）

耶格尔 就算我们没有抓到德赖西格那个混蛋……我们也要让他变穷！

鲍默特老人 没错！让他像教堂里的老鼠一样贫穷。

〔大家都冲到客厅里，准备要砸东西。〕

贝克尔 （在人群的前边，回过头来把其他人拦住）大家听我说，这里已经结束了，而这只是代表着开始。我们要去朗根比劳，去迪特里希家，他家有机械化的织布机。一切罪恶的源头就是工厂！

安索格 （从前厅走进来，走了几步便疑惑地停了下来，向四周看了看，摇摇头，拍打自己的额头）我是谁？我是织工安东·安索格！他们疯了吗？他们这么随心所欲。安索格到底在哪儿？（又拍了拍自己的额头）我一点儿不觉得恐惧！我不会承担任何责任。我神志不清。你们快点儿滚蛋！你们这些造反的人赶紧滚蛋！把你的头、你的腿、你的手统统拿开。你们把我的房子抢走了，我也会同等奉还。前进！（大喊着进了客厅。跟在他后边的人非常喧闹、兴奋）

第五幕

　　在朗根比劳，希尔泽老人有一间织布斗室。房间的左边开了一扇小窗，前面放着织布机。右边放着一张床，有一张桌子和床紧挨在一起。在右边的墙角有一个火炉，一条长凳放在火炉旁边。希尔泽老人和他的妻子均年事已高、双目失明，几乎听不到任何声音，他的儿子戈特利布和儿媳妇路易丝正围坐在桌子旁边祈祷着。在桌子和织布机之间，有一架纺车和一些线轴。屋梁已经被熏黑，上面放着一些老旧的纺织用具。上面挂着一缕缕长棉纱。房间又矮又小，并且还堆放了各种各样的垃圾。后墙上有一扇门，可以通向"住房"。在这扇门正对的地方有一扇敞开着的门，里面同样是一间室内结构差不多的织布斗室。"住房"的地面是用石头铺的，墙上的灰泥已经脱落，还有一个破败不堪的木梯，通过这个木梯可以到阁楼里去。一个洗涤用的水桶放到了矮凳上，可以看到一部分。一些破旧衣服和老旧家具横七竖八地放着。房间里有从左边照进来的光线。

　　希尔泽老人　（留着胡子，身子骨很好，但是因为年纪太大、太过于辛苦，加上患有疾病，所以现在成了一个弯腰驼背、沧桑枯槁的老头。他是一个退役的老兵，少了一只臂膀。他的鼻子很尖、面无血色、身体一直在不停地颤抖。他非常消瘦，眼神很深邃，里面饱含他的性格特点，从眼神里可以看出他仿佛受过伤害。他的儿子和儿媳妇都站了起来，然后做祈祷）慈悲的上帝呀！今晚您又大发慈悲原谅了我们，我们心怀感激。上帝呀，您是心怀慈悲的天神，而我们都是些可怜的罪人，我们没有道德，不配让您来惩罚我们。慈悲的天父啊，耶稣是您的贵子，也是我们的救世主。您就看在他的分上宽恕我们吧。耶稣的血和正义，对于我们来说就是首饰和礼服。当您对我们严加管教的时候，当净化灵魂的烈火太热的时候，如果我们有点儿害怕，请你不要责备我们，请您原谅我们吧！天父啊，请让我们更具有耐性吧，让我们能够在经历重重苦难之后，还能享受那亘古不变的幸福吧。阿门。

希尔泽大妈 （弯下身子，吃力地听着，眼含热泪）孩子他爸，你接着做吧，你做的祈祷太棒了！

〔路易丝向水桶那里走去，戈特利布走向对面的房间。〕

希尔泽老人 那个丫头究竟在哪儿？

路易丝 她去了彼得斯瓦尔道德赖西格那里。昨天晚上她又络了好几轴纱。

希尔泽老人 （声音很大）孩子他妈，我现在给你把纺车搬过去吧？

希尔泽大妈 行，搬过来吧。

希尔泽老人 （把纺车搬到她的面前）我真想替你络一点纱，那样你的负担就没有那么重了。

希尔泽大妈 不用！如果真那样的话，那我就会闲着没有事情干。那我就太无聊了！

希尔泽老人 那我给你擦擦手指吧！防止棉纱被你手指上的油渍给弄脏了。你听到了吗？（他用一块抹布给她擦手指）

路易丝 （在水桶那里）手上有油渍？我们根本没有吃过油腻的东西。

希尔泽老人 如果我们没有黄油，那就啃干面包；如果没有面包，那就吃土豆；如果没有土豆，那就吃麸皮。

路易丝 （很不尊敬地）如果什么都没有了，那我们就要模仿下面文格勒一家了，看一看死马都被屠宰病畜的人埋在了哪里，那样我们好挖出来再勉强过几个星期。这个做法不错吧！

戈特利布 （从后室）你这个喜欢吃动物尸体的猛禽！少在这里胡说八道！

希尔泽老人 这是不尊敬神明的话，你要小心一点儿！（来到织布机旁喊）戈特利布，过来帮我一下，来把几根线穿过去。

路易丝 （在水桶那里）戈特利布，你去爸爸那里一趟。

〔戈特利布出现。麻烦的穿线活就交给了老头子和他的妻子，穿线就是要把一根根经纱穿过织布机的孔眼或机杼。他们刚要开始干活儿，霍尼希便出现在了"住房"里。〕

霍尼希 （站在小房间门口）祝愿你们工作顺利啊！

希尔泽老人与儿子 谢谢你！

希尔泽老人 你白天要去做生意，晚上还要值班。那你哪有空睡觉呢？

霍尼希 我现在根本没有时间睡觉。

路易丝 霍尼希，欢迎你的到来！

希尔泽老人 有什么好消息吗？

霍尼希 师傅，是有一个好消息。彼得斯瓦尔道的织工们发动了叛乱，赶走了工厂老板德赖西格一家。

路易丝 （非常激动）霍尼希，一大早你就在胡说八道。

霍尼希 嫂子，这一次我真没撒谎。有很多漂亮的儿童围裙在我的车上。我说的话句句属实。他们真的把德赖西格轰走了。昨天晚上他在赖兴巴赫那里，可是那里的人更害怕织工们闹事，所以不想让德赖西格留在那里，没办法，德赖西格只能又逃到施魏德尼茨去了。

希尔泽老人 （很小心地拿起经纱，放到孔眼旁边，儿子用一个铁钩在另一边穿过一个孔眼，然后把经纱钩过去）霍尼希，别再胡说八道了！

霍尼希 我当时一直在那儿！我没有胡说八道，连孩子们都知道。

希尔泽老人 你告诉我，究竟是我老糊涂了呢，还是你神志不清？

霍尼希 我说的都是实话。戈特利布，如果当时我真不在那儿的话，我什么也不会说的。老板的房子，从地窖到屋顶全部被他们摧毁了。他们把一些瓷器从房顶的窗户扔下去。河沟里浸泡的棉布更是数不胜数。因为棉布太多，河水都溢出来了。他们还把靛蓝色染料从窗口扔下去，河水的颜色就像天空一样，就好像蓝色占领了整个世界。那里遭到了他们的大肆破坏。他们不光砸住宅、染坊和货栈里的所有东西，还破坏楼梯栏杆、地板、镜子、沙发……他们把愤怒全部发泄到这些东西身上。情景比战争还要惨烈。

希尔泽老人 当地的织工们竟然会做出这样的事情。（他一直在摇头，他不敢相信这一切。这时一幢住宅里的邻居们都用探询似的眼光注视着门口）

霍尼希 就是当地的织工！我都能说出他们的名字。我带着县长穿过房子。当时还和很多人说过话。他们就像平常一样谦和，埋头做自己的事情，丝毫不留余地。县长也和很多人说过话，他们像以前一样谦虚，待人很有礼貌，一边谈话一边做着自己的工作。所有奢华的家具都被他们破坏了，他们就像在努力挣钱一样。

希尔泽老人　你带着县长穿过房子？

霍尼希　可是我并不觉得恐惧，他们都知道我是谁，没有人恨我。我跟他们的关系很融洽。我确实带着县长去巡查过，请你们相信我，每次想到那个场景，我都会变得很痛苦。当时县长一直在走，并没有说一句话，所以我知道他心里也很伤心。对于那些很可怜、将要饿死的人起来反抗强暴，我认为这是一件神圣的事情。

路易丝　（突然变得非常激动，身体在发抖，用围裙擦了擦眼泪）他们做得太对了！

众邻居　"这里也有很多吸血鬼。""对面不就有一个嘛！""他的马厩里有四匹马、六辆马车，他会把马喂得很壮实，却让他的织工们生活拮据。"

希尔泽老人　（还是有一丝怀疑）这件事情是怎么发生的？

霍尼希　谁知道呢？每个人都有不同的说法。

希尔泽老人　他们究竟是怎么说的？

霍尼希　听他们说，德赖西格曾经说过，如果织工们感觉饿了，那就去吃草。具体的事情我就不知道了。

〔门口的众人开始窃窃私语。他们很愤怒，把霍尼希的话不断讲给别人听。〕

希尔泽老人　霍尼希，你听我的！看在我的面子上，你可以说我明天就会死去。这是很可能的事情。你也可以跟我说明天普鲁士国王要来拜访我。但是像我和我儿子这样的纺织工人，你竟然说他们做出那样的事，我绝对不相信！

米尔兴 （长得很美的一个年仅六岁的小姑娘，一头淡黄色的头发很长，也很松散。她挎着一个小篮子，蹦蹦跳跳地进来，把一把钥匙递给母亲）妈妈，你看我手里有什么东西！你要拿着这个东西去给我买件衣服。

路易丝 小丫头，你来这里干什么？（愈加兴奋，也更加注意）你拿的是什么东西？看你跑得气喘吁吁的。纱管还在篮子里吗？这到底怎么了？

希尔泽老人 小丫头，你从哪里拿的勺子？

路易丝 也许是她捡的吧。

霍尼希 这个东西至少值两三个塔勒！

希尔泽老人 （很气愤）小丫头，给我滚出去！你要不滚出去，那就等着挨打吧！你是从哪里得到这把勺子的？赶紧把它送回去！否则我们就成了贼！我要把你赶出去！（然后在找一个能打她的东西）

米尔兴 （把母亲的裙子紧紧抓住，大哭起来）爷爷，您别打我！这是我捡来的。这个东西每个络纱的孩子都有。

路易丝 （心里很害怕，又很激动）对！您看！这是她捡来的勺子，在哪儿捡的？

米尔兴 （哭泣着）在彼得斯瓦尔道，德赖西格家门口。

希尔泽老人 这样就更严重了！你马上给我滚，否则我就把你赶出去！

希尔泽大妈 这究竟是怎么了？

霍尼希 希尔泽伯伯，让我来跟您说吧。您让戈特利布把裤子穿上，然后将这把勺子送到办公的地方。

希尔泽老人 戈特利布，赶紧把裤子穿上。

戈特利布 （穿着裤子，很积极）好的！我到了办公处就这样说：“都怪小孩子年纪小，不懂事，希望您不要介意。现在我把勺子给您送回来了。”小丫头，别哭了！

〔米尔兴一直在哭，母亲把她带去了后室，关好门，又一个人回来了。〕

霍尼希 这把勺子应该值三个塔勒。

戈特利布 路易丝。用一块布把它包起来，以免剐到了。这把勺子居然这么值钱，真是太出乎我的意料了。（他满含泪水地包着勺子）

路易丝 如果我们有这样一把银勺子，那它就可以解决我们好长时间的温饱问题了。

希尔泽老人 赶紧把这把勺子送走，快！为什么偏偏是我碰上这样一件倒霉事。

〔戈特利布拿着勺子离开。〕

霍尼希 我也得走了。

〔他走了，在“住房”里和别人又聊了一会儿，便离开了。〕

施密特 （一名外科医生，非常爱动的胖子，脸色很好，却带着一股狡猾的味道。他走进“住房”里）早啊！看你们都干了些什么呀！小心一点儿！（用手指着，吓唬他们）你们可真是奸刁啊！（在小房间门口前停住）希尔泽伯伯，早上好！（又朝着“住房”里的一个女人）你的风湿病好些了吗？希尔泽伯伯，我来看看你们。你们最近怎么样？大妈有没有恢复一点儿？

路易丝 大夫，她眼睛里的血管都干缩了，双眼都瞎了。

施密特 原因就是灰尘太多和在烛光下织布。彼得斯瓦尔道的人全部到这里来了，你们知道是什么原因吗？今天早上我乘坐着我的马车的时候，还不知道发生什么事了呢，可突然就发生了这么一件让人不可思议的事情。希尔泽，他们到底是怎么了？他们非常气愤，跟一群凶猛的狼无异。他们想要革命、造反、四处抢夺财物……米尔兴在哪里？（米尔兴的脸都哭红了，妈妈把她带了进来）米尔兴，过来，摸一摸我的燕尾服的燕尾。（米尔兴照着他说的做了）给你这些姜汁糖，不要一下子都吃完，你就是个调皮的小姑娘！你先唱首歌吧！"狐狸，你曾把……狐狸，你曾把……鹅……等着瞧吧，你竟然做了这样的勾当：你辱骂了牧师宅院篱笆上的麻雀。这些麻雀向牧师告了状。"谁听说过这样的事情呢？现在路上有一千五百人。（钟声从远处传来）他们在赖兴巴赫敲警钟呢！一千五百人啊！像到了世界末日一样，太恐怖了。

希尔泽老人　他们真的要来朗根比劳吗？

施密特　当然会来了。我乘着车穿过人群，恨不得马上下车给他们一人一颗药丸。他们紧挨着在路上慢悠悠地走着，一副无精打采的样子。他们一直在唱着歌，唱得人直想吐。马车的御座上坐着我的弗里德里希，她不停地打着哆嗦。不得已，我们只好买来很多烈酒。就算是立刻能坐有胶皮轮的车，我也不会选择当工厂老板。（远方的歌声传来）你们听！这声音就像敲破旧的铁锅发出的声音一样。兄弟们，过不了五分钟，我们就可以在这里和他们见面了。再见吧！兄弟们！别再做傻事了，马上就会有军队赶来。保持理智。彼得斯瓦尔道人都已经变得神志不清了。（钟声响起来）天啊！就连我们的钟都响起来了，他们都疯了！（上楼）

戈特利布　（回来，上气不接下气）我看到他们了！（对"住房"里的一个女人）他们就在那里，妈妈！（到了门口）爸爸，他们就在那里！他们手里拿着木棍、干草叉和锄头。上面的迪特里希家已经被他们弄得不成样子了，现在应该正在拿报酬吧。这里会发生什么事情呢？有那么多人！我还是第一次见到这么多人！如果他们真的冲过来，天啊！那我的工厂老板们就要遭殃了。

希尔泽老人　你为什么要那样跑？那样会引发你的旧疾的，到时候你又要卧床不起被病痛折磨了。

戈特利布　（非常开心）我必须跑掉，否则他们就会抓住我。他们都在大声喊着，叫我也加入他们的队伍。鲍默特伯伯也在那里，他对我说："你也是个解决不了温饱的穷人，你也跟着我们一起，还可以领五个银币呢。"他还说让我把这件事情告诉您，爸爸。他让我转达给您，他希望您能够和他们一起反抗那些无恶不作的老板。（不由自主地）他还说现在的时代不同以往了，织工们的情况一定要得到彻底的改善！只要我们大家都尽一份自己的力量，那么事情就会成功。如今，我们都希望可以在星期天和节假日时改善一下自己的伙食。他对我说，只有这样，我们的生活才会有很大的改变。

希尔泽老人　（尽力不让自己生气）这种人还有脸作为你的教父？他竟然让你去参加这种罪恶的行径！戈特利布，你不能参加这种罪恶的行动，恶魔已经参与其中了！

路易丝　（按捺不住自己内心激动的心情）对啊！戈特利布，只要你躲在火炉和墙壁之间的地方，拿着一把勺子，把一碟脱脂牛奶放在膝盖上，穿着一件礼服大衣，然后做祷告，这样爸爸就会满意了——他还说自己是个男子汉呢！真好笑！

〔"住房"里的人都笑得前仰后合。〕

希尔泽老人　（非常生气，浑身发抖，强压着心中的怒火）你不是说你自己很通情达理、很懂事吗？我要和你好好谈一谈了。你可是一个母亲，却只会说不会做！你想教育你的女儿，就不要怂恿你的丈夫去做危害社会的事情！

路易丝 （怒气冲冲）就凭借您那套假惺惺的说教……连孩子都要跟着挨饿受冻。就因为这样，四个孩子身上就没有一件干净一点儿的衣服，全部都是些破履烂衫，衣服上满是污垢。我是一个母亲，所以我渴望工厂老板们都没有好下场。我是一个母亲，我连这几个可怜的孩子都养不活。一个孩子从出生到被死神可怜，被他带走的这些时间里，我总是以泪洗面。您什么事情都不管！您只知道祈祷、只知道唱歌。而我为了一点儿脱脂牛奶就要四处奔波，直到脚上流满鲜血。我都忘记了有多少个日夜，我想尽各种办法，就是为了不让孩子死去。孩子到底做了什么错事，为什么会有这么可怜的结局？对面的迪特里希家却富得流油，葡萄酒和牛奶根本都喝不完。如果真的要闹起来，任何东西都没法阻挡我！如果要冲到迪特里希家，那我一定是第一个。谁要阻挡我，我就一定让他吃苦头。我已经受够了这样的生活了！

希尔泽老人 你已经成了个无药可救的废物了！

路易丝 （非常生气）你们才是无药可救的人！你们不是男子汉大丈夫，你们就是些稻草人、流氓无赖。你们这些胆小鬼连吐口唾沫都不敢。你们就是些面无血色的懦夫，一听到小孩子的脚步声，你们就被吓得魂不守舍，逃之夭夭。你们挨了揍，还会不停地跟他们说"多谢"。你们的血都被他们给吸光了，所以你们才会面不改色。真希望用鞭子把你们揍一顿，让勇气重新回到你们身上。（匆忙地离开）

〔很难堪的一段时间。〕

希尔泽大妈 孩子他爸，路易丝究竟是怎么了？

希尔泽老人 没事！她没什么事！

希尔泽大妈 难道是我的幻觉吗？钟真的在响吗？

希尔泽老人 也许是出殡的声音吧。

希尔泽大妈 为什么我还活着呢，孩子他爸？这条老命就一直这样耗着。

〔没有人说话。〕

希尔泽老人 （停下手里的工作，站起来，很严肃）戈特利布，刚才你老婆斥责我！你看看这个地方。（他露出胸膛）在这里面有一个东西，和顶针差不多大。我的胳臂是怎么失去的，国王很清楚。这可不是老鼠的恶作剧。（他来回踱着步）就在我为祖国献身流血的时候，根本没有人会想到你的老婆。所以，她想怎么说就怎么说吧！我无所谓！她竟然说我害怕！我会害怕什么？难道我会害怕可能跟在造反派后边的大兵？哎呀！天哪！真是太过分了！尽管我年事已高，在有必要的时候，我也会像大象一样有力气。我还可以挡住几把破旧的刺刀。就算情况变得更坏也无大碍。"下班休息"才是令我最开心的事情，根本不用请我，我就会去见上帝。如果可以尽早去，那就太美好了。我们到底把什么弄丢了呢？尽管房子很破旧并且一直折磨着我们，但我们也不会因此伤心痛苦。我们所指的生活就是一些令人恐惧的事情和一些仗势欺人的行为，我们最开心的事莫过于把这所谓的生活抛弃。可是，还有死后去天堂或者地狱的事情呢。戈特利布，如果我们失去了死后去天堂的信念，那我们所有的一切都是徒劳的。

戈特利布 没有人知道来世是什么样子，根本没有人见过。

希尔泽老人 戈特利布，你不要对我们穷人仅有的一点儿安慰产生怀疑。这四十多年来，我为什么要不辞劳苦地坐在这里踩踏板？别人为所欲为，过着奢靡的生活，他们的金子就是我的饥饿和愁苦，而我只能眼睁睁地看着这一切，这又是为什么？因为我还心存希冀。无论要经历什么样的折磨，我都不会放弃这一希望。（用手指向窗外）

你只能在这个世界里被命运摆布，而我要去那个世界顺应命运的安排。这就是我心里的想法。即使让我身首异处，我也依旧相信这一点。上帝已经预示给我们：很快就要举行末日审判。但是，审判官不是上帝，上帝的审判官是复仇。

喊叫声 （从窗外传来）织工们都出来！

希尔泽老人 你们想怎么做就怎么做吧。（上了织布机）反正我不会和你们同流合污！

戈特利布 （内心在挣扎）不管怎么样，我也要纺织去。（离开。近处有上百人在唱《织工之歌》，让人听起来就像是哀愁愤懑的感叹）

众邻居 "天啊！他们就像蚂蚁一样赶来了。""这些织工是从哪里来的？""别推我，我也要看看。""你看前边的那个瘦高个儿啊！""他们一拥而上！"

霍尼希 （走到了"住房"的人群之间）有精彩大戏可以看了。可不是每天都在上演呢。你们应该去上面迪特里希家里。现在他们又在那里干得很好。现在他没有了房子、没有了工厂、没有了酒窖，他失去了一切。他们把酒窖里的酒全部喝光了……他们只要看到酒就会拿起来喝，就连瓶塞都来不及拔出来。他们直接把瓶颈打掉了，也不顾及他们的嘴会不会被碎玻璃所伤。有些人身上流着血，就像受伤的猪一样四处乱窜。现在他们要把这里的迪特里希也抓走。（众人的歌声停了下来）

众邻居 他们并不是很残忍凶暴。

霍尼希 那你们就等着看吧！现在他们正在仔细四处打量呢，看看什么时候最合适。正如你所见到的，他们正从四处观察着宫殿。你们看到那个很矮、手里拿着喂马的桶的侏儒了吗？他就是彼得斯瓦尔道的铁匠。他非常厉害，他一拳就可以轻轻松松地把很厚的门打破，你们最好相信我说的话。如果工厂老板被他抓住了，那工厂老板就要遭殃了！

众邻居 "听，当啷一声响！""是石头把窗户打碎的声音。""迪特里希已经吓得浑身颤抖了。""他把一块牌子挂了出来。""他挂出了一块牌子？""上面写的是什么？""你能念出来吗？""可我不认字！""喂，你来念一念！""你们一定会满意！所有人都会满意的！"

霍尼希 他没有必要费这么大力气，就算那样做也无济于事。这些织工的脾气都很古怪。他们要去摧毁工厂，要把机器和织布机全部摧毁。显而易见，手工织布工人之所以生存不下去，就是因为这些东西。他们已经开始行动了，就连县长和警察局长都没有办法。就这么一个牌子能起什么作用？只要是看过他们工作的人，都能预测到会发生这样的事情。

众邻居 "天啊！这么多人！""他们到底想要做什么？"（急匆匆地）"他们已经过了桥，到这边来了。"（非常担心）"也许他们要到咱们这里！"（很惊恐，也很诧异）"他们就是要到这里来！他们就是要到这里来！""他们要来叫织工们。"

〔大家都赶紧离开了这里，"住房"里已经没有人了。起义者们身上沾满泥垢和灰尘，大喊道："织工们都出来吧！"然后冲到"住房"里去。因为喝了烈酒，加上身心疲惫，所以他们脸色绯红。他们乱蓬蓬的头发和破旧的衣服使他们看起来更加劳累。他们分别进了不同的房间。贝克尔和几个年轻的织工来到了希尔泽的房间。当看到希尔泽的时候，他们很吃惊，片刻之后才冷静了下来。〕

贝克尔 希尔泽伯伯，这些活儿太辛苦了，您就不要干了。不要把身体累坏了，您会得到照顾的！

青年织工甲 以后您就可以安心地在床上睡觉了。

青年织工乙 织工们很快就要有房子和衣服了！

希尔泽老人 你们拿着棍子和斧头来这里做什么？

贝克尔 当然是要打断迪特里希的脊梁了，让它断成两截！

青年织工乙 我们要把烧得滚烫通红的铁棍放到工厂老板的喉咙里，让他们也体验一下饥饿的感觉。

青年织工丙 希尔泽伯伯，您也来加入我们吧！我们坚决不能宽恕他们！

青年织工乙 不论是上帝还是人，他们都没有对我们心存过怜悯。现在只有靠我们自己了。

鲍默特老人 （走了进来，有点儿站不稳，一只已经杀好了的公鸡被夹在腋下。他把手臂伸出来）兄弟们，过来给我个拥抱！（其他人突然大笑了起来）

希尔泽老人 威廉，你怎么变成这个样子了？

鲍默特老人 是你吗？古斯塔夫？你总是那么饥饿，快过来给我一个拥抱！（心里很激动）

希尔泽老人 （嘴里乱说一通）别吵了，让我想想吧！

鲍默特老人 古斯塔夫，事情就是这个样子的：人要有运气才行。你看看我就行了，你看看我是什么样子？人就是要有运气。你看我像不像一个伯爵？（拍了拍自己的肚子）你猜猜里面都装了些什么！我吃过贵人才能吃到的东西。人就是要有运气，只要有了运气，就能吃烤兔、喝香槟。跟你们实话实说了吧，咱们自己想得不对，一直都在吃亏，我们必须要自己动手得到食物。

众人 （异口同声）我们必须要自己动手得到食物。乌拉！

鲍默特老人 只要我们能够吃点儿好东西，我们就会变得非常精神、非常有劲。如果我们把拳头打出去，即便就连我们自己都不知道朝哪个地方打了出去，这种感觉也很过瘾！

耶格尔　（站在门口，手里拿着一把破旧的马刀）这几场仗打得真带劲！

贝克尔　我们知道接下来要干什么了。一二三，冲进去！紧接着干起来，就像能够从烟囱里冒出来一样火花四射。

青年织工甲　咱们就应该放一把火！

青年织工乙　咱们去把赖兴巴赫那里有钱人的房子全部烧掉！

耶格尔　这正好和他们心里的想法相符。如果真那样的话，他们就可以拿到一大笔火灾保险费了。（大家笑得前仰后合）

贝克尔　我们去弗莱堡的特罗姆特拉家里吧！

耶格尔　咱们就把那些官老爷全部抓起来，因为我以前好像读过这样一句话：穷人的苦难都是官僚导致的。

青年织工乙　我们马上就要到布列斯劳去。咱们的队伍会更加壮大。

鲍默特老人　（对希尔泽）古斯塔夫，你喝吧！

希尔泽老人　烧酒我从来不碰。

鲍默特老人　那是以前的社会了，现在已经步入新社会了。

青年织工甲　一年只有一个圣诞节。（笑得前仰后合）

希尔泽老人　（很厌烦）你们就是些无赖，你们想在这里干什么？

鲍默特老人　（有点儿惊讶，然后又非常热情）你看，我带了一只鸡给你，你就可以给大嫂炖汤喝了。

希尔泽老人　（吃惊，尽力装出友善的样子）原来是这样啊，那你去和你大嫂说吧！

希尔泽大妈　（刚才把手放在耳朵旁，努力去听，现在摆了摆手拒绝）我不想喝鸡汤，我只想一个人待一会儿。

希尔泽老人　孩子他妈，我同意你的说法。我也根本不想喝。鲍默特，我有话想对你说。如果一个老人和孩子一样满嘴都是谎言，把一些不该说的话都说了出去，那样恶魔就会开心到前仰后合。你们都知道咱们之间没有任何关系，你们来我这里，也不是我所希望的！按照法律法规，我不欢迎你们在我家里。

某人　如果谁不和我们站到一起，那他就是我们的敌人。

耶格尔　（非常粗鲁地恐吓）那你就错了！你这个老奸巨猾的人，我告诉你，我们不是贼！

某人　我们只是饥肠辘辘！

青年织工甲　我们唯一想要的就是活下去，所以我们才把上吊用的绳子割断。

耶格尔　说得很对！（在老头面前举起了拳头）如果你再胡说八道，小心我对你不客气！

贝克尔　请你们安静一点！不要打扰到这位老人，让他安静一下。希尔泽伯伯，我们宁愿死也不想再过从前的生活了，这是我们的心里话。

希尔泽老人　我已经活了六十多年了！

贝克尔　你的话对我们来说毫无价值。此时此刻一定要进行改变。

希尔泽老人　那你们只能等到末日审判的时候了。

贝克尔　只要他们不愿意把东西给我们，我们就会采取强硬的方式抢过来。

希尔泽老人　要动武？（笑了笑）那这里就是你们的坟墓！他们会向你们证明到底谁更善于动武。等着看吧！

耶格尔　你的意思是说他们有士兵？我们以前也当过兵，我们能对付那么几个连的人。

希尔泽老人　我相信你会用你的嘴巴来对付他们吧。就算你们能够击退两个连，紧接着又会有十个连出现。

众人　（从窗口经过）军队来了，你们要小心！（突然大家变得沉默。恍惚能听到很小的笛声和鼓声。就在这时，一声大喊打破了寂静）真该死，我想去躺一会儿！（哄堂大笑）

贝克尔　是谁在说想要逃跑？

耶格尔　你们有谁害怕那么几个戴着破头盔的人？我当过兵，我来教你们。我很熟悉那一套计谋。

希尔泽老人　试问你们是用棍棒来射击的吗？一定是这样的。

青年织工甲　别去管这个老家伙，他脑子有病！

青年织工乙　他的确神志不清了。

戈特利布　（一句话也没说，默默地走到人群中间，狠狠地抓住说话的人）你竟然如此粗鲁地对待长辈！

青年织工甲　别打断我，我又没说什么坏话。

希尔泽老人　（开始调解）戈特利布，你就让他继续胡说八道吧！别去打断他。他很快就会清楚今天神志不清的人到底是我还是他了！

贝克尔　戈特利布，你来吗？

希尔泽老人　他可能不会去的！

路易丝　（走进屋子里，朝里面大喊）他就是个只知道祈祷的人，而且虚伪得要命，你们就不要因为他而浪费时间了。去广场吧！去你们应该去的地方！鲍默特伯伯，你们也快点跟上来。那个少校正在骑着马跟大家讲话呢，他说让他们赶快回家。你们赶紧来吧，否则一切就都结束了。

耶格尔　（向外走）你的丈夫既勇敢又很美丽。

路易丝　我的丈夫在哪里？我哪有丈夫？

〔"住房"里传来歌唱声：

以前有个矮胖子，

嗨，唷嗬嗨！

想娶一个健壮的老婆，

嗨，唷嗬唷嗬，嗨！〕

维蒂希　（手里拿着一个喂马提桶准备下楼出去，在"住房"里停留了一会儿）一起来吧！不想做流氓的人就跟着一起来！乌拉！（他飞快地冲了出去。路易丝和耶格尔也在一队人马中间，他们高喊"乌拉"，也跟着出去了）

贝克尔　希尔泽伯伯，祝您健康，我要走了，再见！（想要离开）

希尔泽老人　再见？我认为这是很困难的事了。我没有几年活头了，可是太早的话，你又不可能从里面出来。

贝克尔　（很惊讶）希尔泽伯伯，从哪里出来？

希尔泽老人　当然是从监狱里出来了！否则呢？

贝克尔　（大笑）正合我意！真希望这一天早点儿到来。希尔泽伯伯，到了那时候，至少我还能填饱肚子呢！（离开）

鲍默特老人　（本来蹲在矮板凳上一直在思考着，此时站了起来）古斯塔夫，现在我觉得很疑惑，可是不糊涂。对于这件事，咱们都有自己的想法。我赞成贝克尔的看法，就算最后会被抓走，也没什么好害怕的。不管怎么样，相比在家里，坐牢要好多了。在牢里会有人照顾你，不会担心没饭吃。古斯塔夫，原本我也不想加入到他们的队伍中的，但是我最起码也有一次喘息发泄的机会。（慢慢走向门口）古斯塔夫，希望你健康。如果我有什么三长两短，希望你不要忘记为我祈祷。（离开）

〔起义的人全部离开了。好奇的住户们又把"住房"挤满了。希尔泽老人正在给他织的布打结，戈特利布把一把斧子拿了起来，不经意地检查斧口。父子两人都没有说话，可是心里都很激动。从外边传来了很多人哼唱的声音和嘈杂喧闹的声音。〕

希尔泽大妈 孩子他爸，楼板为什么会震动得这么严重？到底发生什么事了？这里会大变样吗？

〔现场一片安静。〕

希尔泽老人 戈特利布！

戈特利布 怎么了？

希尔泽老人 放下斧子！

戈特利布 放下斧子，那就没人来劈柴了！（把斧子放在了炉边）

〔没有人说话。〕

希尔泽大妈 戈特利布，照你父亲说的做吧。

歌声 （一个人在窗台前面唱）

又矮又小的男人留在了家里，

嗨，唷嗬嗨！

碗碟洗得真干净，

嘀嘀嘀，嗒嗒嗒。（有人路过）

戈特利布 （跳了起来，对着窗户咆哮）你太奸诈了，不要让我失去理智！

〔枪声响起来。〕

希尔泽大妈 （大吃一惊）哎呀，是不是又打雷了？

希尔泽老人 （情不自禁地双手合十）慈悲的上帝呀，恳求您能保佑我那些可怜的织工兄弟！

〔这一小会儿，所有人都没有说话。〕

希尔泽老人 （喃喃自语，内心深受触动）此刻正在流血。

戈特利布　(枪声响起来的时候，他跳了起来，手里拿着斧头，心情非常激动，脸色大变，根本控制不住自己) 现在不是我们继续唯命是从的时候了。

一女织工　(从"住房"里向房间里大喊) 希尔泽伯伯，赶快离窗户远一点! 刚才我们楼上的窗户突然飞进来一颗子弹。(离开)

米尔兴　(伸进窗口，笑着) 爷爷，爷爷，他们在用猎枪射击了。已经有好几个人倒了。有一个人一直不停地在转圈，还有一个心烦气躁，就像被扯掉了头的麻雀一样。哎呀，他还流了那么多血。(离开)

一织工妻　有几个人被他们杀害了?

一老织工　(在"住房"里) 你们要小心，他们现在正讽刺军队呢!

另一织工　(不知所措) 你们看看那些女人! 她们把裙子掀起来了，然后对着军队吐口水。

一织工妻　(对着屋里叫) 戈特利布，你赶紧看看你的老婆，她可比你勇敢多了! 她正在刺刀面前胡乱跳呢，就像跟着音乐摇摆一样。

〔四个男人抬着一个受伤的人从"住房"经过，顿时鸦雀无声。能够很清楚地听到有人在说："那个人是乌布里希的织工。"一会儿之后又听到一样的声音在说："他的耳朵被射中了，他可能挺不住了。"紧接着就听到了男人们踩木板楼梯的声音。这时候房间外边传来"乌拉，乌拉"的高喊声。〕

"住房"里的声音　"这么多石块，他们是从哪里得到的? ""可是现在士兵们都跑了。""从修建公路的地方。""再见! 士兵们! ""铺路的石块就像雨滴一样掉下来。"

〔走廊里传来了惊恐的尖叫声和大叫声。一声大叫之后，只听"砰"的一声，"住房"的大门被关上了。〕

"住房"里的声音　"他们现在又开始上膛了。""很快就会有一排子弹被射出来。""希尔泽伯伯，离窗户远一点！"

戈特利布　（跑着去拿斧子）什么？竟然说我们是疯狗？难道我不该吃面包，而应该去吃子弹？（手里拿着斧子犹豫了一会儿，对着父亲）我的女人不该被杀！这样的事情就不应该发生！（向外冲）当心！我马上跟去！（离开）

希尔泽老人　戈特利布，戈特利布！

希尔泽大妈　戈特利布去哪里了？

希尔泽老人　他去见鬼了！

"住房"里的声音　希尔泽伯伯，离窗户远一点！

希尔泽老人　我不会离开的！就算你们都精神失常了，我也不会离开的！（更加痴迷地看着老伴）是上帝把我安排在这里的，孩子他妈，对吗？就算大火燃烧，我们也要在这里做我们应该做的事。

〔他开始织布。就在这时候，一阵枪声响起。希尔泽老人受了重伤，他站起身来，奋力一扑，倒在织布机上。这时响起了嘹亮的"乌拉"声。那些一直在走廊里站着的人，一边高喊着"乌拉"，一边向外冲。那位老妇人依旧搞不懂发生了什么，她一直在问："孩子他爸，你怎么了？孩子他爸，你怎么了？""乌拉"声终于开始慢慢消逝。米尔兴突然快速跑到了屋里。〕

米尔兴　爷爷，爷爷，士兵被他们轰到了村外。他们就像和德赖西格干架一样，冲进迪特里希家干起来了。爷爷？（女孩儿有点害怕，意识到出事了，含着一根手指头，慢慢靠近死者）爷爷！

希尔泽大妈　孩子他爸，你说句话呀！你这样会吓死我的！

〔幕落。〕

海狸皮大衣

本剧主要人物

封·韦尔哈恩　警察局长

克吕格尔　有年金收入者

弗莱舍尔　博士

菲利普　弗莱舍尔之子

莫特斯

莫特斯太太

沃尔夫太太　洗衣妇

尤利乌斯·沃尔夫　沃尔夫太太之夫

莱昂蒂纳　尤里乌斯·沃尔夫之女

阿德尔海德　尤里乌斯·沃尔夫之女

武尔科夫　船夫

格拉泽纳普　警察局文书

米特尔道夫　法警

地点：柏林附近某地。

时间：80年代末七年军费预算之争时期。

第一幕

在一个逼仄的蓝色厨房里，天花板很低，左边开了一扇窗户；右边有一扇通向户外的门，做工很差劲；后墙有一道门扇已经被拆下来的门。炉灶在厨房的左角，有一块木架被钉在了灶上边的墙头上，上面放着一些炊具，右角放着木桨和船上用具；窗户下边放着一堆劈柴。有一张旧的厨房用的条案，还有很多板凳，就像这样还有很多。从后墙正中间的门框看向里面，就可以看到第二间屋子。屋里有一张铺着干净床罩的床，明显被垫高了。便宜的照片镶嵌在更便宜的镜框里，然后挂在床头的墙上，上面还贴着彩色的石印人像明信片等。一张紧靠着床的软木椅。这正是冬天寒冷的时候，皎洁的月亮挂在天空。灶头的白铁烛台上点燃了一根蜡烛。莱昂蒂纳·沃尔夫坐在一张对着火炉的凳子上，把胳臂当枕头，趴在灶台上进入了梦乡。她是一个漂亮的 17 岁少女。她有一头金发，穿着女佣的工作服，上衣上面有蓝色印花，外边系着一条很厚的毛料罩裙。——几秒钟的安静过后，传来了外边有人想要进来的声音。但是钥匙在里面插着，于是外面的人开始敲门。

沃尔夫太太 （没有看到她，只听到她在外边大喊大叫）阿德尔海德！阿德尔海德！（停了一小会儿，外边的另一方又传来了敲窗户的声音）赶紧开门！

莱昂蒂纳 （说着梦话）不，不，我不会允许别人欺负我的！

沃尔夫太太 把门打开，丫头，否则我就从窗户闯进去了。（她用劲地捶打着窗户）

莱昂蒂纳 （睁开眼睛，醒过来）原来是您，妈妈！我马上就过来。（她打开了门）

沃尔夫太太 （肩上的口袋还没有拿下来就问）你回家有事吗？

莱昂蒂纳 （非常困）妈妈，晚安！

沃尔夫太太 真是太奇怪了，你用什么办法进来的？

莱昂蒂纳 钥匙就在羊圈棚上啊。（一小会儿没有说话）

沃尔夫太太 丫头，你回家到底有什么事？

莱昂蒂纳 （噘着嘴）我回家来看你们呀！

沃尔夫太太 如果真的是只为了这个，那就太好了。我很开心！（把肩上的口袋拿了下来）也许你不知道现在已经很晚了，你还是快回到你主人家吧。

莱昂蒂纳 就算我现在回去，也很晚了。

沃尔夫太太 正因为如此，所以你要当心。为了你的饭碗，快点走吧！

莱昂蒂纳 （哭着闹着不想离开）妈妈，我再也不想回到那里了！

沃尔夫太太 （很惊讶）你不想回去……（嘲讽地）原来是这样，那可真是一件稀奇的事情。

莱昂蒂纳 难道我就应该一直被他们欺负吗？

沃尔夫太太 （正从口袋里把野鹿取出来）什么？你在克吕格尔

家被欺负了？他们竟然会欺负你这么可怜的孩子，不会吧！你可不要骗我。一个女人能和一名龙骑兵相媲美……你在看什么？赶紧过来把口袋下面抓住。你可真能装糊涂！在我这里装样子，可是会吃苦头的！不要在我这里偷懒。（两个人把野鹿挂在了门柱上）告诉你，这是最后一次……

莱昂蒂纳 我宁愿跳河也不愿意再去他们家了，妈妈。

沃尔夫太太 好啊！除非你不会感冒。

莱昂蒂纳 我去跳河！

沃尔夫太太 那你要提前和我说一声，免得你跳不进去，我会推你一把的。

莱昂蒂纳 （大吵大闹）照您这么说，我就是受罪的命吗？晚上我还要把两立方米的木头搬到屋里去。

沃尔夫太太 （装出很惊讶的样子）什么？让你把木头搬到屋里去？他们才不会让你这么做呢。

莱昂蒂纳 ……就是想一年挣二十塔勒，所以我的手活该被冻坏，连土豆和青鱼都不让我吃饱。

沃尔夫太太 你给我闭嘴！给你钥匙，你去切一块面包吃吧！猪油在最高一格上，吃完之后立刻滚出去！

莱昂蒂纳 （从抽屉里取出一大块面包，切了一块）舒尔岑家的尤斯特一年能挣四十塔勒，不光如此……

沃尔夫太太 你老是想一些不切实际的事情。你又不会一直待在他们家，你又不是他们家里的永久雇工。即便你要走，也要等到四月一号，否则我是不会同意的！——圣诞节的赏钱刚给你，你就想撂挑子，那怎么行呢？现在不流行这个——我一直在这些人家活动，会被人骂的！

莱昂蒂纳　就为了我身上这身破旧衣服？

沃尔夫太太　难道你忘了吗？不是还给了你一点儿现钱吗？

莱昂蒂纳　对！一共六马克！

沃尔夫太太　那也是钱啊！先凑合着用吧！

莱昂蒂纳　如果我能赚到更多的钱呢？

沃尔夫太太　就靠着你这张嘴？

莱昂蒂纳　不是，用缝纫机。我可以去柏林给人缝大衣。新年过后，施特肖恩家的艾米莉就会去。

沃尔夫太太　敢情你回来就是为了对我说这个不良妇女吗？要是哪天她被我抓住了，我一定会让她吃尽苦头。你渴望升官发财，是这样吗？想和一些野小子晚上去闲逛？我告诉你，我只要一想到这里，就想把你揍扁在地。你爸爸回来了，你可当心点儿！

莱昂蒂纳　如果我爸爸揍我，我就逃跑，我已经有地方可去了。

沃尔夫太太　闭上你的嘴！赶紧喂羊去！今晚的羊奶还没挤呢，你再给家兔抓几把干草。

莱昂蒂纳　（正准备出去，在门口正好碰到了父亲，赶紧说）晚上好！（赶忙从他身边溜走）

〔她父亲尤利乌斯·沃尔夫是一个木匠，专门负责造船，身材高大，视力很糟糕，行动笨拙，大概四十三岁的样子。他扛着两把长桨，进屋以后放到了屋角，然后把造船的木工用具随便一扔。〕

沃尔夫太太　你碰到船夫埃米尔了吗？（尤利乌斯哼了一声）你哑巴了？你到底碰见过没有？你能转过来看着我吗？

尤利乌斯　（很生气）你够了没？这么大声叫什么呀！

沃尔夫太太　你现在的胆子不小呀！都不去关门了！

尤利乌斯　（把门关上）莱昂蒂纳又出什么事了？

沃尔夫太太　没有！埃米尔的船上都有些什么？

尤利乌斯　砖瓦呗，还能装什么东西啊？那个丫头又犯什么事了？

沃尔夫太太　装了一半吗？还是一整船？

尤利乌斯　（暴跳如雷）那个丫头到底出什么事了？

沃尔夫太太　（比他还生气）我就是想知道埃米尔的船上究竟有些什么东西，装了多少？

尤利乌斯　你够了没？装了一整船！

沃尔夫太太　别出声！尤利安！（心里很害怕，把窗户都插上了）

尤利乌斯　（很恐惧地看着她，沉默下来，过了几秒钟，低声地）是里克斯村那个年纪轻轻的守林人。

沃尔夫太太　你赶紧躲到床底下！（过了一会儿）如果你变得聪明一点儿就好了。有一丁点儿事就大吵大闹。这些事你不懂！我自己处理那丫头的事就可以。这是我该管的事。如果是个男孩子，那你就推脱不掉了，我绝对不会干涉。咱们就应该互不干涉。

尤利乌斯　那就让她离我远点儿。

沃尔夫太太　难道你想把她往死里揍还是怎么的，尤利安？你趁早把这种念头打消！我不会允许你这么做的！我不会眼睁睁地看着你往死里揍她。也许我们俩以后还要沾她的光呢。如果你机灵点儿的话，你早就意识到这一点了。

尤利乌斯　她必须待在她该待的地方。

沃尔夫太太　这不需要你担心。也许你也能得到一点儿好处呢。如果有一天，她飞黄腾达了，只要她还愿意认我们俩，我们俩就要高兴得上天了。那个卫生委员对我说，咱们的女儿很漂亮，如果登台表演一定会非常火爆。

尤利乌斯　如果她真这么厉害的话，就让她去吧。

沃尔夫太太　尤利安，你是真的太没有教养了。如果连我也不懂的话，那两个丫头现在都不知道变成什么样了！是我教她们，把她们变得有教养。当下最重要的就是教养。这个东西根本不可能一次就做到，得一步步来。现在先让她学一门技艺，然后到柏林上戏院去，现在她年龄还太小了。

〔在两个人说话的时候，敲门声响起了很多次。这时候，阿德尔海德的声音传过来了。〕

阿德尔海德　妈！妈！开门啊！（沃尔夫太太打开了门。阿德尔海德进来。她是一个身材苗条的女学生，十四岁，有一张漂亮的娃娃脸。可是她的眼神中却流露出一种腐朽的样子）为什么不给我开门？我的四肢都快冻麻了。

沃尔夫太太　行了，闭嘴吧！快去把灶里点上火，这样就能暖和一点儿了。这么长时间你都待在哪里了？

阿德尔海德　我替爸爸取靴子了。

沃尔夫太太　你又在那里停留了两个小时。

阿德尔海德　我可是七点才走的啊。

沃尔夫太太　你的确是七点走的。你不知道现在已经十点半了吗？你在那里待了这么长时间，你还嫌少吗？你给我听好了，要是你下次还在外边待这么久，再去那个流氓鞋匠菲利茨那里，那你就当心一点儿，你迟早会因为这些吃苦头的！

阿德尔海德　那我就整天待在家里吗？

沃尔夫太太　闭嘴！

阿德尔海德　即便我去菲利茨那里……

沃尔夫太太　你给我住嘴！难道你还想把菲利茨的人品给我介

绍一遍吗？那个密探大言不惭，他不只是修补人家的破鞋。如果一个人进过两次监狱的话……

阿德尔海德 不是那个样子的。那是假的。他跟我说过，妈妈！

沃尔夫太太 傻丫头，全村的人都知道他是一个拉拢男女，在其中搞不正当关系的老手。

阿德尔海德 他以前还去过警察局长那里呢！

沃尔夫太太 废话！他可是个告密的人啊。

阿德尔海德 告密是什么意思？

尤利乌斯 （已到隔壁房间去了，在里面说话）如果你再敢说一句话……

〔阿德尔海德被吓得面如土色，立刻不敢说话了，动手把灶里的火点燃。

莱昂蒂纳走进房间。〕

沃尔夫太太 （已经把野鹿的胸膛剖开，把心、肝等都取了出来，交给了莱昂蒂纳）赶紧把这些洗干净，别说话，要不然会挨揍！（莱昂蒂纳双手颤抖着开始洗，姐妹两人低声聊着天）

沃尔夫太太 喂，尤利安！你在里面做什么？还记得我今天早上说过的话吗？那块木板已经掉下来了。

尤利乌斯 什么木板？

沃尔夫太太 你还不知道吗？就是昨晚羊圈后边被风刮下来的那块啊。你赶紧出来去把木板钉上。听懂了吗？

尤利乌斯 明天一早再干不也一样的嘛。

沃尔夫太太 不行！你趁早打消这个念头，你在家里要做出榜样来，不要磨磨蹭蹭的。（尤利乌斯大骂着出去）锤子和钉子你都看到了吧！快去吧！

尤利乌斯 真是搞不明白你这个人是怎么想的。

沃尔夫太太 （在他的后边大喊）如果武尔科夫来这里的话，让他拿多少钱合适？

尤利乌斯 至少十二马克！（离开）

沃尔夫太太 （根本不在乎他说的话）竟然只要十二马克！（停顿）赶紧吧！你爸爸一会儿忙完回来正好吃饭。（停顿了一会儿）

阿德尔海德 （看着野鹿）妈妈，这是什么？

沃尔夫太太 鹳！（两个姑娘都笑了）

阿德尔海德 鹳？鹳也有角吗？这是鹿，我知道了！

沃尔夫太太 你明明知道，为什么还要问我？

莱昂蒂纳 妈妈，这是爸爸射杀的吗？

沃尔夫太太 就是你爸射杀的，难道你想出去把这件事告诉全村的人吗？

阿德尔海德 我不会对别人说这件事的，否则就会有巡警来找我们。

莱昂蒂纳 我不害怕巡警舒尔岑，他曾经摸过我的脸。

沃尔夫太太 让他来吧！反正我又没有干坏事。如果一只鹿中枪躺在了野地里，又没有人知道，那么就算我们不吃，乌鸦也会吃的。反正它免不了被吃掉。（停顿了一会儿）你现在告诉我吧，他们是让你往屋里搬木头吗？

莱昂蒂纳 对啊！并且是在大冷天里搬呢！还是在我已经非常劳累的时候去搬两立方米的木柴，更可恶的是，还要在晚上九点半。

沃尔夫太太 现在木柴还在大街上堆着吗？

莱昂蒂纳 我只知道在花园门前堆着。

沃尔夫太太 如果有人把木柴偷走了，那明天早上该怎么办？

莱昂蒂纳　反正我是不会再去他们家了。

沃尔夫太太　木柴是干的还是湿的？

莱昂蒂纳　木柴非常好！（一直在打哈欠）妈妈，我太累了。如果我非得干的话，我一定会累死的。（她坐下，表现出很累的样子）

沃尔夫太太　（沉默了一会儿）你今天晚上就先睡在这里吧。我的想法有点儿变化了。具体的事情，等明天早上再说。

莱昂蒂纳　我现在非常消瘦，妈妈。我简直活像一个衣服架。

沃尔夫太太　趁你爸爸还没看到你，现在就去里面阁楼上睡吧，否则他一定会坚决反对，还会骂你的。他根本不懂这种事。

阿德尔海德　为什么爸爸总是说些没有教养的话？

沃尔夫太太　你爸没接受过教育。你们要是没有我的教育，也会和他一样。（手中拿着灶台上的锅，对莱昂蒂纳）过来，把东西放进去。（莱昂蒂纳把已经清洗干净的心、肝等放到了里面）这样就可以了，去睡觉吧！

莱昂蒂纳　（朝里屋走去，还能看到她的影子）妈妈，莫特斯先生已经不在克吕格尔家住了。

沃尔夫太太　也许是他没交房租吧？

莱昂蒂纳　克吕格尔先生说，他费了九牛二虎之力才把他轰走，说他就是个只会说谎的老奸巨猾的人。不光如此，他还一点儿都不尊敬克吕格尔先生。

沃尔夫太太　如果我是克吕格尔先生的话，我早就把他轰走了。

莱昂蒂纳　莫特斯先生之所以一直非常鄙视他，是因为克吕格尔先生曾经当过木匠。莫特斯先生也和弗莱舍尔博士有过纷争。

沃尔夫太太　是谁和博士吵架？我真的很好奇，博士可是一个大善人啊！

莱昂蒂纳 他再也不可能去弗莱舍尔家里了。

沃尔夫太太 如果你能到这家人家里去的话就太好了！

莱昂蒂纳 他们家对女佣非常亲切。

沃尔夫太太 他的兄弟在柏林的剧院里当账房。

武尔科夫 （他在外边敲了很多次门，现在用低沉沙哑的声音说）麻烦你开门好吗？我要进去。

沃尔夫太太 当然可以！家里环境不好，不介意的话就请进来吧。

武尔科夫 （进去了。施普雷河上的船夫，60多岁，走起路来颤颤巍巍，黄灰色的络腮胡子在他那沧桑的脸上更显憔悴）希望你能度过一个美好愉快的夜晚！

沃尔夫太太 你又来骗沃尔夫太太了。

武尔科夫 不会再有下次了！

沃尔夫太太 也就只剩下欺骗了，难道还有其他事情吗？

武尔科夫 你这是恶人先告状啊！

沃尔夫太太 只有这一点儿货了，想要吗？——就在这里挂着呢！特别大！

武尔科夫 尤利乌斯一定要时刻注意，现在他们都在严格审查违反规定的事情。

沃尔夫太太 别说这些没用的，你到底给多少钱？

武尔科夫 实话告诉你吧，我从格吕诺来，弗里茨·韦贝恩被他们用枪打死了，他们在他身上开了很多枪，此事千真万确。

沃尔夫太太 请你严肃一点儿好吗？到底出多少钱？

武尔科夫 （用手摸着死鹿）我的船上已经有四只鹿了。

沃尔夫太太 就算把这只加上，也不会使你的船沉下去的。

武尔科夫　当然沉不了，如果真的沉了，我反倒解脱了。如果我的船没法继续前行，那我该怎么办？我必须把这些货带回柏林。今天，我们的船在施普雷河上前行已经非常困难，如果今晚继续结冰的话，那么明天早上就动不了了。我就只能在冰上待着了，那么对于我来说，货就成了负担。

沃尔夫太太　（假装改变了主意）丫头，你去找舒尔岑，替我向他问好，顺便说一声我有东西要卖给他。

武尔科夫　我又没说我不想买！

沃尔夫太太　对我来说，谁买都是一样的。

武尔科夫　我想买！

沃尔夫太太　如果你不想买的话，那就把货放下。

武尔科夫　这货多少钱？我要买！

沃尔夫太太　（用手抓住鹿）这只鹿重三十磅。跟你说实话，刚才阿德尔海德也在这里，我们俩费了好大力气才给挂上去。

阿德尔海德　（其实她刚刚根本不在这里）没错，刚才我的手还被扭了一下呢。

武尔科夫　我给十三马克。我自己根本赚不到十芬尼。

沃尔夫太太　（假装很吃惊的样子，接着又换了一种姿态，就好像武尔科夫已经离开似的，但她发现他并没有走）祝你一路顺风！

武尔科夫　我出十三马克，这是我能出的最高的价钱了。

沃尔夫太太　那你还是放弃了吧！

武尔科夫　这是我能出的最高价了。跟你说实话，我之所以出十三马克，只是因为我想以后还能继续跟你做买卖。如果我胡说的话，就让上帝惩罚我。这都是我的心里话。咱们这一笔买卖，我根本赚不了什么钱。如果我出十四马克，那我就赔一个马克，但是现在我不在乎了。为了让你看到我的诚意，我愿意出十四马克……

沃尔夫太太　还是算了吧！我相信到不了明天早上，这鹿肯定会有人买。

武尔科夫　千万别让人看到这鹿挂在这里，要是真出了事，可不是钱能解决的。

沃尔夫太太　当我发现这只鹿的时候，它就已经死了。

武尔科夫　没错！我敢说它是因为圈套而死。

沃尔夫太太　别跟我说这些没用的！如果是这样的话，那你也不会这么幸运。难道好处都要归了你不成？人家不顾性命地在雪地里待了几个钟头，都快要被死神带走了，况且还是在那么冰冷的夜里，所冒的风险就更不用说了！这可不是开玩笑！

武尔科夫　我的船上已经有四只鹿了。否则我愿意给你十五马克。

沃尔夫太太　算了吧！武尔科夫，咱们之间这笔交易算是泡汤了。你还是去找别人吧！我们可是历尽千难万险才过了一个湖……其中的危险就不提了！我差一点儿掉到冰窟窿里面去！那时候向前向后都没法移动。我连命都不要了，其他的东西就更不会舍不得了！

武尔科夫　没错！我也不会因为这个发财。我干这个活儿也是被生活所迫。而走私这份生计就更不容易。如果说连你们都要去坐牢的话，那我早八百年就进去了！我已经干了将近四十年了，可是到头来我根本没有得到任何好处，唯一有的就是浑身关节疼。每天早上醒来疼得就像小狗狂吠一样。很多年前我就想买一件皮大衣，医生们也都在劝我，因为我吃的不是一般的苦，可是我没有钱啊！直到如今，依然如此。这是实话！

阿德尔海德　（对母亲）您听到莱昂蒂纳讲的话了吗？

武尔科夫　这样吧！我出十六马克！

沃尔夫太太　不行！我要十八马克！（对阿德尔海德）你刚才说什么？

阿德尔海德　克吕格尔太太买了一件价值五百马克的海狸皮大衣。

武尔科夫　海狸皮大衣？

沃尔夫太太　谁买的？

阿德尔海德　克吕格尔太太买来送给克吕格尔先生的，说是圣诞节礼物。

武尔科夫　你是不是在克吕格尔家干活儿啊？

阿德尔海德　不是我！是我姐姐！我才不会去别人家干活儿呢！

武尔科夫　如果我也能买一件海狸皮大衣该多好啊。我一直在想办法，希望拥有这样一件大衣。我可以出六十塔勒。现在想起来，那么多医药费都花出去了，还不如买一件海狸皮大衣呢！真想享受一下穿上这件衣服的感觉。

沃尔夫太太　武尔科夫，你如果到克吕格尔家去一趟，兴许他会送给你一件。

武尔科夫　不可以！不能太老实！我刚才说了我对这样一件东西很感兴趣。

沃尔夫太太　当然了！我也想有一件呢。

武尔科夫　十六马克！怎么样？

沃尔夫太太　十八马克，不能再低了！尤利安说过，必须卖十八马克。如果卖十六马克，我回头怎么跟他说啊。只要是他下定了决心……（尤利乌斯进屋）尤利乌斯，你刚才不是说了要十八马克吗？

尤利乌斯 我说过什么话了?

沃尔夫太太 你怎么又忘了!你刚才不是说了不能低于十八马克吗?还说少一点儿都不能卖。

尤利乌斯 我说过这些话吗?对了!我想起来了!这只鹿。是的,没错,这个价钱也很公道。

武尔科夫 (把钱掏出来,数了数)就这么决定了吧!十七马克!可以吗?

沃尔夫太太 你可真会耍小聪明,在你进门的时候我就说了,只要你一进门,别人肯定被你骗得团团转。

武尔科夫 (身上有一个卷好了藏起来的口袋,他把口袋伸开)麻烦你们装进来吧!(沃尔夫太太帮他把鹿装了进去)如果你以后听到有这样一件海狸皮大衣,我可以出六七十塔勒,我很愿意买下它!

沃尔夫太太 你想多了吧?……我们根本不可能得到这样一件皮衣。

一个男人的声音 (在屋外说)沃尔夫太太!您休息了吗?

沃尔夫太太 (她和其他人都非常吃惊,不知所措,把声音压低)赶快藏到里屋去!(她把其他人都推到了里屋,然后把大门锁了起来)

男人声音 沃尔夫太太!您休息了吗?

〔沃尔夫太太吹灭了烛火。〕

男人声音 沃尔夫太太,您休息了吗?(声音越来越远,还响起了歌声)朝霞,朝霞,映照着我早年死去的道路……

莱昂蒂纳 没有事!那只是朝霞!妈妈!

沃尔夫太太 (仔细听了听,轻轻地把门推开,然后又听了一会儿,才放心地锁好门,把烛火点燃。然后让其他人回到厨房里)是那个法警米特尔道夫。

武尔科夫　真是见鬼！你竟然认识这样的人！

沃尔夫太太　好了，给你装好了！武尔科夫！

阿德尔海德　妈妈，刚才米诺一直在叫。

沃尔夫太太　快点儿走吧！武尔科夫！从后门出去，然后穿过菜园离开。尤利安会给你开门，快点儿走吧！尤利安，你快去开门！

武尔科夫　我刚刚说过，如果真有那么一件海狸皮……

沃尔夫太太　当然，你安安心心地走吧！

武尔科夫　如果施普雷河没有全部结冰的话，我估计只要三四天时间就可以返回柏林。我的船还停在下边呢！

阿德尔海德　在大桥的边上吗？

武尔科夫　就在我一直停船的地方。尤利乌斯，我跟你走！（离开）

阿德尔海德　妈妈，米诺又开始叫了！

沃尔夫太太　（站在灶旁边）不管它！（远处悠长的声音传来："摆渡！"）

阿德尔海德　妈妈，有人要过施普雷河！

沃尔夫太太　爸爸就在下面的河边上，你过去一趟。（这时候"摆渡"声又响起来了）把桨带去，告诉你爸爸，让他等到武尔科夫的船走了以后再渡人。

〔阿德尔海德带着桨离开。沃尔夫太太自己一个人忙了一会儿，阿德尔海德又回来了。〕

阿德尔海德　爸爸的船上有桨。

沃尔夫太太　都这么晚了，是谁还要过河？

阿德尔海德　妈妈，好像是那个莫特斯，他真该死！

沃尔夫太太　你刚才说的是谁？

阿德尔海德　我听着像是莫特斯的声音。

沃尔夫太太　（惊慌失措）赶紧跑去把你爸爸叫回来！让那个该死的莫特斯先在对面待着。我才不会让他到咱们屋里像条狗一样到处嗅。

〔阿德尔海德离开，只要是与刚才那一笔买卖有关的东西，沃尔夫太太全部收拾起来或者打扫干净了，还把锅盖盖上。阿德尔海德回来了。〕

阿德尔海德　我去晚了！当我到那里的时候，我已经听到他们的交谈声了。

沃尔夫太太　到底是谁？

阿德尔海德　就是莫特斯！

〔莫特斯夫妇依次在门口出现。两个人都是中等身材。女的虽然衣着朴素，但还算整洁，30 岁上下，是个很灵巧的女人。男的穿着一件绿色的打猎外套，长相并不好看，但是很健康，左眼上有一条黑绷带。〕

莫特斯太太　（向屋里打招呼）好冷啊，沃尔夫大娘！

沃尔夫太太　白天不多的是时间嘛，你们为什么要在大晚上出来散步呢？

莫特斯　这里很暖和，您说谁白天多的是时间？

沃尔夫太太　当然是您了！

莫特斯　您的意思是我也是依靠利息过活的吗？

沃尔夫太太　这我可不知道！

莫特斯太太　沃尔夫大娘，您怎么话中有话啊！我们这次来就是想问一下还欠您多少钱。

沃尔夫太太　您已经问过很多次了。

莫特斯太太　没错！那再问一次也没什么问题啊。我们最终还是要还钱的。

沃尔夫太太　（很吃惊）您说要还钱？

莫特斯太太　当然了！一定要还钱！

莫特斯　沃尔夫大娘，看您这么惊讶，是不是以为我们不会还钱啊？

沃尔夫太太　我才没那么想过呢！您是真的还钱就很好。咱们立刻就能算清楚，一共是十一马克三十芬尼。

莫特斯太太　对了，沃尔夫大娘，我们挣到钱了！这里所有的人都对我们另眼相看了。

莫特斯　我闻到屋子里有烤兔肉的味道。

沃尔夫太太　也许是烤猫肉，这也是很可能的。

莫特斯　让我们来看一下吧！（他把锅盖掀起来）

沃尔夫太太　（把他拦住）不能掀别人家的锅。

莫特斯太太　（有点儿怀疑，观察着四周）沃尔夫大娘，我们手里有一样东西，是我们刚捡到的。

沃尔夫太太　我们没有丢过东西。

莫特斯太太　就在这儿呢，您过来仔细看看吧。（她把两个铁丝圈套拿了出来）

沃尔夫太太　（很淡定）这应该是圈套吧？

莫特斯太太　我们捡到的地方离您这里很近呢，就在离您的园子不足二十米的地方。

沃尔夫太太　这些偷猎贼的胆子可真大！

莫特斯太太　只要您能注意一下，也许您就能把偷猎贼抓住。

沃尔夫太太　这些事情和我又没有关系。

莫特斯　如果让我遇到这些偷猎贼，我会先扇他几巴掌，然后再去举报他。

莫特斯太太　沃尔夫太太，您有新鲜的鸡蛋吗？

沃尔夫太太　现在吗？这可是冬天啊！新鲜鸡蛋可是很少见的。

莫特斯　（对刚走进门的尤利乌斯）又有一个贼被守林人赛德尔抓住了。明天就要被送到莫阿比特。我不得不承认这些人胆子太大了。如果我没有失去这只眼睛的话，我现在已经是护林总管了。我一定会让那些该死的东西受到惩罚。

沃尔夫太太　已经有人受过惩罚了！

莫特斯　谁害怕谁就会受到惩罚。反正我无所畏惧！我已经检举揭发了好几个人了。（尖锐地注视着沃尔夫太太和她的丈夫）我现在就等着还有几个这样的人出现呢，我一定会把他们捉拿归案的。那个下圈套的人不要暗自庆幸，不要以为我不知道他们是谁。这次我可是非常有把握的。

莫特斯太太　您应该已经把面包烤好了吧？我们已经吃够了面包房里的面包了。

沃尔夫太太　你们应该是来还钱的！

莫特斯太太　和您说一下，星期六还钱。我丈夫现在是《森林与田猎事务报》的编辑。

沃尔夫太太　好的！我懂你们的意思了！

莫特斯太太　沃尔夫太太，我们已经搬离克吕格尔家了。

沃尔夫太太　没错！你们俩是迫不得已搬走的！

莫特斯太太　您是说我们迫不得已要搬走？（使劲挤出一个笑容）你听听！沃尔夫太太说我们是迫不得已才搬走的！

莫特斯　（非常生气，脸涨得通红）我们之所以从那里搬走，是因为那个人是个放高利贷的人，专门干欺骗人的行当。

沃尔夫太太　我也不清楚这些事，我也不能说些什么。

莫特斯　我一直在找证据。他和他的好朋友弗莱舍尔博士都要在我面前留点儿神。只要我说一句话，那个人就得进监狱。（刚开始说话的时候，他就慢慢朝后退，这时候已经退到了门外，离开）

沃尔夫太太　估计这几个男人又大动肝火了吧？

莫特斯太太　（一副很亲近的样子）千万不要戏弄我的丈夫。只要他下定决心干一件事情，他是一定会去做的。他和警察局长交情匪浅——鸡蛋和面包的事如何？

沃尔夫太太　（很厌恶）这里还有五个鸡蛋，一块面包。（莫特斯太太往她的提篮里面装了鸡蛋和半个面包）这样您该知足了吧？

莫特斯太太　知足了！这些鸡蛋新鲜吗？

沃尔夫太太　和我家母鸡下的鸡蛋一样。

莫特斯太太　（赶忙去追她的丈夫）晚安！星期六还钱！（离开）

沃尔夫太太　好！这样最好！（把门关上，小声）立刻给我滚！去每一家都是借钱，根本没有别的事情。（走到锅的前边）我们吃什么和他们没有关系。他们竟然检查我们的锅。丫头，去睡觉吧！

阿德尔海德　妈妈，晚安！（亲吻了妈妈一下）

沃尔夫太太　为什么不去亲爸爸一下，跟爸爸说一声晚安呢？

阿德尔海德　爸爸，晚安！（吻了爸爸一下，他哼了一声，阿德尔海德离开）

沃尔夫太太　这还需要每天都提醒！（停顿了一会儿）

尤利乌斯　为什么要把鸡蛋全都给别人？

沃尔夫太太　我可不想和这种人结下仇怨。那你和他做仇人吧，尤利安。我跟你说，这个人非常危险。他只知道监视别人。坐下吧，来！这有叉子。你还是不太懂这些事情。以后多注意一下自己的事情。是你把圈套扔在了园子后头吗？

尤利乌斯 （恼火）你到底够了没？

沃尔夫太太 那个该死的莫特斯这么快就在咱们房子附近发现了，所以以后咱们不能再下圈套了，否则被人发现之后，就会把矛头指向我们。

尤利乌斯 你别再说话了！（两个人吃饭）

沃尔夫太太 木柴所剩无几了！

尤利乌斯 你的意思是让我偷偷再去一趟森林吗？

沃尔夫太太 最好是这样，咱们马上准备出发吧！

尤利乌斯 我现在非常累，我不想去，谁爱去谁去！

沃尔夫太太 你们男人总是语言的巨人，行动的矮子。我办事都比你们强很多。如果你现在不想出去的话，我也没有办法，但是明天一定要去。你爬树用的铁钩还能用吗？

尤利乌斯 我把它借给马赫诺夫·卡尔了。

沃尔夫太太 （停顿了一会儿）如果你的胆量再大点儿该多好。那样咱们很快就能搞到几立方米的木头！并且根本不需要这么大费周章，更不需要走那么远的路。

尤利乌斯 让我安稳吃一顿饭好吗？

沃尔夫太太 （拍了他的脑袋一下）振奋一点儿！我要开始发福利了！（拿出一瓶烧酒放在手里）看这里！这是我给你带来的。别老是一副灰心丧气的样子，赶紧变得温和一点儿。（她给丈夫倒了满满一杯）

尤利乌斯 （喝酒，然后说）这么冷的天能喝点儿酒，真是一种享受啊！

沃尔夫太太 看！我一直在担心着你！

尤利乌斯 真是太棒了！（又喝了一杯）

沃尔夫太太 （停顿了一会儿，去劈柴，一会儿又来吃一口）武尔科夫就是个大骗子。他还总是装出一副很不幸的样子。

尤利乌斯 他做这种买卖，嘴的确应该严一点儿。

沃尔夫太太 你刚才听到关于海狸皮大衣的事情了吗？

尤利乌斯 听到了，但是没有听到全部的内容。

沃尔夫太太 （装出亲切的样子）那个丫头说，克吕格尔太太把一件皮大衣送给了克吕格尔先生。

尤利乌斯 他们这种人当然能买得起。

沃尔夫太太 是的！我听说武尔科夫也想买这样一件皮大衣！你刚才应该听见了！他说他愿意用六十塔勒买一件这样的皮大衣。

尤利乌斯 就让他自己去干这种蠢事吧！

沃尔夫太太 （过了一会儿，她又给丈夫倒满酒）再喝一杯！

尤利乌斯 真是停不下来了……我要全部……喝光……

〔沃尔夫太太拿出一个八开的账本在看。〕

尤利乌斯 从七月份到现在，我们有多少存款了？

沃尔夫太太 按期来说是存了三十塔勒。

尤利乌斯 那总共还有多少的缺口？

沃尔夫太太 还有七十塔勒的缺口，如果一直这样下去，家里就会一直处于穷困中。如果能一次性得到五六十塔勒，然后一起存进去，我们就可以买下那块地皮了。然后再弄到一两百，盖几间漂亮的房子应该就不成问题了。可现在呢？现在避暑的客人来了，我们根本没法接待，那可都是有钱人啊，说实话。

尤利乌斯 这么多，一共……

沃尔夫太太 （很干脆）你就是个慢性子，否则咱们早就买下那块地皮了。我说得对吗？如果现在把那块地皮卖出去的话，我们就可以赚到更多的钱。咱俩的脾气真是大相径庭。如果你是我这样的性格……

尤利乌斯　我从来没有懈怠过啊，可是这一点儿意义都没有！

沃尔夫太太　你就干这么一点儿活儿，还指望发财？

尤利乌斯　除非我想去送死，要不然我是不会去偷的。

沃尔夫太太　你从生下来就特别笨，你就只能笨一辈子！我又没让你去偷，我是说只有敢承担风险的人才能挣到钱。如果你有钱了，你坐在马车上，那时候绝对不会有人问你钱来自哪里！就算是从穷人家里拿的，别人也不会在乎。如果我们现在——真的跑到克吕格尔家里去，把那两立方米木柴装到雪橇上拉回来。依我看，也不会给他们家造成什么损失。

尤利乌斯　木柴？这又是什么情况？

沃尔夫太太　你怎么对什么都漠不关心？人家都快欺负死你女儿了。他们让她在晚上十点钟往屋子里搬木柴，所以她才会跑回来的。但是你对什么都不闻不问，竟然还想揍她，再把她轰回去！

尤利乌斯　事情真的是这样！我一定要管！我不能想到会发生这样的事情……

沃尔夫太太　他们竟然做出这种触及道德底线的事，我一定要让他们尝到苦头。我的意思是如果他们揍我，我就一定揍他们。

尤利乌斯　他们打咱们的孩子了？

沃尔夫太太　当然了，否则她也不会跑回来啊。还是算了吧，我真是搞不懂你。现在木柴正在大街上堆着呢，我的意思是咱们现在就去。他们欺负了我的孩子，我就要把他们的木柴拿走——如此一来，你一定又会摆出一副难堪的样子给我看了。

尤利乌斯　我绝对不允许……我有办法。别以为我没有任何能力！我不会让虐待的事情再发生了！

沃尔夫太太 别一直光这么说，赶紧把你的绳子拿来。你更应该让别人看看你的办法。我相信不需要一个半钟头就能完成了，结束后咱们就去睡觉。这样我们就有了足够多的木柴了，明天你也不用去树林了。

尤利乌斯 如果被人发现了，我也无所谓。

沃尔夫太太 对啊！小点儿声，别把丫头吵醒了。

米特尔道夫 （在外边说）沃尔夫太太，沃尔夫太太，您还没休息吗？

沃尔夫太太 还没呢！您请进来！（把门打开）

米特尔道夫 （进来，穿着旧制服和大衣。他长得和《浮士德》里的魔鬼靡菲斯特有点儿像，因为他很爱喝酒，所以鼻子很红。他言谈举止得体，还有点儿害羞，说话慢条斯理的，面无表情）沃尔夫太太，晚上好！

沃尔夫太太 您是不是想说晚安啊？

米特尔道夫 我刚才来过一次了，本来看见屋里有灯光，可是突然又灭了，我喊了半天也没有人应声。这一次我看得很清楚有灯，我才又来了。

沃尔夫太太 米特尔道夫，您给我带来了什么？

米特尔道夫 （坐下，思考了一会儿）因为局长太太有话，所以我才过来一趟。

沃尔夫太太 是让我去洗衣服吗？

米特尔道夫 （好像在思考什么，眉毛向上一挑）没错！

沃尔夫太太 是什么时候？

米特尔道夫 是明天，明天早上！

沃尔夫太太　那您为什么这么晚才跟我说？

米特尔道夫　局长太太家是明天洗衣服。

沃尔夫太太　您应该提前几天就通知我一声！

米特尔道夫　您说得没错，您不要作声，是我的问题。脑子里装了太多事，很容易就把这样的事情给忘记了。

沃尔夫太太　好吧，我去！咱们的关系一直很好，况且你们家还有十一个孩子，对吧？我不会让您因为这些事而被人欺辱。

米特尔道夫　如果明天您不来的话，那我可就有苦头吃了！

沃尔夫太太　您放心，我一定会去的！您喝一杯吧！现在恰巧需要它，（她倒了一杯格罗格酒给他）这里正好还有点儿热水。今天我们还要出一趟远门，去特雷普托买肥鹅。因为白天太忙了，我们这样的家庭就只能这样。被生活所迫，一天到晚都在受罪。而富有的人早就躺在床上睡觉了。

米特尔道夫　因为我太大意了，所以我就收到局长通知，说我被辞退了。

沃尔夫太太　警察不可能像看家狗一样吧！

米特尔道夫　我一点儿也不想回家，因为家里等待我的就是争吵。当我被斥责的时候，我根本没有办法还嘴。

沃尔夫太太　您可以把耳朵堵起来！

米特尔道夫　只有到酒店里坐一会儿才不至于把我愁死。可是连去酒店这条路都给我堵死了。今天我又在酒店里坐了一会儿，抛开所有不快，好好喝了一小盅。

沃尔夫太太　您还怕一个女人吗？不管是打是骂，她怎么对您，您就怎么对她啊。您过来一下，您的个头比我高，您帮我拿一下这个绳套。尤利安，你去准备雪橇。（尤利乌斯离开）每次都要我提醒你！

（米特尔道夫把挂在木板上的雪橇绳和套具都拿了下来）您去准备一个大雪橇，麻烦您再帮我取下那个套。

尤利乌斯 （从外边）我看不见啊！

沃尔夫太太 什么？

尤利乌斯 （在门口站着）我一个人没办法把雪橇弄出来。它上面的东西杂乱无章，况且没有灯，根本弄不出来。

沃尔夫太太 你又没办法了！（她赶忙把围脖和头巾都戴好）等一等，我马上过去帮你。米特尔道夫，灯笼就在那儿！（米特尔道夫费了很大力气才把灯笼拿下来，交给了沃尔夫太太）真是太感谢了！（把蜡烛插到灯笼里面）插好蜡烛了，咱们该走了。我帮您把雪橇弄出来。（她拿着灯笼在前边走着。米特尔道夫紧随其后，她走到门口，转过身，把灯笼给了米特尔道夫）麻烦您给我们举着灯笼。

米特尔道夫 （一边打着灯笼，一边唱着歌。离开）朝霞，朝霞……

第二幕

　　警察局长封·韦尔哈恩的办公室。房间很大，四周都是白色，家具很少，后墙上有三扇窗。在左墙上有门。一张上面放有书籍和公文的长办公桌紧靠着右墙，局长的座椅就在桌子后边。文书的桌椅在中间的窗户旁边。右前侧有一个放满书的木柜，局长只要站起来就可以很轻松地拿到。左墙被几个公文架挡住了。台口的六把椅子紧靠着左墙排成一排。如果有人在上面坐，从台下就只能看到他们的背面。这是一个风和日丽的冬日上午，书桌旁，文书格拉泽纳普正在漫不经心地写着什么。他身材很瘦，戴着一副眼镜。封·韦尔哈恩局长拿着一个公文夹步履匆匆地走进屋。韦尔哈恩戴着一副单片眼镜，今年四十岁，颇有乡下容克地主的架势。他身穿制服，上身是黑礼服，每一个纽扣都扣得很紧，脚穿一双高筒靴，靴子里掖着裤腿。他的嗓音就像是个假嗓子发出的声音一样，说话尽可能简洁，就像个军人一样。

韦尔哈恩　（就像一个干了很多工作一样的人随口一说）早安！
格拉泽纳普　（站起身来）最忠诚的仆人向局长先生问好！

韦尔哈恩　格拉泽纳普，你有什么事吗？

格拉泽纳普　（站立着翻文件）我有事情要向您报告。局长先生，第一……没错！是旅店的老板菲比希。他下个星期天想举办音乐舞会，希望获得局长大人的批准。

韦尔哈恩　是那个……你再说一遍……是菲比希？就是那个把教堂借给……

格拉泽纳普　报告男爵先生，是借给了自由党人！

韦尔哈恩　说的就是这个人？

格拉泽纳普　没错！就是他！

韦尔哈恩　对这个人，我们可不要放松！

〔法警米特尔道夫走进屋。〕

米特尔道夫　最忠诚的仆人向局长先生问好！

韦尔哈恩　你要牢牢记住，在处理公事的时候，我是局长！

米特尔道夫　遵命，男——我的意思是：明白，局长先生！

韦尔哈恩　最后告诉你一次，一定要牢牢记住：尽管我的确是个男爵，但是在这里这些并不重要。（对格拉泽纳普）你继续说。那个作家莫特斯到这里来过吗？

格拉泽纳普　他来过，局长先生。

韦尔哈恩　我很想知道他真的来过吗？他应该还会来吧？

格拉泽纳普　他应该会在十一点半的时候再来。

韦尔哈恩　他应该和你聊了点儿什么吧，格拉泽纳普？

格拉泽纳普　他来聊了聊弗莱舍尔博士的事情。

韦尔哈恩　格拉泽纳普，你和弗莱舍尔博士相识吗？

格拉泽纳普　我只是听说过，我知道他住在克吕格尔家里。

韦尔哈恩　这个人来这里多长时间了？

格拉泽纳普 在米迦勒节的时候，我才到这里来。

韦尔哈恩 没错！你是跟着我一起来的，我在这里停留了差不多四个月的时间。

格拉泽纳普 （斜着眼看了米特尔道夫一眼）我认为这个人在这个地方待了有两年了。

韦尔哈恩 （对米特尔道夫）你当然能知道什么。

米特尔道夫 报告——他是在去年米迦勒节的时候来的。

韦尔哈恩 什么？这个人是那个时候到这里的？

米特尔道夫 报告——是从柏林来的，男……局长先生！

韦尔哈恩 你应该比较了解这个人吧？

米特尔道夫 我只知道他的一个兄弟在剧院里管账。

韦尔哈恩 我没问他的兄弟！我只想知道这个人是做什么的？他是什么人？

米特尔道夫 这个我也不是很了解。大家都说他有病，好像得了糖尿病。

韦尔哈恩 这和我有什么狗屁关系！他要是开心，冒糖汗也无所谓，他是个什么人？

格拉泽纳普 （耸肩）他说自己是盐居学者。

韦尔哈恩 是闲！不是盐！是闲居学者。

格拉泽纳普 他有几本书在订书匠胡克那里。每个星期他都会让胡克帮他装订书。

韦尔哈恩 我想知道这个人都读了一些什么内容。

格拉泽纳普 听邮差说，他订了二十份报纸，其中就包括民主党的。

韦尔哈恩 麻烦你把胡克叫来吧。

格拉泽纳普　立刻就去吗？

韦尔哈恩　不用！在你有空的时候去就行。明后天都行，来的时候让他带点儿书。（对米特尔道夫）看样子你应该是每天都在偷懒睡觉，否则就是别人给了你好的雪茄烟。

米特尔道夫　局长先生……

韦尔哈恩　你别说了！对于我手下的人，我从来没有放弃过观察，而我的前任根本不理会这些事情，所以现在只能慢慢地改变。不管一名警察得了谁的好处，都是一件令人感到羞耻的事。和你说这些就是浪费口舌。（对格拉泽纳普）莫特斯有没有说一些更详细的事？

格拉泽纳普　没有！他说局长先生都知道……

韦尔哈恩　我只知道个大概，这个费莱舍尔博士早就在我视线范围里了。莫特斯只是向我验证了一点，那就是我之前对这个人的评价，完全没有问题。莫特斯的名声又如何呢？（格拉泽纳普和米特尔道夫相互看了看，格拉泽纳普耸耸肩）现在依旧四处借钱吗？

格拉泽纳普　他说自己有一笔退休金。

韦尔哈恩　退休金？

格拉泽纳普　他的一只眼睛曾经因为被子弹射中过而失明了。

韦尔哈恩　那就是一笔伤兵抚恤金，用来安慰伤痛的钱。

格拉泽纳普　局长先生，很抱歉，依我看这个人还有很多很多痛苦的地方。根本没有人看到他有钱。

韦尔哈恩　（扑哧笑出了声）那你还有其他的紧急事情吗？

格拉泽纳普　都只是一些小事情。像上报说解职的……

韦尔哈恩　好了！好了！我听说弗莱舍尔总是喜欢胡言乱语，你知道这件事吗？

格拉泽纳普　截止到现在，我还没听说过呢！

韦尔哈恩　这是别人私底下跟我说的。他有很多评论上层人士的不法言论。以后都会水落石出的。现在要开始办公事了。米特尔道夫，你还有没有事？

米特尔道夫　昨天晚上发生一起盗窃案。

韦尔哈恩　什么？发生了盗窃案？在哪里？

米特尔道夫　在克吕格尔的家里。

韦尔哈恩　什么东西被偷了？

米特尔道夫　木柴。

韦尔哈恩　在昨天夜里吗？还是在什么时候？

米特尔道夫　就在昨天晚上。

韦尔哈恩　你是听谁说的？

米特尔道夫　我是听……

韦尔哈恩　说下去！听谁说的？

米特尔道夫　我是听弗莱舍尔先生说的。

韦尔哈恩　原来是这样啊！你和这个人交谈过……

米特尔道夫　克吕格尔先生自己也说过了。

韦尔哈恩　这个人特别爱告状。每个星期我都能收到他的三封信。信里的内容无非就是他被人骗了，他的篱笆被人拆了，要不然就是有人把他的界石挪开了。这样的麻烦事层出不穷。

莫特斯　（走进屋。一边说着话，一边发出神经兮兮的笑）忠实的仆人拜见局长先生。

韦尔哈恩　您终究还是来了。真开心看到您来。您应该会告诉我，克吕格尔家发生盗窃案了吧？

莫特斯　我已经不在克吕格尔家里住了。

韦尔哈恩　那您有没有听别人说起过这件事情？

莫特斯　当然听说过，但不是很确定。我刚才从他家经过的时候，看到他们正在搜寻踪迹。

韦尔哈恩　这样啊。弗莱舍尔博士也在给他帮忙——这样说来，他们的关系很密切了，对吗？

莫特斯　没错！就如同一家人一样。

韦尔哈恩　我对弗莱舍尔的事情非常感兴趣。请坐！您继续说下去，我已经半宿都没睡觉了。我因为这件事情变得寝食难安。当看到您给我写了一封信，我兴奋极了。这就是我的性格，没办法，而我的前任绝对不会这样，他依然可以睡他的大觉。我已经下定决心要把这件事情查清楚。审查和清理就是我在这个地方的任务。因为我的前任置之不理，所以现在到处都是垃圾。真应该让那些牛鬼蛇神、反政治的家伙和帝国王室的仇人都吃到一点儿苦头。莫特斯先生，您是作家吗？

莫特斯　没错！我负责撰写森林和田猎事务方面的文章。

韦尔哈恩　这么说的话，给《森林与田猎事务报》写文章的人就是您啰？顺便问您一句，这个能维持您的生存吗？

莫特斯　像我这样被人看重的人就可以。真的感谢上帝，我的收入还算可观。

韦尔哈恩　您是一位林业专家？

莫特斯　我在埃伯斯瓦尔德上过大学，就在毕业前不久，不幸的事情降临到我身上……

韦尔哈恩　也对，您还打着一条绷带呢。

莫特斯　我在打猎的时候，右眼被一粒霰弹击中，因此打上了绷带，可惜没有找到凶手。所以我只有和自己的前程失之交臂了。

韦尔哈恩 那么您有退休金吗？

莫特斯 没有！我四处干活儿挣钱，反正也已经度过那段最艰苦的时光了，现在也算是熬出头了。

韦尔哈恩 那您认识我的内弟吗？

莫特斯 您是说护林总管封·瓦克斯曼先生！我当然认识他！我和他有过多次通信，不光如此，我和他都加入了猎犬训练社。

韦尔哈恩 （稍微呼了一口气）这样说来，您和他认识？我真的很开心你们相识。那咱们之间就更应该彼此信任了，这件事情办起来也容易得多。我们之间就没有障碍了，莫特斯先生。您在信中说您一直对弗莱舍尔博士有所观察，那就请把您知道的跟我说一说。

莫特斯 （咳嗽）大约一年前我搬进了克吕格尔家，当时我竟然不知道和一些什么样的人混在一起。

韦尔哈恩 您以前不认识克吕格尔和弗莱舍尔吗？

莫特斯 不认识。后来在一个楼里住，刚开始遇到了也只是打打招呼，可是低头不见抬头见，根本不可能完全避开。

韦尔哈恩 一般都是些什么样的人去他们家？

莫特斯 （做了个手势）唉！

韦尔哈恩 我懂了！

莫特斯 社会上各种各样的人，民主党。

韦尔哈恩 他们定期举办聚会吗？

莫特斯 好像是每周四举办。

韦尔哈恩 我们要盯紧那个地方。您现在还和他们来往吗？

莫特斯 现在根本不来往，局长先生！

韦尔哈恩 您非常厌恶他们吗？

莫特斯 非常讨厌！

韦尔哈恩 对于他们违法的言论和讽刺高层人士的事情，您是不是实在忍受不了了？

莫特斯 我之所以待在那里，是因为我觉得这些迟早会有用处的。

韦尔哈恩 但最后您是不是还是从那里搬出去了？

莫特斯 没错！我离开了那里。

韦尔哈恩 最后您打算……

莫特斯 对我来说，这是我的职责。

韦尔哈恩 ……报告当局。我觉得您做的这件事情值得我们赞扬。有一个地位显赫、人人尊敬的大人物曾经说过这样一句话——还是以后再查验记录吧。

莫特斯 男爵先生，他一定说过。

韦尔哈恩 如果需要您的时候，您能宣誓做证明吗？

莫特斯 当然可以！

韦尔哈恩 您也必须得这样做！

莫特斯 明白！男爵先生。

韦尔哈恩 就算是这样，我们还是再找一个证人比较好。

莫特斯 是要去找一找！男爵先生。但是这个人四处撒钱，所以……

韦尔哈恩 情况不妙！克吕格尔来了！我想还是先解决这个人的事情吧。不管怎样，您这么支持我们，我还是非常感谢的。现在正是办事的时候，这样的人是必不可少的。

克吕格尔 （非常激动，匆忙冲了进来）真是见鬼！局长先生，您好！

韦尔哈恩 （对莫特斯）对不起，请您稍微等一会儿。（居高临下地问克吕格尔）您有什么事情吗？

〔克吕格尔个子很矮，大概七十岁的样子，耳朵不太好使。他尽管走起路来稍微有点儿驼背，左肩膀稍微向下倾斜，但是他神采奕奕，一边说话还一边打手势。他身着棕色冬大衣，围着一条厚厚的羊毛围巾，戴着一顶皮帽子，当进了办公室后，他就把帽子取了下来。〕

克吕格尔　（歇斯底里地）我的东西被人偷了，局长先生！（他上气不接下气，用手帕擦拭着额头上的汗，同时和其他耳朵不好使的人一样盯着局长的嘴。）

韦尔哈恩　您的东西被偷了？

克吕格尔　（十分生气）没错！被偷了！我的两立方米木柴被偷了！

韦尔哈恩　（面带微笑，看着所有人，根本没把这件事放在心上）这么长时间以来，这里根本没有发生过这样的事情。

克吕格尔　（把手贴到耳朵边）您说什么？根本没有发生过这样的事情？那谁知道啊？我可不是闲着没事干！

韦尔哈恩　请您说话注意点儿！您贵姓？

克吕格尔　（愣了一下）您是问我的姓名吗？

韦尔哈恩　对！您贵姓？

克吕格尔　难道您不知道我的姓名吗？以前我们可见过面！

韦尔哈恩　真的很抱歉！我已经忘记了！再说了，不管我们是否见过面，也不影响现在。

克吕格尔　（很无奈）我叫克吕格尔。

韦尔哈恩　应该是收利息的吧？

克吕格尔　（气急败坏，用嘲讽的语气）没错！就是收利息的，是个房产主！

韦尔哈恩　请您对您的合法身份进行证明。

克吕格尔　什么？要我证明身份？我叫克吕格尔，从 30 年代开始，我就在这里居住，连街上的孩子都认识我，哪需要这么烦琐！

韦尔哈恩　我不管您在这里住了多久。在这里，我只是要您证明身份。莫特斯先生，您认识这位先生吗？（莫特斯半抬起身子，面无表情）我知道了！您请坐。格拉泽纳普，那你呢？

格拉泽纳普　是的！他是本地的克吕格尔先生，并且有年金收入。

韦尔哈恩　好的！您刚才说您被偷了木头？

克吕格尔　没错！两立方米的圆松木。

韦尔哈恩　您的木头是在货棚里放着吗？

克吕格尔　（又变得急躁）这根本不是一码事！关于货棚的事是另一件需要申诉的事情。

韦尔哈恩　（面带嘲讽的微笑看了看其他人，根本不关心）您是说这又是一回事？

克吕格尔　您说什么？

韦尔哈恩　没有说什么！您继续说下去吧！看上去木头没有放在货棚里？

克吕格尔　木头在花园里堆放着。堆在花园的前边。

韦尔哈恩　也就是说木头堆放在大街上？

克吕格尔　是在我的花园前边，是在我的空地上。

韦尔哈恩　那就是谁都有权拿走啰？

克吕格尔　这应该怪那个女佣，我对她说过让她把木头搬到屋子里。

韦尔哈恩　她忘记了？

克吕格尔　她不搬！因为我强制性要求她搬，所以她跑了。我要把她的父母告上法庭，我的损失必须由他们来弥补。

韦尔哈恩　　这件事听您的！但是好像也是徒劳的。您有没有发现这方面有嫌疑的人？

克吕格尔　　没有！这里的人都以偷为生。

韦尔哈恩　　抱歉，请您不要以偏概全！您必须拿出证据来。

克吕格尔　　我不能信口雌黄。

韦尔哈恩　　除了您之外，您的房子还有谁住？

克吕格尔　　还有弗莱舍尔博士。

韦尔哈恩　　(低下头，在思考着)弗莱舍尔博士？弗莱舍尔博士？这是个什么样的人？

克吕格尔　　他知识渊博，很有学问！

韦尔哈恩　　你们的关系很好吗？

克吕格尔　　我和谁关系好，那都是我的私事。我觉得这无关于这件案子本身！

韦尔哈恩　　如果您继续这样，我恐怕很难查清楚了。最起码您要给我点提示啊。

克吕格尔　　让我给您提示？我怎么知道啊！我只知道我的两立方米木柴被偷了，我来这里是报案的……

韦尔哈恩　　您肯定怀疑过谁吧？肯定是有人偷走了木柴。

克吕格尔　　什么？的确是这样。但是我不敢保证。

韦尔哈恩　　但是，您……

克吕格尔　　什么？我叫克吕格尔。

韦尔哈恩　　(已经变得不耐烦，赶紧说到正题上去) 哼！既然是这样，格拉泽纳普，请你做一下记录。——那个女佣是什么情况？她离开了您家？

克吕格尔　　是的！她跑回她父母家了！

韦尔哈恩　她的父母住在这里吗?

克吕格尔　哪里?

韦尔哈恩　女佣的父母是不是住在这里?

格拉泽纳普　那个女佣的母亲是洗衣妇沃尔夫太太。

韦尔哈恩　就是今天在这里洗衣服的沃尔夫太太吗,格拉泽纳普?

格拉泽纳普　没错,局长先生。

韦尔哈恩　(摇着头)真是太奇怪了!她平时非常勤快,并且品行端正。(对克吕格尔)她是沃尔夫家的女儿吗?

克吕格尔　没错!是洗衣妇沃尔夫太太的女儿。

韦尔哈恩　那个姑娘回来了吗?

克吕格尔　没有。

韦尔哈恩　那就把沃尔夫太太叫来吧。米特尔道夫,你是不是很困?这样吧!你去院子里叫沃尔夫太太过来。克吕格尔先生,您请坐。

克吕格尔　(坐下,然后开始唉声叹气)天知道我的命为什么这么苦!

韦尔哈恩　(低声地对莫特斯和格拉泽纳普说)我真的想弄明白这到底是怎么回事,的确是有一些不对劲的地方。但是我的太太非常看重沃尔夫太太,这个女人特别勤快,干起活儿来相当于四个男人。我的太太曾经说过,两个女人才顶得了沃尔夫太太一个人洗衣服。不光如此,沃尔夫太太还很正直。

莫特斯　她想让自己的女儿去歌剧院……

韦尔哈恩　是这样啊!这可能有点儿异想天开了吧。但是这个人的人品是好的。莫特斯先生,您身上挂的是什么?

莫特斯　这是铁丝圈套。我准备交给护林人赛德尔。

韦尔哈恩　什么？您给我看一看吧！（他拿过来一个，很认真地看着）如果野兽钻进去的话，就活不了了。

〔在米特尔道夫的带领下，沃尔夫太太走了进来。刚才洗衣服手弄湿了，她还在擦拭着。〕

沃尔夫太太　（如入无人之境，很开朗，趁大家不注意，看了一眼铁丝圈套）请问您叫我来有什么事吗？到底是什么事还牵扯到我了啊？

韦尔哈恩　沃尔夫太太，您和这位先生相识吗？

沃尔夫太太　哪一位？（用手指克吕格尔）您是说这位先生吗？我还是认识他的，他是克吕格尔先生。早上好，克吕格尔先生。

韦尔哈恩　您的女儿是在克吕格尔家里做女佣吗？

沃尔夫太太　我的女儿吗？没错！是莱昂蒂纳！（对克吕格尔）但是她已经离开您家了。

克吕格尔　（很生气）没错！

韦尔哈恩　（阻止他继续说下去）您先等一会儿再说。

沃尔夫太太　你们在这里到底是要玩儿什么花样？

韦尔哈恩　沃尔夫太太，您的女儿应该立刻回去干活儿！

沃尔夫太太　不可能！我们已经让她就在家里了。

韦尔哈恩　事情比您想的要复杂多了。如果有必要的话，克吕格尔先生有权向警察局请求帮助。如果真到了那个时候，我们就会强行把您女儿押回去。

沃尔夫太太　我丈夫已经下定决心了，他绝对不会再让我女儿出去了。如果我的丈夫真的下定决心……你们男人都一个样，脾气暴躁，都是一些急性子。

韦尔哈恩　先不说这些。您的女儿是从哪一天开始待在家里的?

沃尔夫太太　从昨天晚上!

韦尔哈恩　好的!昨天晚上!因为人家要她搬木头,她就跑了。

沃尔夫太太　事情真是这个样子吗?这丫头非常听话,从来不会说半个不字。如果真是像您所说的那样,那我一定不会放过她!

韦尔哈恩　您听到沃尔夫太太刚才说的话了吗?

沃尔夫太太　她一直都很懂事……

克吕格尔　她不愿意把木头从外面搬到屋里。

沃尔夫太太　没错!把木头搬到屋里去,木头可是放在外边,还是在半夜十点半,谁会这么残忍让一个孩子去干这种事!

韦尔哈恩　这不是最重要的,最重要的是木头放在了外边,现在被人偷走了。现在……

克吕格尔　(终于受不了了)我的木头损失由您来赔偿,沃尔夫太太!

韦尔哈恩　您先别着急,现在还没有把事情查清楚呢。

克吕格尔　您赔我钱!

沃尔夫太太　这倒不错!真是闻所未闻啊!又不是我偷了您的木头!

韦尔哈恩　别吵了!您先让这个男人安静一会儿吧!

沃尔夫太太　不可能!如果说克吕格尔先生今天来这里的目的就是为了让我赔他钱,那我就告诉您,这件事根本不可能。我待人友善,从来没有人抱怨过我什么。但是真把我惹急了,我也会翻脸不认人。今天我会把我心里话全部说出来。我都是履行自己的职责做事情,我认为这就足够了。村子里的人对我从来都没有过什么风言风语。谁也不可能把我踩在脚下欺负我！

韦尔哈恩　沃尔夫太太，您别生气！您平复一下心情。我们都非常了解您，您行得端，站得直，人又勤劳。对于这一点，您有什么要说的吗？

克吕格尔　应该是这个女人没话说！

沃尔夫太太　你们都听一听，这都说的是什么？真是奇怪！难道那个丫头不是我的女儿吗？难道我就应该闭嘴吗？您如果把我当成一个傻瓜的话，那您就大错特错了。就算是和局长先生说话，我也没什么好理亏的，更不用说在您面前讲话了。您就等着看吧！

韦尔哈恩　沃尔夫太太，我能理解您的心情。但是您现在这么激动，是根本无益于解决事情的。

沃尔夫太太　这么多年来，我一直给大家干活儿。光洗衣服就洗了十年了。咱们的关系还算不错。现在您却这么对我，我感觉我没有必要再去您家了。

克吕格尔　我不需要您去我家，会洗衣服的女人太多了！

沃尔夫太太　那您也让别人去把您院子里的蔬菜和水果卖了吧！

克吕格尔　这些我会卖出去的，不需要您操心。您需要做的就是拿着棍子把您女儿赶回来。

沃尔夫太太　我不会让别人欺负我女儿的。

克吕格尔　谁欺负您女儿了？您把话说清楚。

沃尔夫太太　（对韦尔哈恩）那个丫头已经瘦得不成样子了。

克吕格尔　她整夜整夜去跳舞才会这样的。

沃尔夫太太　她在家整整躺了一天一夜了。

韦尔哈恩　（目光越过了沃尔夫太太，看向克吕格尔）请问您的木头是从哪个地方买来的？

沃尔夫太太　这件事情还需要多久？

韦尔哈恩　您有什么事吗，沃尔夫太太？

沃尔夫太太　我要回去洗衣服，我如果一直在这里耽误时间的话，那我今天就洗不完了。

韦尔哈恩　这个可不归这儿管，沃尔夫太太。

沃尔夫太太　可是您的妻子管啊。我没法对她说啊。局长先生，还是您亲自对她说吧！

韦尔哈恩　再等一分钟！沃尔夫太太，您刚才说村里的人您都很熟悉，那您认为可能是谁偷的？谁有可能会去偷呢？

沃尔夫太太　这我可不知道，局长先生。

韦尔哈恩　您有没有发现可疑的迹象？

沃尔夫太太　昨天晚上我没在家。我去特雷普托买鹅了。

韦尔哈恩　您是什么时候去的？

沃尔夫太太　刚过十点。当时米特尔道夫也在场。

韦尔哈恩　那您有没有遇到拉木头的车子？

沃尔夫太太　没有看到。

韦尔哈恩　米特尔道夫，那你有什么发现吗？

米特尔道夫　（思考了一会儿）我也没发现什么值得怀疑的事。

韦尔哈恩　你就算不说我也知道。（对克吕格尔）您的木头是从哪里买的？

克吕格尔　我很想知道您问这个做什么。

韦尔哈恩　您不需要过问我为什么要问这个问题。

克吕格尔　当然是从林业管理局买的。

韦尔哈恩　不一定吧？也许是从木柴铺呢！也许是从桑德贝尔

那里买的呢，您为什么要从林业管理局买，那里价钱还贵一些！

克吕格尔　（非常不耐烦）局长先生，我没有那么多时间。

韦尔哈恩　您说您没有时间？是您来这里找的我，并不是我去找您；是您让我花时间在这里陪您，并不是我让您抽出时间来陪我！

克吕格尔　这是您的职责，您待在这里就要履行这种职责。

韦尔哈恩　我成了给您擦皮鞋的了？

克吕格尔　难道是我偷了别人家的银匙了吗？请您不要用这种下级军官的语气和我说话。

韦尔哈恩　真是胆大包天……您别在这里大声嚷嚷！

克吕格尔　是您在大声嚷嚷，先生！

韦尔哈恩　您的耳朵可不太好使，我不大声一点儿的话，您是听不见的。

克吕格尔　您总是大声嚷嚷，只要是到这里的人，您就没有对他们轻言细语说过话。

韦尔哈恩　我从来没有对任何人嚷过，请您闭嘴！

克吕格尔　您在这里就是装模作样、仗势欺人，就是您把这个村子搞得不太平。

韦尔哈恩　一定会改变的。您等着吧，我会让您的日子过得更加难受。

克吕格尔　我不会受您的威胁的！您也就表面上看起来很强悍，其实一点儿都没用。您就会装装样子而已。您还真把自己当国王啦，简直好笑……

韦尔哈恩　在这个地方，我就是国王。

克吕格尔　（大笑起来）哈哈哈哈哈！还是算了吧！您就是个小小的警察局长，我根本就瞧不起您。您还是先好好学习一下怎么当警察局长吧！

韦尔哈恩 你马上给我闭嘴！否则……

克吕格尔 否则就让人把我抓起来吗？这一套对我根本不管用。这会让您引火烧身的。

韦尔哈恩 您竟然敢这么说？（对莫特斯）您可以去对您的那些小伙子添油加醋，背后耍手段，我是不会干涉的，我也不会因为您而被免除职务。

克吕格尔 天啊！我会怂恿别人来反对您吗？我根本没有把您当回事。我奉劝您趁早改变一下自己，否则您会因此吃尽苦头，直到最后您被赶下台。

韦尔哈恩 （对莫特斯）莫特斯先生，毕竟他年纪这么大了，您就原谅他吧。

克吕格尔 我请求能够听我呈报案情并做好记录。

韦尔哈恩 （翻着他的文件堆）我现在没空，您还是递一份状子吧。

〔克吕格尔震惊地看着他，突然转身，直接离开了。〕

韦尔哈恩 （有点儿尴尬地待在这里）就因为点儿鸡毛蒜皮的小事，他就跑到我这里来。——哼！（对沃尔夫太太）您抓紧回去洗衣服吧！——莫特斯先生，这份工作真是太难了。幸亏我还知道自己的职责所在，否则绝对会一蹶不振的。用一句话来概括，就是要坚持。我们之所以奋斗，就是为了我们民族的至高利益！

第三幕

　　早上八点左右，在沃尔夫太太家里。冲咖啡的水在灶上煮着。沃尔夫太太正在一条长凳上坐着数钱，钱就在一把椅子上放着。尤利乌斯提着一只已经杀死的兔子走进来。

尤利乌斯　　你把钱都收起来！

沃尔夫太太　　（专心在数钱，很粗鲁地）走开！（鸦雀无声）

〔尤利乌斯把兔子扔在了板凳上，不知所措地走来走去，最后拿起一只靴子开始擦拭。打猎的号角声从远处传来。〕

尤利乌斯　　（仔细地听着，心里感到很害怕）你赶快把钱藏起来！

沃尔夫太太　　尤利安，别打扰我。就让莫特斯继续吹吧。他现在正在树林里，根本想不到这些。

尤利乌斯　　你很希望咱们被关进普勒岑湖的监狱吗？

沃尔夫太太　　你少在这里瞎说！丫头过来了。

阿德尔海德　　（睡眼惺忪地走过来）妈妈，早安！

沃尔夫太太　　睡醒了啊？

阿德尔海德 你们昨天夜里是不是出去了?

沃尔夫太太 你应该是做梦了吧! 快去把木柴拿进来。(阿德尔海德拿着一个橙子走向门口) 你从哪里弄来的这个?

阿德尔海德 从商人舍贝尔那里。(离开)

沃尔夫太太 你不应该接受他的东西。——尤利安,你过来! 认真听好了啊,我这里只有五十九个塔勒,这是武尔科夫惯用的伎俩,他嘴上说给六十塔勒,其实只给了五十九个,又被他骗了! 我用一个口袋把这些钱都装起来了,你现在到羊圈后边,在木槽底下用锄头挖一个洞,那里比较干燥,然后把口袋放在那里,听懂了吗? 然后再用石板压住。快点儿啊! 别在这儿拖拖拉拉的。

尤利乌斯 我以为你要付钱给菲舍尔呢!

沃尔夫太太 我刚才对你说了,快点儿去干! 别在这儿说这些没用的话。

尤利乌斯 你可千万别把我惹急了,要不然有你的苦头吃。我反对把钱放在家里。

沃尔夫太太 那你说应该放在哪里?

尤利乌斯 你带着钱去菲舍尔那里,咱们可以先把钱还清。

沃尔夫太太 你真是太笨了,如果没有我,你根本活不到今日!

尤利乌斯 你少在这儿大声嚷嚷!

沃尔夫太太 还不是因为你说的那些话,真是愚蠢到家了。如果我们现在把钱送到菲舍尔那里,你就不想想咱们会怎么样吗?

尤利乌斯 我说过了,当然是要人命的事。一定是我去监狱,除此之外就没有了!

沃尔夫太太 那你就可以安静一会儿了。

尤利乌斯 难道你就不能小点儿声吗?

沃尔夫太太　我可不会因为这个再去换一张嘴巴。是你在跟我大吵……就为了这芝麻大点儿事，真不知道你到底想干什么。你不用为我担心，你还是当心你自己吧。你把钥匙扔到施普雷河里了吗？

尤利乌斯　我根本没有到河边去过！

沃尔夫太太　时间还来得及，你赶紧去吧。坚决不能让他们在你身上搜出一把钥匙来。（尤利乌斯准备要走）先等一下，把钥匙给我！

尤利乌斯　你拿这钥匙干吗？

沃尔夫太太　（把钥匙拿过来）你不用管了，这是我自己的事情。（她把钥匙放好，然后开始磨起了咖啡豆）快去羊圈吧，干完了早点儿回来喝咖啡。

尤利乌斯　如果早知道是这样该多好。

〔尤利乌斯离开。阿德尔海德走进屋，兜了一围裙的木柴进来。〕

沃尔夫太太　你从哪里拿的？

阿德尔海德　从新的木柴堆里拿的。

沃尔夫太太　不要从那里面拿！

阿德尔海德　（把木柴丢在了地上）妈，拿一点儿不碍事。

沃尔夫太太　你根本不懂！你在想什么呢？你这个丫头，把嘴巴给我闭紧点儿。

阿德尔海德　我知道是从哪里来的了。

沃尔夫太太　你在说什么，丫头？

阿德尔海德　我是说我知道这些木柴是从哪里得来的了。

沃尔夫太太　别胡说八道！这是从拍卖行里买来的。

阿德尔海德　（把橙子当成球在玩）是的，是的，果真是买来的就好了，可是这是你们偷来的。

沃尔夫太太　你说什么?

阿德尔海德　我说这些木柴是偷来的。莱昂蒂纳跟我说,这是你们从克吕格尔家偷来的木柴。

沃尔夫太太　(朝着她的后脑勺拍了一下)我答复你的就是这个。我们不是小偷。快去写你的作业去,认真点儿写,等会儿我要检查。

阿德尔海德　(走到屋子里)我觉得我可以去溜冰了。

沃尔夫太太　你可别忘了还有坚信礼课。

阿德尔海德　那是星期二才上的课。

沃尔夫太太　明天就是星期二。抓紧去念《圣经》格言,等会儿读给我听。

阿德尔海德　(可以听见她在隔壁的房间里哈欠连天地说)耶稣曾经对他的门徒说过,没有勺子的人就只能用手抓着吃。

〔尤利乌斯回来了。〕

沃尔夫太太　尤利安,你把事情办妥了?

尤利乌斯　你要是有什么意见,就自己去干。

沃尔夫太太　一定挺好的!你干活儿总是那么完美。(她给他和自己各倒上了一大杯咖啡,放在木椅上以后又拿来面包和黄油)来,喝咖啡吧!

尤利乌斯　(坐下之后就开始切面包)只要是武尔科夫走了就好办了。

沃尔夫太太　现在河里正在慢慢化冰。

尤利乌斯　化冰,你为什么总是说这个?

沃尔夫太太　河面有点儿结冰了,但是他还是会走的。估计现在他的船早就已经远离运河了。

尤利乌斯　如果他还停在桥边呢?

沃尔夫太太　停在哪里那是他的事，跟我又没有关系。

尤利乌斯　武尔科夫一定会出事的。你最好是相信我说的话，明白了吗?

沃尔夫太太　那是他的事，和我们没有任何关系。

尤利乌斯　到时候，我们的日子也不会好过，如果他们从武尔科夫那里把那件皮大衣搜出来的话。

沃尔夫太太　皮大衣?

尤利乌斯　对，克吕格尔的皮大衣!

沃尔夫太太　别在这里胡说八道，少说别人的事，这样会引火烧身的。

尤利乌斯　你说这是别人的事? 这和我有关系。

沃尔夫太太　和你有什么关系? 和你没有任何关系。这是我的事情，和你无关。你就不是一个男人，你就是一个女人。拿着这点儿钱去菲比根喝杯烧酒去，或者出去过一个开心的星期天。(有人在敲门) 请进! 想进来就进来吧!

〔弗莱舍尔博士和他五岁的儿子一起进了屋。弗莱舍尔二十七岁，穿着耶格尔式服装，头发乌黑浓密，还有黑色的大胡子，两只眼睛都凹陷进去了，声音很温柔。他一直在无微不至地照顾自己的孩子。〕

沃尔夫太太　(很开心地喊) 菲利普来我们家了! 真是太开心了! 谢谢您的赏光。(她搂住孩子，给孩子脱去外套) 把外衣脱了，屋子里很暖和。

弗莱舍尔　(有点儿担心) 沃尔夫太太，这里好像有过堂风。

沃尔夫太太　孩子没有这么娇贵吧? 有点儿风没事。

弗莱舍尔　不可以! 不可以! 您不知道啊，这个孩子之前生了一场病，才好不久。小菲利普，来，活动一下! (小菲利普把肩膀一扭，

不同意这么去做，同时还大叫）小菲利普，活动一下，只需要慢慢地
走一圈就行，否则你会生病的。

菲利普　（根本不听）我不愿意！

沃尔夫太太　他要实在不愿意就算了。

弗莱舍尔　早安，沃尔夫太太。

沃尔夫太太　早安，博士先生。谢谢您又来探望我们。

弗莱舍尔　早安，沃尔夫先生。

尤利乌斯　早上好，弗莱舍尔先生。

沃尔夫太太　非常欢迎您的到来，请坐吧。

弗莱舍尔　我们一会儿就要离开的。

沃尔夫太太　今天一定是个好日子，一大早便有贵客登门。（跪
在孩子面前）孩子，是你给我们带来了幸运吗？

菲利普　（开心）我在动物园里看到过鹳，它们互相用嘴咬对方。

沃尔夫太太　这不可能，你一定是在忽悠我。（一直搂着孩子的
脖子亲吻）小子，我真想吃了你。弗莱舍尔先生，这孩子归我了，
这是我的孩子。没错！他就是我的孩子。你母亲在家做什么？

菲利普　她身体不错，还让我把她对您的问候带给您，请您明
天早上来我们家洗衣服。

沃尔夫太太　你们看，这真是个好孩子，已经可以做事了。（对
弗莱舍尔）您就再坐一会儿吧？

弗莱舍尔　孩子一直希望坐一次船，可以吗？

沃尔夫太太　当然可以了！施普雷河已经解冻了。丫头可以带
着你们划一次。

弗莱舍尔　这个孩子一定让我带着他去坐船。他一直对这件事
念念不忘。

阿德尔海德 （在里屋门口站着，朝着菲利普示意）菲利普，过来，我有一样东西给你看。

〔菲利普大叫一声，不想去。〕

弗莱舍尔 小菲利普，不许调皮。

阿德尔海德 看看这个橙子，是不是很好啊？

〔菲利普开心地笑了，朝着阿德尔海德走了几步。〕

弗莱舍尔 去吧！但是不能随便要东西。

阿德尔海德 过来，咱们一起吃橙子。

〔阿德尔海德朝着孩子走了几步，一只手拉着孩子，另一只手拿着橙子，把橙子拿到他的面前，两个人开开心心地走进屋子里面去了。〕

沃尔夫太太 （看着孩子的背影）孩子，你别走！我喜欢一直看着你。我也不知道是怎么了，为什么一看到这个孩子……（她拿起裙角擦了擦鼻涕）我感觉自己必须要大哭一场才好。

弗莱舍尔 您没有过一个像这样的男孩儿吗？

沃尔夫太太 当然有过，但是并没有什么用。他死了，这就是命吧！（停顿了一会儿）

弗莱舍尔 对待孩子一定要万分小心。

沃尔夫太太 就算再小心也无济于事，灾难来了根本躲不掉。（停顿，摇了摇头）您和莫特斯之间怎么了？

弗莱舍尔 您是说我吗？没事啊！我们俩之间能有什么事？

沃尔夫太太 我就是随便问一问。

弗莱舍尔 您的女儿今年多大了？

沃尔夫太太 等到了复活节，她就要毕业了。弗莱舍尔先生，您愿意要她吗？她去您家里干活儿，我是一百个愿意的。

弗莱舍尔 当然愿意了。这可是一个好主意。

沃尔夫太太　您相当于找了一个很棒的小伙子。她尽管现在还很年轻，但是她干起活儿来根本不输任何人。您也知道，她有的时候会很顽皮，可能会做一些不受人待见的事。但是我向您保证她很聪明。

弗莱舍尔　这没什么好奇怪的呀，这很正常。

沃尔夫太太　您只需要告诉她一遍就可以了，不管是诗还是其他的什么，我敢保证她一定会让您震惊的。假如您再有来自柏林的朋友，您就可以让她去尝试尝试。您家里一直都有各种诗人上门拜访，她可以当场念出来，她是不会感到害羞的。不光如此，她的声音还很好听呢！（突然转移了话题）但是，我想给您一个建议，希望您不介意。

弗莱舍尔　我很开心能听到别人对我的建议。

沃尔夫太太　您不要送太多东西给别人，根本没有人会感谢您，因为他们都是不懂得知恩图报的人。

弗莱舍尔　可是我送的东西并不是很多。

沃尔夫太太　原来是这样，那我明白了。还有就是您以后尽量少说话，因为您的言论听起来就像是民主党，别人听到会非常吃惊，所以您要多加注意。

弗莱舍尔　沃尔夫太太，您说的这句话是什么意思呢？

沃尔夫太太　一个人脑子里想什么都无所谓，但是说出来的时候一定要多加小心。祸从口出，有很多人就因此坐了牢，可是还不清楚原因呢。

弗莱舍尔　好了！沃尔夫太太，您不要随便说这些不可理喻的话。

沃尔夫太太　不！我是非常认真地在对您说，当您在那个人面前时一定要多加小心。

弗莱舍尔　您说的是哪一个人？

沃尔夫太太　刚才我已经提到过他了。

弗莱舍尔　难道您说的是莫特斯？

沃尔夫太太　我不会说出他的姓名。您一定是和他有什么过节。

弗莱舍尔　我早就和他不来往了。

沃尔夫太太　我早就猜到会是这个样子。

弗莱舍尔　沃尔夫太太，根本没有人说我做错了。

沃尔夫太太　我没说您做错了。

弗莱舍尔　我认为和一个骗子……一个臭名昭著的骗子打交道一定不会有任何好处。

沃尔夫太太　他的确是一个骗子，这点您说得没错。

弗莱舍尔　他现在在卖糕点的德赖埃尔家里住。那个女人真可怜，她迟早就会知道原本属于她的东西都将不再属于她。因为她正和一个骗子来往，他可是一个囚犯。

沃尔夫太太　这样的话有时会从他嘴里冒出来……

弗莱舍尔　是说我吗？我倒是很愿意听一听。

沃尔夫太太　听他的语气，我感觉您一定是说过某一位高级人物或者其他什么事的坏话。

弗莱舍尔　您不知道具体的话吗？

沃尔夫太太　您知道他为什么一直和韦尔哈恩待在一起吗？我想对您说一件事，您现在赶紧去一趟德赖埃尔大娘那里，因为她已经察觉出不对劲了。他去那里和德赖埃尔大娘花言巧语了一阵，然后都快把她家的东西吃光了。

弗莱舍尔　真是荒谬至极！竟然会有这种事！

沃尔夫太太　您去德赖埃尔太太那里去吧，反正对您又没有害。她曾经跟我讲过一件事……那个人想诱惑她去当假证人。等您到了那里，您就会明白那个家伙干的所有坏事了。

弗莱舍尔　我可以去一趟，并没有什么关系。但我觉得这件事并没什么大不了。如果这个人能……那简直就是见鬼！让他来吧！——菲利普！你在哪儿？出来吧！我们要走了。

阿德尔海德　我们正在看很精彩的画片。

弗莱舍尔　对于那件事情您有什么看法吗？

沃尔夫太太　哪件事？

弗莱舍尔　难道您没有听说吗？

沃尔夫太太　（心里有点儿担心，紧张）没有。（不耐烦）尤利安，快走吧，别忘了按时回来吃午饭。（对弗莱舍尔）我们今天杀了一只兔子。尤利安，你收拾完了吗？

尤利乌斯　我的帽子去哪儿了？

沃尔夫太太　我最讨厌磨磨蹭蹭的了，今天的事今天就一定要完成。对我来说，不管任何事都要马上去做，不要拖泥带水。

弗莱舍尔　昨天晚上克吕格尔家里……

沃尔夫太太　您还是别说了！我不想听到这个名字，我非常恨他，他让我很伤心。以前我们两家的关系还很不错，可是他竟然当着那么多人的面诬蔑我。（对尤利乌斯）你到底走不走？

尤利乌斯　别着急行吗？我马上就走。祝您每天早上都很愉快，弗莱舍尔先生。

弗莱舍尔　早上好，沃尔夫先生。（尤利乌斯离开）

沃尔夫太太　您刚才说——

弗莱舍尔　他的木柴被偷以后，他应该和您有过一次口角吧？他现在后悔极了。

沃尔夫太太　什么？他还会后悔？

弗莱舍尔　您听我说，沃尔夫大娘。那件事情之后，他后悔极了。他也对您更加重视了，希望你们两家的关系能够和好如初。

沃尔夫太太　我们原本可以静下心好好谈一谈，可是他非得要把事情闹大，都到了警察局。现在想和好？不可能！

弗莱舍尔　他们确实太倒霉了，八天前木柴被偷了，今天皮大衣又被偷走了……

沃尔夫太太　赶紧把这件大事告诉我。

弗莱舍尔　他们又把他的门撬了，然后进了他家。

沃尔夫太太　被偷了吗？您可别危言耸听。

弗莱舍尔　一件崭新的皮大衣被偷走了。

沃尔夫太太　天啊！这里真的来了一群贼！我得赶紧离开这里了。我估计终有一天，他的命都会保不住的。这些家伙！真是难以置信！

弗莱舍尔　您可以想象一下他们家都成什么样子了。

沃尔夫太太　真是苦了他们了。

弗莱舍尔　这次是一件非常贵重的皮大衣被偷走了，应该是貂皮的。

沃尔夫太太　是不是和海狸皮很像，弗莱舍尔先生？

弗莱舍尔　没错！他们果真当成了海狸皮大衣，他们老两口还非常高兴呢，但是我私底下还觉得好笑呢。毕竟这些事说白了，总是有很多笑点。

沃尔夫太太　那是您没有一点儿悲天悯人的情怀。对于这样的事，我根本笑不出来。

弗莱舍尔　您的意思是我不同情别人吗？

沃尔夫太太　那到底是些什么人？真是搞不明白。他们总是自私自利，去干伤害别人的勾当。这样肯定不行啊，就算是干活儿累死也不能去做那样的事情啊。

弗莱舍尔 您能帮忙打听打听吗？我认为这件皮大衣还在这个地方。

沃尔夫太太 那您就没有发现有嫌疑的人？

弗莱舍尔 有一个在克吕格尔家的洗衣妇……

沃尔夫太太 您是说米勒太太吗？

弗莱舍尔 她家里有很多口人吗？

沃尔夫太太 没错。她家里人口是挺多的，但是不会是她偷的。也许小偷小摸还有可能。

弗莱舍尔 克吕格尔已经把她轰走了。

沃尔夫太太 怎么会这样？必须要把这件事的真相调查清楚。我如果是警察局长，我早就把盗贼抓到了。他就是太愚蠢……简直愚蠢到家了。他从眼睛里看到的都比不上我从我的鸡眼里看到的多。我说的是实话，您要相信我。

弗莱舍尔 我看也差不多。

沃尔夫太太 这么和您说吧，如果需要的话，我可以偷走他屁股下的椅子。

弗莱舍尔 （转过身，笑着朝屋子里喊）菲利普，出来吧，咱们该走了。沃尔夫大娘，再见！

沃尔夫太太 阿德尔海德，穿上衣服。你替弗莱舍尔先生到河上划会儿船，去玩一会儿吧。

阿德尔海德 （一只手把脖子底下最后一个扣子系上，另一只手领着菲利普出来）我已经穿好了。（对菲利普）过来，我抱着你。

弗莱舍尔 （给他穿上外衣，非常担心他）一定要穿严实一点儿，河上有风，千万别又生病了。

阿德尔海德　我先去准备船。

沃尔夫太太　您现在的身体还好吗？

弗莱舍尔　自从到这乡下来了以后，我就感觉身体好了很多。

阿德尔海德　（从门口向屋里喊）妈妈，克吕格尔先生来了！

沃尔夫太太　你说谁？

阿德尔海德　克吕格尔先生来了。

沃尔夫太太　怎么可能！

弗莱舍尔　他说过早上会来找您的！（离开）

沃尔夫太太　（看了一眼那堆木柴，立刻把它收拾走）丫头，来帮忙弄走这些木柴。

阿德尔海德　为什么要弄走，妈妈？我知道了，因为克吕格尔先生来了。

沃尔夫太太　还能有其他什么原因？当然是因为咱们家太乱了，礼拜天早上可不能乱成这个样子。克吕格尔先生来了之后会怎么说我们？（克吕格尔走进来，脸上挂满笑容，沃尔夫太太朝着他喊）克吕格尔先生，您别乱看，我们家太乱了，还在收拾呢。

克吕格尔　（立刻就说）早安！早安！这能有什么关系啊？毕竟您一个星期中，除了礼拜天以外，都要出去工作，没收拾好很正常。您是一个非常有条理的人，我非常尊敬您，沃尔夫太太。我想，咱们之间发生的一些事情，我们就不要再提了吧！

沃尔夫太太　（很激动，一直在用围裙角擦眼睛）我对您一直都没有意见。我非常愿意在您家里干活儿。可就是那天，您突然发起火来，所以我也就变得激动，跟您发了火。我真后悔当时那么做！

克吕格尔　那您就继续去我们家干活儿吧！您的女儿莱昂蒂纳

去哪里了？

沃尔夫太太　她去给邮政局长送甘蓝了。

克吕格尔　您让她也回我们家吧，我们多加十个塔勒，给她三十个塔勒好吗？只是除了这一次，其他任何时候她都做得很好。就让我们忘了这一切吧！（他向沃尔夫太太伸手，两人握手）

沃尔夫太太　这些本来都是可以不发生的，都怪那个丫头太蠢。我们长辈的关系向来都挺好。

克吕格尔　事情就到此为止吧。（终于放松了下来）最起码我可以把这件事放下来了。现在，您可以随便说。聊聊我遇到的事，您有什么想说的吗？

沃尔夫太太　唉，其实您是知道的……我也没什么要说的。

克吕格尔　自从这个封·韦尔哈恩到这里来之后，咱们正直的市民饱受他的摧残，他总是喜欢找别人的麻烦，好管闲事，什么事他都要上去看一看。

沃尔夫太太　本该他来管的事他倒不管了。

克吕格尔　我要去他那里报案。我是绝对不会放弃的，我一定要把这件事查清楚。

沃尔夫太太　克吕格尔先生，这件事您一定要管。

克吕格尔　我会不惜一切代价去干的。我一定要找到我的皮大衣，沃尔夫太太。

沃尔夫太太　必须要把这个地方好好地查一查，这样才能踏实地过日子，否则哪天我们头上的屋顶都会被偷走了呢。

克吕格尔　您想一想，就在短短两个星期的时间里，我竟然被偷了两次！真是太不可思议了。足足两立方米的木柴，就和您这里的一样。（他拿起一块木柴放在手里）我的木柴就是这么好，这么重。

沃尔夫太太　对啊！真是要把人气死。咱们这里竟然还有这样一群贼……真是见鬼，以前根本没有过。真希望我能安安稳稳过我的日子。

克吕格尔　（很生气，拿着木棒在手里挥动）我就是花费一千塔勒，也要揪出这群盗贼，我一定要让他们去蹲监狱。

沃尔夫太太　上帝真是明智，您的贡献太大了。

第四幕

在警察局办公室里。格拉泽纳普在他的位置上坐着，局长还没来，沃尔夫太太和阿德尔海德正在等。阿德尔海德抱着一个小包裹，还用亚麻布包了起来。

沃尔夫太太　今天他又晚了这么长时间！

格拉泽纳普　（在抄写）要耐心一点儿，少安毋躁。

沃尔夫太太　如果今天他还是那么晚才来的话，我们的事他又没空处理了。

格拉泽纳普　上帝啊！就你们那点儿鸡毛蒜皮的小事，根本都不算事！我们还有其他重要的事要去处理呢。

沃尔夫太太　你们确实应该去做一点儿好事了！

格拉泽纳普　您这是说什么话？在这里不许说这种话！

沃尔夫太太　您可以再耀武扬威一点儿。这个孩子是克吕格尔先生派来的。

格拉泽纳普　又是关于皮大衣的事吗？

沃尔夫太太　没错！

格拉泽纳普　那个老东西！看来他又要来这里闹一次了。他这个罗圈儿腿！这个老不死的真爱告状！

沃尔夫太太　你们就只会抱怨。你们还不如想想办法破了这个案子。

米特尔道夫　（在门口出现）格拉泽纳普，局长先生让您过去一趟，他有事想要问您。

格拉泽纳普　又来打断我的工作。（把钢笔扔下，走出去）

沃尔夫太太　早上好，米特尔道夫。

米特尔道夫　早上好！

沃尔夫太太　局长为什么在那里待了那么长时间？

米特尔道夫　他正在长篇大论地写公文呢，沃尔夫大娘。和您说一下，局长在做很重要的事情。（用很相信她的口吻）告诉您，事情已经有一点儿希望了。不过我还不知道是什么事情。但是无论如何，我还是有一点儿把握……只要您能稍加留神，您就会知道了。沃尔夫大娘，是时候要震一震了，真到了那个时候，就必须这么做了。我刚才也说过了，我不知道是什么事。但是一定是一件新奇的事，但我也不知道具体是什么事。一定会发生什么事的。一个地方不能再这样下去了，要整体清扫一下。现在已经不那么干净了。和现在的局长相比，以前的那位就是一个无所作为的人。我还可以告诉您很多事情，但是现在男爵不能没有我，我得走了。（离去，到了门口的时候又转过身）沃尔夫大娘，要震一震，相信我说的话。（离开）

沃尔夫太太　如果在这件事上没有什么发现呢？（停顿了一会儿）

阿德尔海德　到时候我应该怎么说？我已经什么都不记得了。

沃尔夫太太　那你刚才和克吕格尔是怎么说的？

阿德尔海德　对了，这个包裹是我自己捡到的。

沃尔夫太太　你不用说别的，你只要大胆一点儿就行，你就说这是你捡来的，千万别松口。平时你不是挺能说的嘛。

武尔科夫　（走进屋）早上好！

沃尔夫太太　（她看到武尔科夫，突然一惊，就像不会说话了似的，一会儿之后又说）武尔科夫，难道您神志不清了吗？您为什么要到这里来？

武尔科夫　我的老婆生了个孩子。

沃尔夫太太　男孩还是女孩？

武尔科夫　是个女孩，我必须要来局里登记一下。

沃尔夫太太　我一直以为您早就去运河了呢。

武尔科夫　我原本也是这样计划的，沃尔夫太太。如果真能那样的话就好了。当时我的确是准备开船了，可是船停在了水闸那里，死活就是动不了。我只能等着施普雷河解冻了。船已经停在那里四十八个小时了，另外我老婆这件事，那时候真的是叫天天不应，叫地地不灵。没办法，我只能返航。

沃尔夫太太　您还把船停在桥边吗？

武尔科夫　当然了！我一直停在老地方。

沃尔夫太太　别在这里跟我说没用的。

武尔科夫　希望他们不会怀疑这件事。

沃尔夫太太　（对阿德尔海德）你去铺子里买十芬尼线团。

阿德尔海德　回家的时候再去买吧。

沃尔夫太太　别废话！赶紧去买！

阿德尔海德　我已经长大了！（离开）

沃尔夫太太　（很生气）您真的把船停在了水闸边上吗？

武尔科夫　我不是和您说过了吗？已经停了整整两天了。

沃尔夫太太　您真是太大胆了，您是不是神志不清了啊？大白天穿皮大衣。

武尔科夫　您是说我吗？我穿了吗？

沃尔夫太太　对！您穿了，而且还是在大白天！您就非得让这里的人全部知道您有一件特别好的皮大衣吗？

武尔科夫　那可是在荒野地里啊！

沃尔夫太太　从我们家走一刻钟就能到那里了。当时我女儿正在给弗莱舍尔博士划船，她看到您坐在那里，弗莱舍尔当时就感觉有点儿不对劲了。

武尔科夫　这不能怪我啊！我完全不知情啊。（这时有人正走过来）

沃尔夫太太　嘘！都这个时候了，您可一定要多加小心。

格拉泽纳普　（步履匆匆地走进来，模仿局长走路时的样子，然后用当官才有的腔调说）武尔科夫，您有什么事吗？

韦尔哈恩　（在门外）姑娘，你有什么事吗？你是来找我的吗？进去吧！（韦尔哈恩跟在阿德尔海德后面）我今天的时间可不是很多。你是小沃尔夫吗？坐下吧！你手里拿的是什么？

阿德尔海德　这个包裹……

韦尔哈恩　稍等一下……（对武尔科夫）您有什么事吗？

武尔科夫　我来报告一下，我妻子生了个孩子。

韦尔哈恩　原来是出生登记啊。格拉泽纳普，登记册！看来我得先把这件事处理完了。（对沃尔夫太太）您的女儿有什么事吗？难道克吕格尔又欺负她了吗？

沃尔夫太太　当然不是，他应该还不会这么干。

韦尔哈恩　那到底是什么事？

沃尔夫太太　是关于这个包裹……

韦尔哈恩　（对格拉泽纳普）莫特斯一直没有来过吗？

格拉泽纳普　对！一直没来过。

韦尔哈恩　真是搞不懂！姑娘，你有什么事吗？

格拉泽纳普　是有关那件被偷走的皮大衣的。

韦尔哈恩　原来是这样啊！今天我不处理这件事情。谁也没有办法可以一下子处理这么多事情。（对沃尔夫太太）让她明天再来和我说吧。

沃尔夫太太　她已经不止一次来找您了。

韦尔哈恩　那就明天再来一次吧！

沃尔夫太太　克吕格尔先生让她必须尽快报告。

韦尔哈恩　这和克吕格尔有什么关系？

沃尔夫太太　她曾经拿着这个包裹去过他家。

韦尔哈恩　什么破东西？拿过来给我看看。

沃尔夫太太　是和皮大衣有关。克吕格尔先生的看法也是一样的。

韦尔哈恩　这个破包裹里装的是什么？

沃尔夫太太　这是克吕格尔先生的一件绿背心。

韦尔哈恩　这是你找到的？

阿德尔海德　局长先生，是我找到的！

韦尔哈恩　你是在哪里发现的？

阿德尔海德　是我和妈妈一起去火车站的路上捡的。当时我们正走着……

韦尔哈恩　好了！（对沃尔夫太太）您先保管一下这个包裹，明天再来解决这件事吧。

沃尔夫太太　如果是我的话，我会去照办的……

韦尔哈恩　那是谁不会照办？

沃尔夫太太　克吕格尔先生可一直催促着我们呢。

韦尔哈恩　克吕格尔先生！克吕格尔先生！我根本不把他当回事！他总是来给我添堵。这种急事哪有这么快办好的。他自己把悬赏已经贴出去了，局里也已经给他登了公报。

格拉泽纳普　他总是嫌弃我们帮他办事时不够勤恳。

韦尔哈恩　这是些什么话？我们不够勤恳？他的报告我们不是采纳了吗？他说他觉得洗衣妇有嫌疑，我们就派人去搜查了，真是不识好歹。他就应该老实点儿。我已经说过了，这件事明天再处理。

沃尔夫太太　我们不在乎，大不了明天再来一趟。

韦尔哈恩　那就这样！明天早上见！

沃尔夫太太　再见！

阿德尔海德　（屈膝行礼）再见！

〔阿德尔海德和沃尔夫太太离开。〕

韦尔哈恩　（翻阅文件，对格拉泽纳普）现在是什么结果？莫特斯先生也一直在找证人。他说当弗莱舍尔在讲不法的言辞时，那个糕点铺的老太婆德赖埃尔太太刚好在旁边站着。德赖埃尔太太今年有多大年纪了？

格拉泽纳普　快七十岁了，局长先生！

韦尔哈恩　行动有点儿不太方便了吧？

格拉泽纳普　别人也是这么说的，但是她神志还很清醒。

韦尔哈恩　跟你这么说吧，格拉泽纳普，如果能彻查一下这件事，我就很开心了。我要让他们知道，他们是在和谁对着干！皇帝寿辰那天只有弗莱舍尔没有出席，这个人一定是个大恶人。都是些戴着魔鬼面具的人。在我们看来，他们好像软弱无力，但是只要一有机会，他们就会兴风作浪，直到这一方土地都被搅得不安宁，所以根本不能让他们在这里生活下去！

莫特斯 （来到这里）忠诚的仆人参见局长！

韦尔哈恩 事情有什么进展吗？

莫特斯 十一点左右，德赖埃尔太太将会到这里来。

韦尔哈恩 这件事情一定会引起轩然大波的，他们一定会大吵大闹，韦尔哈恩怎么什么事都要插手！感谢上帝，我现在已经有十足的把握了。我到这个地方当局长，并不是为了自己能够过舒适的生活，不是来这里游戏人间的。也许有人会认为局长就是个级别高一点儿的法警而已。如果真是那样，他们完全可以再派其他人来这里任职。但是，授予我这个职位的人都十分清楚我的为人。他们知道我是个非常认真的人，秉承着非常严谨的观点。在我看来，我承担着非常光荣的任务。我已经把给检察厅的报告写好了，只要我今天中午交上去，逮捕令就会在后天下达。

莫特斯 如此一来，我就要受到他们的攻击了。

韦尔哈恩 您是知道的，我的叔父是内廷侍从官。我一定会在他面前提到您的。上帝啊！真是该死！弗莱舍尔怎么来了？他来有什么事？是不是他已经起疑心了？（响起了敲门声，大嚷）进来！

弗莱舍尔 （走进来，面无血色，非常激动）早安！（没有人回应）我是来报案的，是有关近来发生的盗窃案。

韦尔哈恩 （用警察审犯人的眼神）您就是约瑟夫·弗莱舍尔博士吗？

弗莱舍尔 没错！我就是约瑟夫·弗莱舍尔。

韦尔哈恩 您是要向我报案吗？

弗莱舍尔　如果可以的话，我想是的。我发现了一些疑点，也许能找出偷皮大衣的贼。

韦尔哈恩　（敲桌子，装出一副很惊讶的样子看了看四周，把他们都逗笑了，然后又装出一副很无辜的样子）您发现了什么重要的线索？

弗莱舍尔　看样子，您从一开始就对我的报告不够关注，那我宁愿……

韦尔哈恩　（很快地插上一句话，很傲慢）您宁愿怎么样？

弗莱舍尔　我宁愿不说话，一直沉默下去。

韦尔哈恩　（装出很不理解的样子回头看了看莫特斯，然后又变了脸，随意说道）我还有别的事要去处理，麻烦您简要说一说吧。

弗莱舍尔　我也还有别的事要去处理。只是我觉得我有责任……

韦尔哈恩　（打断他）您觉得您有责任。非常好！请您把知道的说出来吧！

弗莱舍尔　（控制自己的情绪）昨天我去划船，沃尔夫太太的女儿坐在他们家的船的前面划。

韦尔哈恩　这两件事有关系吗？

弗莱舍尔　当然——我认为有关系。

韦尔哈恩　（很没耐性地敲桌子）好吧，好吧！您继续说下去吧！

弗莱舍尔　当我划到施普雷河水闸的地方，我们看到那里全是冰块，有一条船被困在了那里。

韦尔哈恩　原来是这样啊！可是我们对这些丝毫没有兴趣。那条船和这件事有关系吗？

弗莱舍尔　（努力在克制自己）我必须要说，这种态度……我是自愿来这里的，是自愿服务于当局的……

格拉泽纳普　（很放肆）局长先生没有时间！请您几句话就概

括完!

韦尔哈恩 (很严厉) 我想要知道的是事件真相,您到底想说什么?

弗莱舍尔 (控制自己的情绪) 我很想把这个案子调查个水落石出。为了克吕格尔老先生的利益,我……

韦尔哈恩 (哈欠连天,极其不耐烦,根本听不进去) 光线太亮了,请把百叶窗关上。

弗莱舍尔 一个船夫坐在那条船上,很明显是船的主人。

韦尔哈恩 (姿势还没变,哈欠连天) 没错!很显然是!

弗莱舍尔 那个人穿着一件皮大衣坐在船上,我觉得从远处看就像海狸皮。

韦尔哈恩 (还保持着刚才的姿势) 如果是我的话,我可能还会把它当成鼬鼠皮呢。

弗莱舍尔 我尽可能地离那条船近一点儿,而且看得一清二楚。那是一个穿得很破旧的船夫,而那一件皮大衣明显和他的身材不符。那是一件崭新的……

韦尔哈恩 (精神来了) 我在听,我在听——您继续说下去。还有什么?

弗莱舍尔 没有什么了。

韦尔哈恩 (变得很精神) 您是来向我报告的,请您把重点讲出来。

弗莱舍尔 我已经说完了。

韦尔哈恩 您刚才给我们讲了一个故事,一个穿着皮大衣的船夫。可是也有很多船夫都穿皮大衣。这并不是很新鲜的事情。

弗莱舍尔 随便您怎么想。如果是这样的话,我无话可说了。(转身离开)

韦尔哈恩　你们碰见过这样的事情吗？这个人简直就是个笨蛋。一个船夫穿一件皮大衣怎么了？他是不是疯了？我也有一件海狸皮大衣，难道我就是贼吗？真是胡说八道、荒唐至极。为什么又是这件事，今天又成了烦躁的一天。（对站在门口的米特尔道夫）从现在开始，你守好门，任何人都不准进来。莫特斯先生，麻烦您去我的住处吧！那里不会受到别人的干扰，我们就可以认认真真地处理我们的事情了。克吕格尔总是来这里找麻烦，来的次数连我都记不清了。他就像是得了跳舞病一样。如果这头倔驴再来找我，我就让他立刻滚出去。

〔弗莱舍尔和沃尔夫太太陪着克吕格尔来到了房门口。〕

米特尔道夫　（对克吕格尔）克吕格尔先生，局长先生现在不见客。

克吕格尔　什么？竟然不见客？我才不管呢！（对其他两人）走！走！我倒要看个究竟。

〔克吕格尔在前面走着，三个人一起进去。〕

韦尔哈恩　请大家都安静一下。想必大家都看到了，我还有事情需要处理。

克吕格尔　您可以安安静静地处理，我们可以等一下。等您把您手头上的事情处理完以后，您再来处理我们的事。

韦尔哈恩　（对莫特斯）请您到我的住宅里去吧。如果见到了德赖埃尔太太，就劳烦您转告她，让她也到我的住处来一趟。正如您所见，这里根本不可能用来谈事情。

克吕格尔　（指着弗莱舍尔）这位先生对德赖埃尔太太的事情也略知一二，他也许还可以给您看一看书面材料呢。

莫特斯　忠诚的仆人就此告退。（离开）

克吕格尔　这个人早就该走了！

韦尔哈恩　希望您不要说这样的话。

克吕格尔　我还要再说一遍：这个人就只会骗人。

韦尔哈恩　（装作没听见，转过头，面对武尔科夫）您有什么事？我先处理您的事。格拉泽纳普，户口本！——您先等一下。我要先处理这件麻烦事。（对克吕格尔）我先来解决您的事。

克吕格尔　好的！我也非常希望您能尽快解决我的事情。

韦尔哈恩　不需要非常希望。您有什么要求吗？

克吕格尔　我没有任何要求。我只是想把我的正当权利要回来。

韦尔哈恩　什么正当权利？

克吕格尔　局长先生，当然是我的正当权利。因为我是一个失窃者，地方当局理应帮助我，帮我找回我丢失的财产。

韦尔哈恩　难道您的要求曾经遭到过拒绝吗？

克吕格尔　没有！没有人拒绝，当然也不可能会去拒绝。可是，虽然是这么说，但是我也没有看到什么实际行动！难道事情就一直这样停滞不前吗？

韦尔哈恩　您认为这件事处理起来很容易？

克吕格尔　局长先生，我没有认为过任何东西，否则我就不会来这里了。不光如此，我还认定您一定不会去处理我的事情，我是有证据的！

韦尔哈恩　我真的希望您闭嘴！因为我没有必要一定要听您讲这些话。但是，您继续讲吧。

克吕格尔　您想让我闭嘴？这是不可能的。我是普鲁士公民，我享有这项权利。就算您让我在这里闭嘴，我照样可以去别的地方讲。这分明就是您不想处理我的事。

韦尔哈恩　（心态很平和）请您讲一讲您有什么证据吧！

克吕格尔 （指着沃尔夫太太和她的女儿）这位太太曾经来找过您。她的女儿曾经捡到过一样东西。尽管她没什么钱，但是她一点儿都不怕这里。况且上次，您已经拒绝过她了，可她又来了……

沃尔夫太太 局长先生确实没有时间……

韦尔哈恩 继续讲吧！

克吕格尔 我这才刚刚开始呢！您对这位太太说过，您只是没有时间去处理这件事，而您根本就没有听她的女儿说话。您对事情一无所知，不仅如此，对于整个案件，您更是什么都说不上来。

韦尔哈恩 我希望您能注意一下，不要得寸进尺！

克吕格尔 我一点儿都没有得寸进尺，相反，我已经在极力压制自己了。局长先生，我认为我太克制我自己了。如果我没有这么友善的好脾气，我一定会破口大骂。这算调查吗？这位弗莱舍尔先生也曾经来找过您，和您聊过他亲眼所见的情况。有一个穿着皮大衣的船夫……

韦尔哈恩 （把手抬起来）您先等一下！（对武尔科夫）您是一个船夫吗？

武尔科夫 没错。我已经在这行干了三十年了。

韦尔哈恩 看您在发抖，您是不是特别害怕啊？

武尔科夫 我的确受惊了。

韦尔哈恩 在施普雷河上，很多船夫都会穿皮衣吗？

武尔科夫 很多人都有皮衣，向来都是这样。

韦尔哈恩 那位先生说，他亲眼看到一艘船上站着一个身穿皮大衣的船夫。

武尔科夫 局长先生，这一点儿都不奇怪。很多船夫都有不错的皮大衣，就连我也有一件。

韦尔哈恩　您听到了吗？他也有自己的皮大衣。

弗莱舍尔　可是不是海狸皮大衣。

韦尔哈恩　也许您当时看走眼了。

克吕格尔　您说什么？这个人竟然也有一件海狸皮大衣？

武尔科夫　这里的很多人都有不错的海狸皮大衣，为什么我就不能有？我又不是没钱。

韦尔哈恩　（自诩自己取得了胜利，内心乐开了花，表面上却依然装出一副什么事都没有发生的样子）原来是这样。（很随便地）克吕格尔先生，您继续讲吧。我只是想让您知道，这种所谓的"亲眼所见"到底有什么意义，这简直就是画蛇添足。您刚才也听到了，他也有自己的皮大衣。（然后又变得很激动）就算我们在梦里也不会突然认定他是贼，那太不可理喻了。

克吕格尔　您说什么？我完全没有听懂您说的话。

韦尔哈恩　那看来我还应该再提高一点儿音量。克吕格尔先生，我想利用现在跟您说话的机会，以一个普通人的身份来劝告您：做人不要太容易就去相信别人，要做一个受人尊敬的人，这样的人不会因为别人所谓的证据……

克吕格尔　您是在说和我打交道的人吗？

韦尔哈恩　没错！我指的就是您的朋友。

克吕格尔　您还是小心提防您自己吧！莫特斯可是被我驱逐出去的，您却在和他打交道。

弗莱舍尔　现在正在您的住宅里等待您的人，我曾经驱逐过他。

克吕格尔　他就是个骗子，竟然不交房租。

沃尔夫太太　在这个地方，根本没有人没被他骗过，像别人的伯姆、马克、塔勒和金币等。

克吕格尔　他肯定是有他的办法。

弗莱舍尔　（从口袋里拿了一张纸出来）可以把这个人送到检察厅去了。（把纸放在桌子上）劳烦您看一看。

克吕格尔　德赖埃尔太太可是亲自在这张纸上画过押的。那个人本来还想骗她发假誓言呢。

弗莱舍尔　想要让她来举报我。

克吕格尔　（握住了弗莱舍尔的手）他为人正派，可是偏偏有流氓要加害于他。您却和那个无赖有来往。

韦尔哈恩　（对克吕格尔、弗莱舍尔还有格拉泽纳普）我已经忍无可忍了。我不管您和他有什么关系，这些与我无关。（对弗莱舍尔）麻烦您把这张废纸拿走！

克吕格尔　（对沃尔夫太太和格拉泽纳普来回说）他是局长先生的朋友。这个人是他非常可靠的保护人，甚至可以说是一个拿着手枪的保护人。

弗莱舍尔　（对米特尔道夫）任何人的人情，我都不想欠。我要干什么，这是我自己的事情。我和谁交往，也是我自己的事情。我脑子里想的和写出来的，也和他人无关。

格拉泽纳普　都别吵了。我连自己说什么，都一片模糊了。局长先生，需要我去找一个宪兵来吗？我立刻就去，米特尔道夫！……

韦尔哈恩　都安静下来！（鸦雀无声。对弗莱舍尔）麻烦您拿走这张废纸！

弗莱舍尔　（拿走这张纸）我要去交给检察厅。

韦尔哈恩　无所谓！（他起立，从柜子里拿出了沃尔夫太太给他的包裹）现在来处理这件事吧。（对沃尔夫太太）您是在哪儿捡到这个东西的？

沃尔夫太太　局长先生，我没有捡到过这个东西。

韦尔哈恩　那是谁捡到的?

沃尔夫太太　是我的小女儿。

韦尔哈恩　您为什么不把她一起带来呢?

沃尔夫太太　局长先生，她刚才还在这里呢。我马上就去叫她过来。

韦尔哈恩　那样又会浪费时间，那个小姑娘有没有告诉过您什么?

克吕格尔　她说过这个东西是她在去车站的路上捡到的。

韦尔哈恩　也许盗贼已经逃到了柏林，那样就更麻烦了。

克吕格尔　我不相信。我认为弗莱舍尔先生的看法非常正确。这个包裹就是使的调虎离山之计。

沃尔夫太太　对!这很有可能!

韦尔哈恩　沃尔夫太太，您从来没有这么愚蠢过。以前都是在这里偷了东西以后，再拿到柏林去卖。现在皮大衣已经在柏林卖掉了，可我们这里还对它已经被偷这事毫不知情呢。

沃尔夫太太　局长先生，我的脑子哪有这么灵光。我不完全同意您的看法。如果这个贼真的去了柏林，那他为什么还要把这个包裹扔下呢?

韦尔哈恩　也许是不小心丢下的。

沃尔夫太太　您来看一看这个包，之后您就会明白了。这个包里有背心、钥匙、这张纸……

克吕格尔　我肯定这个贼一定没离开这个地方。

沃尔夫太太　(对克吕格尔的看法表示同意)没错,克吕格尔先生。

克吕格尔　(矢志不移地)我确定。

韦尔哈恩 真的很对不起，我的看法和你们不一样。我有很多经验……

克吕格尔 很多经验？哼！

韦尔哈恩 当然了！就是依靠这么多的经验，所以我猜你们的这种考虑是多余的。

沃尔夫太太 局长先生，您一定要确保您的话是正确的。

克吕格尔 （想到了弗莱舍尔的所见所闻）他曾经看到一个船夫……

韦尔哈恩 别再说这件事了，否则我又要天天派人到别人的家去搜查，每天都是派二十个宪兵和警察去搜查每一户人家。

沃尔夫太太 局长先生，我家宁愿打头阵！

韦尔哈恩 这可真是个笑话。这个办法根本不行，是不会有任何结果的。我希望你们让我自己决定如何去处理这件事情。我已经知道谁最可疑了，只是需要再观察一下。我早就盯着这里不太清楚的几个人了，他们白天扛着很重的东西去柏林，晚上却空着手回来。

克吕格尔 卖菜的妇女就是这个样子的。

韦尔哈恩 克吕格尔先生，不只是卖菜的妇女，也许您的皮大衣就是这样到了柏林。

沃尔夫太太 的确有这样的可能。世界上什么事都有可能发生。

韦尔哈恩 （对武尔科夫）就这样吧！您要报户口吗？

武尔科夫 局长先生，我家生了个小姑娘。

韦尔哈恩 我会努力去处理的。

克吕格尔 局长先生，如果我的皮大衣找不回来的话，我会一直查下去的。

韦尔哈恩 只要我能办的，我就一定去办。沃尔夫太太，麻烦您也到处打听打听。

沃尔夫太太 我可不擅长去做这种事。如果破不了案的话。天啊！那我们可就没有太平日子过了。

克吕格尔 沃尔夫太太，我非常同意您说的话。（对韦尔哈恩）您认真看一看这个包裹，这上面还写有字，也许能找到一点儿线索。局长先生，后天早上我还会再来的，到那时候，我希望您能给我一个结果。再见！（离开）

弗莱舍尔 再见！（离开）

韦尔哈恩 （对武尔科夫）您今年多大了？（对克吕格尔和弗莱舍尔）再见！——真是搞不懂这两个家伙！（对武尔科夫）您叫什么名字？

武尔科夫 我叫奥古斯特·菲利普·武尔科夫。

韦尔哈恩 （对米特尔道夫）麻烦你去一趟我的住处，你向作家莫特斯转告一下，说我真的很抱歉，今天早上在忙别的事。

米特尔道夫 让他别等您了吗？

韦尔哈恩 （很粗鲁）不用再等了！不用再等了！（米特尔道夫离开）

韦尔哈恩 （对沃尔夫太太）您和作家莫特斯相识吗？

沃尔夫太太 您知道，我最好不说话！我可讲不出来什么好话。

韦尔哈恩 （带着讽刺的语气）那你对弗莱舍尔的好话就很多了。

沃尔夫太太 他又不是个坏人。

韦尔哈恩 您应该是在时刻提防着，不在背后议论别人吧？

沃尔夫太太 才不是！您也知道我的嘴根本停不下来。我就是个直性子，想到啥就说啥。如果我的嘴不快的话，我早就不是现在这个样子了。

韦尔哈恩 您那么直来直去，在我这里从来没有吃过亏。

沃尔夫太太　在您这里当然没有了。您允许别人说真话，所以在您的面前大可不必闪烁其词。

韦尔哈恩　那您就直说吧！反正弗莱舍尔是一个挺实在的人。

沃尔夫太太　没错！他挺实在的。

韦尔哈恩　您要记住您今天所说的话。

沃尔夫太太　您也要记住我说的话！

韦尔哈恩　那就等着看好戏吧！（他站起来，伸了个懒腰，走动了几步。对武尔科夫）她是我们这里很能干的洗衣妇，她总是以为其他人都像她一样。（对沃尔夫太太）可是太遗憾了！世界上的人并不都是这样。您只会以貌取人，而我们当官的目光要深远一些。（走了几步之后就停在了她面前，把手放在了她的肩膀上）沃尔夫太太确实是个实在人。同时我也可以告诉您：我们刚刚所说的这个人，也就是您的弗莱舍尔博士，是一个非常危险的人物。

沃尔夫太太　（慌慌张张地摇了摇头）这我怎么可能知道……

〔幕落。〕

道口看守员蒂尔

一

　　只要没有值班，每个礼拜天，道口看守员蒂尔都会前往新齐陶教堂做礼拜。在长达十年的时间里，他只有两次因病卧床不起而缺席。一次，从一辆过路的机车上掉下来的煤块让蒂尔摔倒在路边的深沟里，跌断了一条腿；另一次，他被一个从飞驰而过的列车上丢出的酒瓶砸中了胸口。除了这两次意外让他只能躺在床上，他总是放下所有事，风雨无阻地赶赴教堂。

　　开始的五年，他总独自行走在舍恩—绍恩泰恩，那个位于施普雷河畔的村子，到新齐陶的路上。直到后来一个阳光明媚的日子，有了一个身体消瘦、看似弱不禁风的女人和他同行。人们总是说，她和强壮得如同大力士一般的蒂尔走在一起，显得是那么不协调。在另一个春意盎然的礼拜天下午，蒂尔在教堂的祭坛上庄重地牵起了那个女人的手，他们缔结了百年之约。在那以后的两年里，蒂尔总是和这位年轻柔弱的女人一起，每个礼拜天在教堂肩并肩地坐着。她总是将目光专注于那古老的赞美诗集，有时不经意间将她那双颊凹陷的美丽脸庞，轻轻地贴在蒂尔那饱经风霜的褐色脸庞之上——

然而忽然有一天，蒂尔又像回到了最初的日子，一个人孤独地坐在教堂的凳子上。

因为在前不久的某一天，丧钟敲响了。

人们总是说，你很难从道口看守员的身上看到妻子亡故对他有任何影响。和以前一样，他那件礼拜天才会穿的制服，依然保持得十分干净，连纽扣都被擦得闪闪发亮，棕红色的头发也依然梳得整整齐齐，只是有一点，他时常低垂着他那毛茸茸的短粗脖子。所以人们断言，妻子的死去并没有让他太过悲伤。一年以后，蒂尔要和来自阿尔洛格伦德的一个肥胖结实的牧牛女结婚的消息，更是让大家肯定了这种看法。

甚至蒂尔去登记结婚，连教堂的牧师也对此感到颇有疑虑。

"您是说，您要再婚？"

"我不可能让一个死人帮我管家呀，牧师先生。"

"没错，只是——我就是觉得您有点儿操之过急了。"

"牧师先生，让我最为放心不下的就是我的孩子。"

蒂尔的原配妻子是因为难产而死的，略微幸运的是，那个叫托比亚斯的男孩倒是活下来了。

"是这样啊，您还有个儿子。"牧师说，他的手势的意思显而易见，他才意识到有这个小家伙的存在。"这样就明白了——那么，在您上班的时候谁帮您照顾他呢？"

蒂尔便跟牧师说，他曾经委托一个老太婆帮他照顾托比亚斯，可是那个老太婆有一次差点儿烧伤了托比亚斯，还有一次让托比亚斯从她怀里掉在地上，还好只是肿了一块，没什么大碍。所以蒂尔觉得，必须改变这种状况，特别是托比亚斯的身体很虚弱，需要很悉心的照料。而且，他也曾经对亡故的妻子发誓，无论什么情况下都会好好照顾孩子，所以，他才做出了这样的决定。

从那以后，每个星期天这对新婚夫妇都会一起去教堂，对此，人们表面上也没有什么好说的。看起来，这个昔日的牧牛女，倒是和道口看守员蒂尔更加般配。她比蒂尔几乎矮了半头，但是身体却比蒂尔更加粗壮。和蒂尔的脸一样，她的脸庞也十分粗糙。只是和蒂尔不一样的是，从她的脸上你看不到她的内心。

蒂尔希望自己的妻子吃苦耐劳、勤俭持家，这个女人倒是完全满足了他。可是，和这个女人在一起生活，却给他带来了三种烦恼：冷酷的权力欲望、凶狠好斗的癖好和暴躁易怒的性情。仅仅过了半年，周围所有的人都已经知道，蒂尔家里的事由谁做主。大家普遍都觉得很难过。

很多男人都对此十分不满，他们总是愤愤不平地说：她的丈夫是蒂尔，这样一个性格温和的男人，她真是走了狗屎运了。如果换了别人，有她好受的。在他们看来，驯服一头畜生，最好的办法就是暴打狠揍。这些话传到蒂尔的耳朵里，他也总是当作没听见。

蒂尔从来就不是一个打老婆的人，尽管他有着健硕的肌肉，力气很大。那些让别人看起来无法忍受的事情，他却总能平和地接受。他总是能够忍受妻子那喋喋不休的抱怨和唠叨，就算偶尔他有两句辩解，也保持着冷静的语调和缓慢的语速，这总是与妻子那尖锐大声的音量、恶毒刻薄的话语形成鲜明的对比。似乎世界上所有的东西都无法伤害他，他总是能够用内心的善良或者某种潜在的东西来将所有对他的伤害化为乌有。

蒂尔尽管脾气很好，性格淡然，但是也有不能够容忍调侃的话题。所有涉及托比亚斯的事情，就是这样。每当这个时候，他的性格就会完全从谦和善良变成坚韧刚强，甚至那个野性难驯的莱娜也不敢在这件事情上与他随意争执。

但是，随着时间的推移，蒂尔越来越少地流露出这种性格了，直到最后完全看不见了。第一年的时候，对于莱娜那种过分的权力欲，他还会有一些微弱的反抗；可是到第二年的时候，反抗就完全消失了。每次和莱娜发生了争执，如果不能让她满意，蒂尔就无法如同以前一样安心工作，他只能卑微地求得她的谅解，这种事情屡屡发生。他也不再如同昔日那样，总是喜欢待在他那个松林深处的孤零零的岗位上了。他对现任妻子的顾虑总是常常打断他对亡妻的深深思念。下班以后，他也不像昔日那样对他的岗位恋恋不舍，而是紧张地在下班前就算好时间，然后急匆匆地踏上归途。

蒂尔只能通过精神上的爱与前妻维持联系，然而现在，因为野蛮粗鄙的情欲，他被他的续弦妻子牢牢掌控，事事俯首听命、言听计从。蒂尔对于这种状况也感到十分不满，并深怀愧疚，他也需要一种特殊的方法来帮他缓解愁苦。于是，他的看守房和他所负责的路段就成了他对前妻的唯一寄托，他也将这看作是悼念前妻的圣地。所以，他总是找各种理由阻止他的妻子到那里去，并且迄今为止一直如此。

他希望未来也能保持这样。她找不到他的看守房，甚至不知道该去哪个方向，看守房的门牌号，她也完全搞不明白。

蒂尔对这种做法感到满意，他认为他将时间完美地分配给了续弦妻子和亡妻，他也感到心满意足。

蒂尔常常沉醉在对亡妻的思念之中，尤其是当他孤苦伶仃、独自祈祷的时候，他的真实处境也常常让他心里十分难过。

上班的时候，对亡妻的思念，总是让蒂尔想起他们一起生活时的种种甜蜜。夜幕降临，尤其是暴风雪来临，从松树林和铁路呼啸而过的时候，在马灯掩映下的寂静的深夜里，他的看守房就成了一个小小的礼拜堂。

他在面前的桌子上摆上一张褪色的亡妻遗照，打开《圣经》和赞美诗集，一会儿唱诵赞美诗，一会儿诵读《圣经》，就这样通宵达旦（只有在列车经过的时候才会有须臾停歇）。往往在这个时候，蒂尔就会不由自主地进入一种美妙的幻境，在他眼前会浮现出很多幻觉，那其中最让他渴望的就是亡妻的影子。

因为地方实在过于偏僻，所以，蒂尔坚守了十年的岗位十分适合他的这种神秘爱好。

孤独的看守房位于森林深处，无论哪个方向都要至少走三刻钟才能看到其他房屋。旁边紧挨着的就是铁路的道口，看守员的工作就是看守这个道口。

这里人迹罕至，除了看守员们，即使是夏天，往往也好几天看不到任何行人，冬天的时候更是几个星期都不会有人过来。在这片荒野之上，唯一的变化就是四季的更替和气候的改变。除了前面说过蒂尔遇到的两次意外，干扰蒂尔正常工作进程的事情屈指可数：四年前，皇帝陛下的御用列车曾经从这里前往布列斯劳；一个冬夜，一辆快车在这里撞死了一头雄壮的公鹿；还有一个十分炎热的夏日，蒂尔在检查维护路段的时候，无意中发现了一个密封得很好的酒瓶，他将酒瓶的盖子掀开了一点儿，里面的酒就如同喷泉一样喷出来了，说明已经发酵得很好了，他觉得这里面一定装着好酒。后来他将酒瓶放在树林中的湖水里，想让它冷却之后再慢慢享用，可是奇怪的是，后来却再也找不着了，这件事情让他一直遗憾到现在。

在他的小房子后面有一口矿泉，这也给看守员们提供了一点儿快乐。在周围干活儿的铁路工人和通信工人有时候会过来喝水，这个时候也能随意地聊聊天。森林管理员也会时常过来取水。

托比亚斯一出生身体就不好，发育得也很缓慢。直到两岁的时候，才勉强可以走路，才开始呀呀说话。他总是十分依恋自己的父亲。等到他稍微懂事，昔日的父爱又重新被唤回。但是父亲对他的爱越来越强，后母对托比亚斯的情感却越来越弱。婚后一年，莱娜也生了一个小男孩，从那以后，她从不掩饰对托比亚斯的厌恶之情。

至此，托比亚斯悲惨的生活就开始了。每当父亲不在家的时候，他常常受到骇人听闻的虐待，还要竭尽全力服侍那个总是哭闹的婴儿，尽管如此，依然没有任何回报。托比亚斯的脑袋很大，配上他那火红的头发和苍白的面孔，略微显得有些难看，再看看他那孱弱的身躯，简直太令人同情了。每当人们看着发育不良的托比亚斯抱着身体健康的弟弟在施普雷河畔蹒跚前行的时候，总会不约而同地传出种种咒骂，但是，从来没有人当面说出。因为事关蒂尔，可是好像他从来没有特别关注过这一情形，更不会从邻居们的善意提示中有所领会。

二

　　六月的一天，早上七点左右，蒂尔下班回到家。短暂的问候之后，莱娜便开始了习惯性的诉苦。之前租来的种植土豆的耕地，在几个礼拜前被解约了，到现在为止莱娜还没有找到更合适的。尽管这些事情是莱娜需要负责的，但是蒂尔也不得不听她唠叨：如果因为没有土地而只能购买土豆，那么十袋土豆的高价必须由蒂尔来负责。蒂尔随意地听着，并没有特别专注，走到托比亚斯的床边。如果他不上班，就会和托比亚斯一起睡在这张床上。他轻轻地坐在床上，看着熟睡中的孩子。他挥了挥手，将旁边一只可恶的苍蝇赶走了。过了一会儿，托比亚斯醒过来了，看见了父亲，他的眼中马上出现了欢快的光芒。他赶忙紧紧地抓住父亲的手，露出了欢快的微笑。蒂尔拿起衣服帮孩子穿上，他看到孩子的右脸颊略微有些浮肿，并且上面有几个红白相间的指印，他的脸色渐渐地沉了下来。

　　吃早饭的时候，莱娜更是喋喋不休地说起了家长里短。蒂尔不得已将她的话打断了，跟她说，养路工长答应将路堤旁，道口看守房后面的一块地赠予他，因为在养路工长看来那块地实在是太过偏僻了。

听到这个消息，莱娜自己都不敢相信是真的。直到后来，她才慢慢开始打消疑虑，她的情绪也逐渐好起来了。她仔细询问了那块地的大小、肥瘦还有周围的情况。在她听说那块地上还有两棵低矮的果树的时候，她几乎快要高兴得跳起来了。直到最后她认为已经了解了所有的情况——这时，每家每户都能听到的零售商铺的铃声响起来了——她才急匆匆地出去，想要跟邻居们炫耀这难得的好事。

莱娜独自去了那个堆满货物的零售商铺，蒂尔在家里专心陪着托比亚斯玩耍。他让儿子坐在自己的膝盖上，给了他几个从森林中带回来的松塔。

"儿子，将来想当什么？"父亲问。父亲的这个问题和孩子的答案一样，都是一成不变的："我要当养路工长。"这倒绝非是戏谑之言，因为这确实是蒂尔的梦想。在他的心里，他早已向上帝真诚祈祷，希望能够保佑托比亚斯成为一个杰出的人物。当他听到小家伙说"要当养路工长"时，他立刻就笑得合不拢嘴。当然事实上，孩子对于这个答案的真正含义并不理解。

蒂尔对孩子说："托比亚斯，去玩儿吧。"然后他从炉火中拿出一块烧着的木头点燃了自己的烟袋。孩子带着一丝胆怯，开心地跑出家门了。蒂尔躺在床上看着那低矮的房顶，上面早已有了很多裂纹，他似乎陷入了长久的沉思，慢慢地，就睡着了。一直到中午十二点左右，妻子开始准备午饭了，吵闹的声音让蒂尔从睡梦中醒来。他穿好衣服，一出家门，就在马路上把小托比亚斯抓住了。这个小家伙从一堵墙上抠下了一坨石灰，正要把它塞在嘴里。蒂尔抓住他的手，牵着他经过了大概八九栋小房子，来到施普雷河边。深黑色的河水看起来有些混浊，从那些只剩枝杈的白杨树间流过。蒂尔拉着儿子坐在了河边的一块花岗石上。

天气晴朗的时候，蒂尔常常到这里来。孩子们也很喜欢他，尊敬地将他称为"蒂尔伯伯"。这时候，他就会教孩子们玩那些在他记忆中青少年时代自己玩过的游戏。但是他心里最有趣的游戏，他只会教给托比亚斯。他为托比亚斯制作的箭总是能比其他孩子的箭飞得更高。他还摘下柳叶，做成小哨子送给托比亚斯，甚至在托比亚斯的央求下一边敲打着树干，一边用他略微嘶哑的声音为他唱降魔曲。

人们总是不理解，为何蒂尔对小孩子这么亲切，甚至还会抱怨他关注的事永远那么不起眼。事实上，他们本应对蒂尔有所感激，因为蒂尔做了很多本应是孩子父母们要做的事。比如，他会询问孩子们的学习，检查他们的作业，还会教他们学习《圣经》，唱诵赞美诗。就算是很小的孩子，他也会和他们一起"a-b-ab, d-u-du"，教他们学习字母和发音。

吃过午饭，蒂尔会躺下小憩一会儿，然后喝杯咖啡，就要收拾东西前往看守房上班了。蒂尔做任何事都非常认真，日常事务如此，准备工作也是如此，他总是让每件事都井井有条。在屋里桃木小柜上放着的各种物件，小刀、笔记本、梳子、一块旧怀表，还有一颗马牙，他每次都用相同的顺序将它们放在自己口袋里。蒂尔格外爱护一本红纸包起来的小本子，总是随身携带，白天放在前胸的口袋里，夜晚放在自己枕头下边。在那个本子的封皮上，蒂尔亲手写上了几个笨拙的花体字："托比亚斯·蒂尔储蓄存折"。

当那个淡黄色的挂钟拖着长长的摆锤指向四点三刻的时候，蒂尔出了门。他用自己私人所有的一只小船渡过施普雷河，过河之后他还数次回头看了远去的村子。森林中茂密的松树一眼望去就像是一片此起彼伏的墨绿色海洋，蒂尔踩着地上潮湿的苔藓和针叶，就像踩着地毯一样，连一点儿脚步声都听不见。这条路他是如此熟悉，甚至根本不需抬头，都不会走错，一直往前走，穿过褐色的乔木林，再经过一片十分茂密的小树林，前面是一片宽阔的育林区，那里都是一些细长、高大的松树，遮蔽得严严实实。这些松树被完好地保留着，因为它们可以更好地呵护幼苗。常常会有一缕透明的、夹杂着多种味道的淡蓝色烟雾飘浮在大地上，让那片树林常常朦朦胧胧，若明若暗。树梢上面挂着的就是阴沉沉的乳白色的天空，常常会有一群乌鸦在那里玩耍，不时欢快地嘎嘎叫着。凹凸不平的路面上有很多水坑，这也让本已十分灰暗的地面变得越发灰暗。

一直在沉思中的蒂尔忽然醒过来了，他抬头看了看天空，心想：天气真好，今年应该有很好的收获吧。

忽然他想到一件事，这也打断了他前面所有的沉思。他隐隐约约觉得自己一定把什么东西落在家里了。他翻了翻自己的口袋，糟糕，涂了黄油的面包忘带了。这是他每次都会带来的，因为长时间的值班需要准备食物。他有些犹豫要不要回去，稍作休息之后，他还是急匆匆地往家里赶了。

一会儿，他又看到了施普雷河，他登上了小船，奋力地划桨，很快就到了对岸。尽管已经汗流浃背，但他还是立刻上岸踏上了那条乡间小路。零售商贩的那条早已苍老的狮子狗就在小路的中央横卧着。一只乌鸦正栖息在一个庭院的木栏杆上，蒂尔走过的时候，那乌鸦抖抖身躯，发出让人厌恶的嘎嘎叫声，又展开翅膀，乘着风势飞向森林中去了。

这个小村落本来就只有二十来户人家，都是渔民或林业工人。这个时候村子里几乎看不到任何一个人。

忽然，周围的宁静被一声刺耳的尖叫打破，那声音如此的尖锐，蒂尔有些身不由己地停下了脚步。又是一阵迅猛、刺耳的声音传进了他的耳朵。他忽然意识到这声音正是从那栋他十分熟悉的低矮的小屋里传出来的。

他压低了自己的脚步声，小心翼翼地靠近屋边，这时他能够明显地听到了他妻子的声音，只有几步之遥，她说的每一句话，蒂尔都听得很清楚。

"真是个冷酷的混蛋，没良心的无赖，你想做什么！你要饿死我的小可怜吗？是不是？你给我记着，我会好好收拾你的，你等着瞧！"片刻沉静之后，蒂尔又听到了一阵拍打衣服的声音，然后又是一连串的咒骂之声。

"下贱的玩意儿，长不大的东西。"咒骂之声又再次传来，"我告诉你，我是不会因为你这个小鬼，让我的亲骨肉吃不到东西的。住口！"在一连串的咒骂声中，他隐隐听见了轻轻的哭泣声，"给你一份饭，这些够你吃八天了。"

哭泣的声音还是断断续续地传过来。

道口看守员觉得自己的心扑通扑通地跳。他的身体开始有些略微颤抖，他直勾勾地看着地板。一缕头发挂在他满是汗珠的额头上，他不得不一次又一次地用他那坚实、笨拙的手把头发捋到一边。

前不久，他一直被病魔折磨。此刻愤怒引起的痉挛让他的肌肉肿胀，手指几乎被抽缩成了拳头。他略微镇静了一下，痉挛才有所缓解，但他依然觉得没有力气，昏昏沉沉的。

蒂尔有些蹒跚地走进屋子里的那个狭小的砖地通道。他几乎觉得自己精疲力竭了，慢慢地十分费力地才爬上那个一踩上去就会吱吱呀呀的木梯。

"呸、呸、呸！"尖锐的声音又传到了蒂尔的耳朵，他可以判断是有人连吐了三口口水。"下贱玩意儿,无耻的东西,胆小鬼,蠢猪,厚颜无耻的混蛋!"恶毒的咒骂接二连三,而且音调越来越高。"你要干什么?你还要打我的小宝宝吗?小混蛋,你狗仗人势,居然连我这个可怜的还在襁褓中的孩子都下得了手!怎么?怎么?我只是不想让你脏了我的手,不然的话……"

蒂尔忽然将起居室的门推开了,女人还没说完的话也缩了回去。愤怒让她脸色煞白,嘴唇也在不停地颤抖,她将自己高举的右手放下来,顺手拿起来奶锅,想去灌满旁边的奶瓶。不过,只灌了一半,她就不得不停下来了,因为绝大部分的牛奶都从奶瓶旁边洒出来,最后弄得桌子上全都是。她似乎有些不知所措,一会儿拿起这件东西,一会儿又放下拿起另一件,但是也不知道究竟要做什么,最后还是全都放下了。终于,她开始将责骂的对象换成了自己的丈夫:为什么会在这个时候回来?到底是为什么?是不是故意回来看看她在家里做什么?她恶狠狠地说:"这种事情我绝对不允许!"然后,又重复地说道:她自己毫无愧疚,也不用担心谁看到听到。

蒂尔根本就没有注意她究竟在责骂什么。他看了看正在放声大哭的小托比亚斯,心中一时产生了一种十分可怕的想法,但是过了一会儿,又将这种想法抑制下去了。接着,他的目光闪了一下,心中固有的冷漠之情又浮上来了,紧张的神色也因此被遮住了。蒂尔用他的目光扫射着他妻子那结实壮硕的身躯,此时她正在没事找事地忙碌着,一直也没有正视蒂尔,却一直也没法保持镇静。由于心情激动,她那两颗半裸的乳房高高隆起,好像快要从胸衣中破壳而出一样。她将裙子高高地挽在腰上,让她那本已十分肥硕的臀部看起来更加肥硕。蒂尔觉得这个女人身体里有一股无法战胜,又无法逃脱的可怕力量,让自己相形见绌。

好像自己浑身上下被一种蛛网一样的东西紧紧裹住，他感觉身体无法伸张，强大的束缚让他觉得自己疲惫不堪。在这样的情形下，他觉得自己根本无法和她说话，至少说不出任何严厉之语。饱含热泪的托比亚斯胆怯地龟缩在房间的角落里，可怜地看着自己的父亲。然而，父亲并没有一直在注视着他，只是从炉火旁边的长凳上拿起了落在家中的面包，给他继母看了看，这也表明了他为什么会忽然回家，然后机械地点了点头，就从家里消失了。

三

尽管蒂尔已经用最快的速度赶回林间看守房，但等他赶到的时候，还是迟到了十五分钟。

蒂尔要接替的那个助理看守员，已经在看守房（从很远的地方都可以看见房子的门牌号）前面的小平台上翘首以待，并时刻准备动身回家了。野外的气候总是迅猛地变化，他也因此患上了肺痨。

两个男人握了握手，迅速交换了一下上班时的具体情况便分开了，蒂尔走进了看守房，而另一个沿着蒂尔来时的路回家去了。他咳嗽的声音也从大到小，最后逐渐消失了。于是这个人迹罕至的地方终于又陷入了一片宁静。和每天一样，蒂尔依然遵循他值夜班的习惯，开始布置这间狭小的看守房了。这些事情蒂尔十分熟练，以至于他在心里一直思考着几个小时前发生的事情。他把晚饭放在一张褐色的长凳上，凳子旁边就是房间狭小的窗户，透过窗户，他可以完整地看清楚路段的情况。接下来，他点着了生锈的小炉子，在上面放了一壶水。然后将铁锹、铁铲和铁钳等工具放置整齐，将他的马灯擦拭干净，然后往里面灌了些煤油。

等到这些事情全部完成以后，响起了三声刺耳的铃声，这是在报告一辆前往布列斯劳的火车刚从旁边的车站开出来了。蒂尔又在房间里小憩了一下，不慌不忙地拿起手边的旗子和小袋，从小房间里走了出来，踩着房间前面狭长的小路，走向了二十步开外的岔道口。尽管这条路上几乎没有行人通过，但每当列车经过的时候，蒂尔还是尽职尽责地将道口栏杆降下来。

所有的工作全部准备好之后，蒂尔疲惫地靠在那根黑白相间的栏木上，等待火车从这里经过。

笔直的铁路线将森林分成了左右两边，直到没入了深深的一望无际的绿色海洋之中，看上去倒像是针叶林将铁路从左右两边截住了。铺着鹅卵石的赤褐色路基看上去就像一条小路，上面平行延展的两条黑色铁轨就像是一张铁网，一直延展开去，最终汇集成地平线上的一点。

起风了，从森林的边缘开始，风的波浪一直滚下来，逐渐滚到了远方。铁路旁那些电线杆一直在嗡嗡作响，上面的电线构成一个巨大的蜘蛛网，将电线杆一个接一个地系在一起。电线杆上和往常一样，也有成群结队的鸟雀在那里栖息，一只啄木鸟从蒂尔头上一飞而过，它嘎嘎地叫着，仿佛都不屑于看看下面的蒂尔。

太阳就要落山了，正挂在天边厚厚的云彩上，仿佛瞬间就会坠落在墨绿色的树林深处。此时，它正将紫红的光辉洒满森林，从路基看上去，森林就像是一个圆柱形的拱廊，这时就像着火一样被烧得通红。

甚至这霞光也烧红了铁轨，将铁轨变成两条通红的火蛇，但一遇到那漆黑的铁轨，这通红又熄灭了。地面上逐渐升起了红霞，将寒光映照在松林的树干之上，慢慢也洒满了绝大多数树梢，直到最后，在树梢顶端，晚霞用一抹淡红色的余晖做出一天的告别。这一景观在悄无声息中显得如此庄严肃穆。道口看守员蒂尔一直在栏木旁边一动也不动地站着。终于，他向前迈了一步。在遥远的地平线与铁轨交叉的地方，出现了一个黑点儿，似乎它在不断变大，似乎却一直在远方原地不动。渐渐地，越来越近了，它在动，它在动。一阵低沉的隆隆之声从铁轨传来，带着震颤的节奏声音越来越大，那声音就好像一队骑兵疾驰而过的马蹄声。

喘息声、怒吼声弥漫在空气之中，声音越来越大，让宁静不复存在，直到最后一阵震耳欲聋的狂怒之声充斥了所有空间。铁轨在弯曲，大地在颤动——一股强大的气压扑面而来——一片烟尘、蒸汽交杂在一起的烟雾在地面上飘浮，一个黑漆漆、呼哧呼哧喘着粗气的庞然大物从身边呼啸而过。然后，声音越来越远，越来越弱，如同它刚来的时候逐渐增强一样。慢慢地，烟雾消散了，声音消失了。列车又重新变回了一个黑点儿，最终消失在无边无际里。森林中神圣不可侵犯的寂静又一次占据了整个世界。

"米娜！"道口看守员蒂尔好像忽然意识到一个问题，悄悄地喊了前妻的名字，然后走进了他的看守房。他为自己泡好了一杯咖啡，便拿起一张他从铁路线上捡来的旧报纸看了起来，不时端起咖啡喝上一口。

慢慢地，他的心里出现了一种焦躁不安的情绪。他以为是火炉让小房间内充满了燥热的空气的原因。他将自己的上衣和背心解开，想让自己凉快舒服一点儿。但是这种感觉一点儿也没有缓解，于是他站起来将一把放在墙角的铁锹拿在手上，走出了房子。

他想去看看那块养路工长送给他的土地，那是一块十分狭长的沙地，此时地中杂草遍布。只有那两株低矮的果树显得颇为迷人，此刻树枝挂着一团团娇艳的花朵，如同一连串洁白的泡沫一样。

蒂尔觉得心情平和了，在他的心里一种喜悦之情油然而生。

他拿着铁锹开始干活儿了。

他用铁锹将土块翻得嘎吱作响，略带潮湿的土块被他翻成了碎块儿。

他挖掘了一会儿，忽然他停下来了，似乎又想到了什么事情。他一边摇头，一边低声但很清楚地自言自语："不，不，这样不行。"他又接着说，"不，不，绝不可以。"

让他烦躁不安的事情，终于在他心里变得清晰了。因为有了这块地，莱娜就会离开家，常常到这里来，这样就会让他一直维持的生活方式被迫改变，真是让人忧虑呀。本来，获得这块土地让蒂尔十分高兴，但是现在瞬间变成了一种厌恶。他连忙将铁锹从土里拔出来，就好像刚才做了一件天大的亏心事一样，他返回了小屋中。他又一次陷入了苦闷之中，陷入深思里。尽管他一直委曲求全想和她和平相处，可是他一想到在他工作的时候莱娜也会来到这儿，就在他身边，他就感到这种苦闷越来越强，他甚至不清楚为什么会如此。在他看来，好像有人要来侵犯他一直守卫的至高无上的东西。忽然，他的肌肉微微抽搐了一下，瞬间又本能地收紧。同时，一丝挑衅性的笑容在他的嘴角浮现。蒂尔自己都被这个笑容给吓了一跳，打断了之前的思路。他抬起头，又沿着刚才的思路，陷入了苦苦思索之中。

仿佛将一直蒙在自己心头的一张密密交织的黑色帷幕一把撕开，忽然，在他的大脑里，出现了一个明晰的前景。他仿佛觉得，他刚刚从沉睡了两年的梦中缓缓苏醒过来，他对他自己想到的在此情形下只能做出的那些骇人听闻的事情感到惊讶和怀疑。他的长子所遭受的苦难——发生在几小时之前的事就是最好的证明——在他的脑海里清晰地呈现出来，他被一种怜悯和懊悔之情深深笼罩。而且，他自己也一直日复一日地苟且偷生、自欺欺人，对那个可爱的小家伙的遭遇视若无睹，甚至都不敢去承认他正遭受的苦难，这也使得他陷入深深的内疚之中。

蒂尔认真地反省了自己，想着一直以来自己姑息和纵容的行为，他感到有些倦了，于是就趴在桌子上，手枕着额头睡了过去。

忽然，他觉得自己耳朵里像被灌满了水一样嗡嗡作响，四周一片漆黑，他努力睁开双眼让自己保持清醒。所有毛孔中一齐涌出的冷汗瞬间湿透了他的衣服，脉搏不正常地剧烈跳动，他四肢颤抖，满脸都是泪水。

已经是夜晚了。他努力向房门外望去，却看不清方向，也不知目光落在哪里。他挣扎着站了起来，心中充满了恐惧。狂风大作让小屋外的森林发出大海一样的澎湃之声。冰雹和雨点交织在一起，击打着小屋的窗户。蒂尔有些茫然无措地四处摸索，就像自己正在大海中苦苦沉浮一样——忽然，一道浅蓝色的光芒在天空中耀眼地绽放，仿佛天外的星光潜入夜空，瞬间就在大气层中熄灭了。

就是这一道光芒，让蒂尔忽然清醒过来。他连忙去拿他的马灯，还好就在手边。此刻，遥远的天际响起了阵阵隆隆的雷声。起初颇为沉闷，瞬间就变成短促猛烈的声浪响彻夜空，闪电也随之而来，轰鸣的雷声让整个大气层都为之震动了。

大地颤抖了，窗户上的玻璃也被震得砰砰作响。

蒂尔将马灯点着了，这也让他逐渐镇定下来，他看了看手表，还有不到五分钟，就有列车要到达了。他在想，或许是自己没有听到信号铃声吧，尽管外面狂风暴雨，也要尽快赶到道口的栏木处。

就在他要放下栏杆的时候，信号铃声响起了。在这狂风大作的夜晚，铃声被吹得四面八方到处都是。大风让树林中的针叶树也弯腰驼背了，彼此之间相互碰擦的树枝，发出嘎嘎吱吱的声音，听上去让人有些不寒而栗。一会儿之后，月亮清晰地挂在了夜空，好像在彩云之间挂着的一个浅黄色圆盘。月光映照之下，蒂尔看到风正在松林的树梢之中来回乱窜。铁路路基旁边的桦树也在疯狂地摇摆着树枝，就像是发疯的马的尾巴一样。树下的铁轨在月光映照下，有的地方也闪烁着光芒，有的地方则将苍白的月光完全吞噬。

蒂尔将头上的帽子摘下来。浇在身上的雨水却让他觉得通透舒适，脸上淌下的分不清是雨水还是泪水。他的大脑思绪万千，诸事涌上心头。刚才梦中看到的一切逐渐远去，取而代之的是各种回忆，此起彼伏。他好像看见了正在遭受虐待的托比亚斯，那是一种非人的虐待，让他一想起就愤怒得无以复加。还有一个人，也清晰地浮现在他的脑海中。他好像看见他的亡妻正从遥远的地方走过来，沿着铁路线一直走过来。她的身体还是和以前一样虚弱，而且衣衫破烂。她经过蒂尔的小屋的时候没有回头，最后——这里的回忆有些朦胧不清了——因为各种原因，她一次一次倒在地上，竭尽全力地在地上向前挪动。

蒂尔还在沉思中，忽然他恍然大悟，她这是在逃亡。这是毋庸置疑的，否则的话怎么会从她那里看到满怀恐惧的目光呢？而且，尽管她腿脚如此无力，为什么还是竭尽全力地往前赶路呢？啊，那是多么可怕的目光啊！

她残破的衣服下面覆盖的是那样一具虚弱无力、血迹斑斑的躯体，她伏在地上的样子让蒂尔不由得想起了昔日的情景。

他想起妻子在临终之时，她凝视着那个刚刚出生的小生命，那是她用生命换来却不得不丢下的孩子，她目不转睛地看着他，那副神情，蒂尔永生难忘。

她去了哪儿？他不知道。但他心里很清楚，他们之间的关系早已断绝，她没有理会矗立在黑暗的暴风雨之中的自己，拖着双腿渐行渐远了。他开始呼喊："米娜，米娜！"很快，在喊声中，他自己惊醒了。

远处两道血红色的圆锥光束划破夜空，犹如一个庞然大物投来直勾勾的目光，瞬间将世界覆盖在红光之中。红光所及，雨水仿佛变成了血水，就像漫天正在下着一场血雨一样。

蒂尔觉得十分恐慌，列车越是靠近，这种恐慌越是强烈。在他的眼前，梦幻和现实早已不可分割。蒂尔总是看见在铁道上孤独行走的亡妻，他紧张地用手摸索着子弹带，想要让这急速而来的火车停住。已经来不及了，列车带着闪闪的灯光，从蒂尔眼前飞奔而过。

蒂尔回到了小屋，这一晚上，他的心绪一直不能平复。他如此渴望迅速回到家中，如此渴望赶紧看到小托比亚斯。他仿佛觉得已经和托比亚斯分开数载。他越来越担忧小托比亚斯的身体，甚至几次想要马上回家。

等待的时间实在过于磨人，于是蒂尔决定，天刚微微发亮就去自己负责的路段检修，这样可以打发时间。他一手拿着一根棍子，一手拿着一把长柄扳钳，在一丝曙光中走上了铁轨。

他一会儿用扳钳拧螺丝，一会儿用棍子敲击铁轨连接处。

风雨都已经弱了很多。不时可以在天空上云层裂开之处，看见一块块淡蓝色。

蒂尔行走在铁路上，鞋底与铁轨接触发出单调的啪啪声，和淅淅沥沥的雨声交织在一起，让蒂尔的心也逐渐平静了下来。

六点到了，接班的人来了，蒂尔迫不及待地踏上了回家的路。

真是一个宁静祥和的早晨啊！

乌云逐渐散开，慢慢地消失在地平线下面。太阳冉冉升起，好像一颗挂在天边的散发耀眼光芒的红宝石，将它的光芒洒满整个森林。

杂乱无章的树干中间透射了无数线条鲜明的霞光；一片片低矮柔弱的凤尾草，在朝晖的掩映下显得格外漂亮，凤尾草的叶子精致得如同编织的织物一样；银灰色的地面也被洒上一道道霞光，仿佛一片红珊瑚。

树梢上、树干上、野草上，一颗颗火红露水滚落而下，就像倾泻出一道光的洪流。清晨的空气格外清新，让人沉醉。蒂尔夜间脑海中浮现的那些情景逐渐变得淡漠了。

当蒂尔走进房间，一眼就看见小托比亚斯正在阳光沐浴着的床上躺着，脸上浮现着前所未有的红润，瞬间，夜晚的情景完全消失了。

这一天，莱娜好几次感觉到蒂尔的反常举止，比如，以往在教堂的椅子上坐着的时候他总是目不转睛地看着《圣经》，而今天常常斜着眼观察她；中午的时候，托比亚斯总是把小不点儿抱到外面去玩儿，而今天蒂尔不声不响地从托比亚斯那里接过小不点儿，交给了她。除了这些，倒也没有其他格外的不同了。

整整一天，蒂尔都没有来得及休息片刻。下个星期他要值班，所以晚上九点他就上床准备睡觉了。就在他快要睡着的时候，莱娜跟他说，明天要和他一同去森林，她要翻翻土地，将土豆栽种下去了。

蒂尔立刻被惊醒了，尽管他的双眼依然紧紧地闭着。

莱娜一直在说，为了让土豆有好的收成，就要现在翻土播种，再耽误就来不及了，她还接着说，可能要在那块地上花费整整一天的时间，所以孩子们都得跟去。蒂尔下意识地说了几句模糊不清的话,莱娜也没有留意。她一直背对着他,在烛光下,脱下胸衣和裙子。

忽然她猛地回头(她自己也不知道为什么会这样),映入眼帘的就是蒂尔那一副扭曲变形的脸庞,那是因为感情冲动所致。蒂尔半躺半坐地靠着,手放在床边,目光火辣。

"蒂尔!"莱娜失声叫了起来,她说不出是害怕还是愤怒。蒂尔就像是在梦游中被人叫了名字一样,如梦方醒,嘴里又说了几句莫名其妙不知所云的话,钻进被窝接着睡觉了。

第二天清晨,莱娜首先爬起床。她小心翼翼地将所有需要的东西全部准备好。小不点儿放在童车里,然后又去叫醒了托比亚斯,并且帮他穿好衣服。托比亚斯已经知道今天要去哪里,也开心地笑了起来。所有的准备工作已经完成,煮好的咖啡都已经放在桌上了,蒂尔才醒过来。他一看到各种准备工作都已做好,心中不由得产生一种不快,本能地想要发几句牢骚,又不知道该说什么。确实,这个时候有什么完美的理由来发牢骚呢?

此外,托比亚斯的小脸上兴奋的表情也逐渐影响了蒂尔,就算是为了让小家伙开心吧,蒂尔的心里逐渐打消了想要刁难这次出行的想法。然而,一走进森林,蒂尔的心里又开始不安起来。他推着小童车艰难地走过各种坎坷不平的路面,托比亚斯采来各种各样的花朵放在小童车上。

托比亚斯特别开心。他头上戴着一顶褐色长绒帽,不断地跳跃在凤尾草之中,笨拙地想要去抓住那些飞舞着的蜻蜓。一到那块地,莱娜就认真地查看起来。她将装满土豆种的小袋子放在了桦树林边缘的草地上,伏下身,跪在地上,用她粗壮的手指在沙土中翻了起来。

"怎么样?这块沙地怎么样?"蒂尔略微有些紧张地连忙问她。

"不错,和施普雷河三角洲那边的土地差不多。"蒂尔的心里松了口气。他一直害怕她不满意。现在听了这样的话，他得意地摸了摸自己的胡子。

莱娜草草吃了两口面包，就扔掉头巾和外衣，用她那机械般的速度和耐力开始干活儿了。

隔一会儿，她会直起腰稍微歇息一下喘口气，如果不需要给小孩喂奶，她几乎只要稍稍停顿一下。即使是喂奶的时候，她也是急急忙忙，气喘吁吁，乳房上也挂着豆大的汗滴。

"我带着托比亚斯，去前面的路段巡视一下。"蒂尔在看守房前的平台叫道。

"那怎么可以！"她大声回答，"小不点儿谁来照顾？你过来吧！"她更大声地喊道。然而，蒂尔好像什么也没听到一样，带着小托比亚斯就那样直接走掉了。

莱娜很想把托比亚斯追回来，可是想到这样会浪费不少时间，就放弃了。托比亚斯跟着蒂尔沿着路段慢慢地走过去了。孩子很是高兴，一切东西在他的眼睛里都是那么新奇。他总是不停地向父亲提出各种各样奇怪的问题。他询问那两条细长的铁轨究竟有什么用。他好奇那些电线杆为什么总是嗡嗡作响。对于各个电线杆的声音蒂尔了如指掌，就算他闭着眼睛，仅凭那些声音也能够确定他们处于路段的什么位置。

他牵着托比亚斯的手，行走在路段之上，不时会停下来，和孩子一起聆听电线杆里发出的各种奇妙声音，在他听起来，这和教堂中那些低沉而洪亮的圣歌合唱一样动听。在他管辖区的南端，有一个电线杆的声音格外浑厚，格外美妙。听上去那似乎是一种混合音，不会有丝毫间断，一直不停地响着。托比亚斯在那根被风雨侵蚀得千疮百孔的电线杆周围转来转去，试图——他认为这样可以——去发现每一个孔发出的嗡嗡之声。蒂尔神情肃穆，如同置身于教堂之中。恍惚之中，他从中听到了一种特殊的声音，一种让他想起亡妻的声音。他想，或许这是天堂中精灵们合唱之声吧，而这合唱中也有他亡妻的声音。一想到此，他的感情难以抑制，眼泪夺眶而出。

托比亚斯想去铁路旁采摘花朵，蒂尔在他的不断央求之下，和往常一样最后还是答应了。

天空格外湛蓝，在树林的地面上，生长着很多小蓝花。蝴蝶如同一面面小彩旗，在树林间各种花朵上飞舞盘旋。微风吹过，桦林中茂密的树叶迎风飘扬。

托比亚斯奔跑着采集各种花朵，蒂尔坐在旁边一直看着他。有时候，他也会透过树林中叶子的空隙仰望天空。巨大的、湛蓝色的晶体盘一样的天空，上面镶嵌着放出万丈光芒的太阳，这大概就是天堂吧。

"父亲，这就是慈爱的上帝吗？"孩子忽然问，他指着一只褐色的小松鼠。说话间，那只松鼠就爬到了一棵松树上面。

"傻孩子！"蒂尔只能这样回答。这时，几块树皮被松鼠蹭落下来，刚好落到了他的脚下。

当蒂尔和托比亚斯回来的时候，莱娜还在干活儿，才做完了一半。

从这里经过的火车一列接着一列，并不需要间隔很长时间。每列火车经过，托比亚斯都站在一旁傻傻地盯着，一动不动，一直到列车疾驰而过最终消失。

他的这个傻乎乎的样子连他继母看到了也忍不住笑出声来。

中午的时候，他们在看守房简单吃了点儿午餐，只有一点儿土豆和一块前两天剩下来的烤肉。莱娜看起来心情不错，蒂尔对于这种不能避免的顺从也显得礼貌有加，还饶有兴趣地跟妻子讲起了工作中遇到的趣事。他跟她说一根铁轨上面有四十六颗螺丝需要拧紧，还聊了一些别的话题。

上午莱娜已经将地全部翻好，下午就需要将土豆栽种下去了。她将托比亚斯也一并带走了，因为她坚持小不点儿需要托比亚斯的照顾。

"一定要小心……"蒂尔十分担心地在莱娜后面说着，"千万不要让他靠近铁轨……"

莱娜只是用耸耸肩回答蒂尔。

蒂尔听到了马上就要开过来的火车鸣笛声，那是一趟从西里西亚开过来的快车，蒂尔马上向他的岗位飞奔过去。刚刚在栏杆旁边站下，将道口栏杆放下来，隆隆的火车就开过来了。

已经可以看到呼啸而来的火车了——正在逐渐逼近——那些在内部无数次冲撞之后的热气从列车的烟囱里喷射而出，形成了三股笔直的蒸汽柱。然后，响起了列车的汽笛声。三声短促、刺耳的汽笛声音连续响起，让人胆战心惊。蒂尔心想，他们在刹车，为什么他们要刹车呢？紧接着，列车的紧急鸣叫声又连续响起，那声音更加尖锐，久久没有停止，并且伴随着回声让人感到一定有什么事情发生。

蒂尔向前走了两步，这样能够帮助他看到路段全部的情形。他习惯性地将红旗从盒子里拿出来，拿着红旗伸直胳膊对着前面的铁轨。忽然，他的眼前一闪，天啊，天啊——哦，不，天啊，天啊，天啊！那是什么？是什么？在那里！——两根铁轨之间……"快停下！"道口看守员蒂尔竭尽全力地嘶吼着。可是已经来不及了。一团东西就这样滚到了列车底下，如同一个皮球一样在列车的车轮里面翻来覆去。过了好大一会儿，列车响起了嘎嘎的声音，终于停了下来。

这条平时总是无比寂静的道路一下子变得喧嚣起来。列车长和列车员从车上下来，在沙土道路上面跑着，飞奔去了列车的尾部。从列车的窗户里，探出无数个脑袋在四下张望——聚集的人群在向前面走去。

蒂尔有些上气不接下气，但是他还是稳稳地站住了，他可不想如同一个待宰的公牛一样轰然倒地。也是，人们不断在暗示他："没事，什么事也没有发生。"

这时，从事发地点传过来一声尖叫，紧接着传来如同野兽的嘶鸣一样的叫声。这是谁呀？难道是莱娜？不对，那个声音可不像是莱娜的，不过……

路段上匆匆地跑过来一个男子。

"道口看守员！"

"怎么了？"

"发生了不幸的事故！"……忽然，报信的人被眼前看到的景象吓了一跳，因为那个总是保持温和的道口看守员的眼神非常反常。蒂尔的帽子已经歪到了一边，他棕红色的头发几乎要根根直立起来。

"他应该还有救，现在还有口气！"

蒂尔从喉咙里面发出了一声咕噜，就算是他的回答吧。

"您快过来，快点过来呀！"

蒂尔挣扎着动起来了，他绷紧了浑身的肌肉。他面容惨白，神情木然。

他紧紧地跟在报信者的后面飞奔，车窗中露出的那些吃惊的旅客的面孔他完全没看见。一个年轻漂亮的姑娘，一个商人模样的人戴着一顶土耳其便帽，还有一对年轻人好像是情侣，他们此刻都在向窗外不停地张望。蒂尔从来都没有关心过这些旅客的反应，他们和发生的事故有丝毫关系吗？不过或许他们语言粗鄙，但是大多没有恶意。莱娜的惨叫声充斥了他的耳朵，顿时他觉得眼前好像有无数萤火虫飞舞，全部都是金星。他吓呆了——一直呆呆地站着。透过眼前无数胡乱飞舞的萤火虫，他看见了那个浑身是血、脸色惨白的人，已经被列车碾得血肉模糊，面目全非了。那就是他。

蒂尔一句话也没有说。他的脸也是惨白一片，上面沾满了各种脏污。他无意识地笑了一下，然后不由自主地蹲了下来，将那个绵软无力，如同一个死人一样的身躯抱在自己的手臂上，用红旗轻轻地裹着他。他觉得那个身躯越来越沉重。

他走了。

他要去哪儿？

人们在一旁不断地叽叽喳喳："快送去给铁路医生看看吧，快去找铁路医生。"

"对，立刻就去。"列车行李组组长高声喊道，他在存放制服和书籍的车厢里腾挪起来，很快就有了一块空地。"好了，赶紧上车吧！"

然而蒂尔不愿意让人带走孩子。旁边的人忍不住一直在劝说和督促他，然而无济于事。行李组组长让人找出了一副担架送下车，并且让一个男子留下来帮助处理事情。

列车不能停留太长时间。于是，一会儿响起了列车长用哨子发出的颤音。一枚枚硬币接二连三地从车窗被扔了出来。

莱娜已经将近崩溃，疯了一样。"真是可怜的女人！"车厢里的旅客们都在感叹，"真是个可怜的妈妈呀！"

列车长的哨子再次响起。随着一声汽笛鸣响，列车又再次喷射出白色烟柱，伴着呲呲的声音，缓慢地启动了。片刻之后，火车就又一次在烟云的伴随中，飞快地钻进了一望无际的森林之中。

蒂尔又改变了心思，来到担架旁，将只剩下一口气的儿子放在了担架上面。孩子的身躯已经被彻底摧毁。随着他的呼吸，骨瘦如柴的胸脯不时地高高地凸起，褴褛的衬衣盖不住胸口的瘦骨嶙峋。胳膊和小腿（被折断的不只有关节位置）全部都处在十分怪异的位置。脚后跟已经完全转到了前面，小臂则搭在担架边缘上不停地晃悠。

莱娜一边在哭泣，一边不停地小声唠叨着整个事情的经过，完全看不到她平时的那种执拗和脾气，似乎那些在她性格中就从来没有过一样。她一直不停地重复解释事故，来说明自己在这里面并没有责任。

蒂尔完全没有在意她在说什么，他的目光一直都落在担架上的孩子身上。

这里又恢复了无边的寂静，四周什么声音都没有。黑色的铁轨早已被晒得炽热，空气中没有任何风的痕迹，远处的森林就像是一座巨大的石头山一样，纹丝不动地矗立着，适逢中午时候，闷得让人几乎无法喘气。

男人们凑在了一起，小声商量着，很快他们决定要先去布列斯劳方向的下一站，这样才能够最快到达弗里德里希哈根，因为下一趟列车——一列加快慢车，不会在弗里德里希哈根附近停靠。

蒂尔也很想跟着一起去，可是看一看眼前的这些人，除了他，这里的业务没有人能处理。他给他妻子做出了一个手势，让她去抬担架。尽管莱娜心里很想留下来照顾小不点儿，不过看着丈夫居然不敢抗拒，只能默默地服从了。于是，她和一个陌生男士一起抬着担架走了。蒂尔跟着列车一直走到了他管辖的路段的最边缘，然后一直看着列车消失在视线内。他举起手掌，在额头上重重地拍打了一下，发出清脆的声音一直传向远方。

他想让自己清醒一些。"这一定是一场梦，就像昨天一样，只是一场梦。"他一边自言自语，一边跌跌撞撞地走回了他的小房子。一进门，他就再也支撑不住了，脸朝前一跤跌在地上。帽子骨碌碌地滚到了墙角，连那块他一直爱护得很好的怀表也从口袋里摔了出来，表盒打开了，还摔碎了表盖。他想挣扎着爬起来，但是好像有一只巨大有力的手死死地掐着他的脖子一样，让他丝毫也动弹不了，尽管他努力挣脱，尽管他苦苦哀求，但是没有任何效果。他的眼眶里没有一滴泪水，咽喉有一种灼热的剧痛，额头冰凉。

信号铃再一次响起了，这也让蒂尔惊醒了。一连三次的信号铃，倒是让蒂尔逐渐能够爬起来了。他必须回到道口去履行自己的职责。尽管觉得脚下无比沉重，行走在路段就好像是一个巨大车轮中的辐条（以自己的头部为轴心）在自己周围旋转，不过好歹还能够勉强站起来。

慢车缓缓地驶过来了。托比亚斯一定在这趟车上。列车一点点地靠近了，蒂尔的眼前却一点点地模糊了，最后他只能看见那个满身血污、浑身瘫软、面色惨白的孩子。忽然，他觉得天旋地转，重重地摔在了地上，眼前一片漆黑。

过了片刻，他又慢慢地苏醒了，看到自己身处栏木底下灼热的沙子上。于是他艰难地站了起来，使劲拍了拍衣服，将砂砾抖掉，又将嘴里的沙子尽力吐出来。慢慢地，他开始逐渐有了思维，逐渐可以思考事情了。

他回到他的小房子中，将地上的表捡起来，尽管刚才被重重摔在地上，但是表的指针现在依然在继续走动。蒂尔一边怀着对结果的热切期盼看着表关注着时间，一边在思考小托比亚斯的情况：莱娜和他一起来到医院，这时候或许正在医生前面坐着。医生看看孩子的脸色，摸摸身体，缓缓地摇摇头。

"真是太糟糕了，非常糟糕——或许……谁知道呢？"他又更加仔细地查看孩子。"太晚了，太晚了。"他接着说，"已经救不了了，他已经死了！"

"都过去了，都过去了。"蒂尔哀叹道。他在屋子里面一直笔挺地站着，他仰着头，眼睛死死地盯着天花板，他无意识地将双手举过头顶，握成拳头，仿佛在跟谁叫嚷似的："他一定，一定要活着，我跟你说，他一定要活着！"那声音简直要掀翻房顶一样。他将房门一把推开，晚霞从房门铺进来，映得满屋子一片火红。蒂尔忽然像被什么驱使一样，向道口栅栏处冲过去，甚至连滚带爬。到了那里，他怔住了片刻，然后让自己站在两道铁轨中间，张开双手，好像是要拦住从慢车开走的方向上过来的东西一样。他极大地睁着眼睛，看上去好像是盲人一样。

他站着，又缓缓后退，好像前面有什么可怕的东西让他不敢靠近，他唇间断断续续地挤出一些字："你——你给我——停——停——你——停——停下来——你听着——把他还给我——他都被碾得面目全非了——你还我——听见了吗？你停下吧——你把他还给我。"

他又转过身子面对相反的方向，好像他正在对着说话的人从他身边溜过去了一样，他追了上去，好像要一直继续跟踪一样。

"莱娜，你——"他哽咽了，如同一个小孩呜咽的声音，"莱娜，你，你把他还给我——我想要……好吗？"他伸手在一直摸索着，好像要拼命抓住谁一样。

"莱娜——我好想——我好想……揍她，狠狠地揍她，打得她浑身是血——我好想宰了她，让她下地狱。"

"现在……当然，要用斧头——就是在我们厨房的那把斧头，我要砍死她！"他嘴里一直叨叨没完，死鱼一样的眼珠无神地到处乱转。

森林中不时有微风掠过，树枝一直轻轻地摇摆。西边的天际挂着彩云，波浪形如同卷发一样。

他持续向前跟踪了大约一百步，就停住了，仿佛心生惧意。在蒂尔的脸上浮现出十分惊恐不安的神情，他伸出了双手，仿佛在恳求什么。他尽力瞪圆了眼睛，还将手放在额头上，似乎要确认那个在远处一直令他恐惧的东西究竟是否真的存在。渐渐地，他的手无力地垂了下来，恐惧的神情也逐渐变成一种淡漠。他缓缓地转过身子，艰难地走着，从他来时的路一步一步往回走了。

夕阳将它所有余晖洒向森林，然而在里边仿佛全部熄灭一样。松树的树干，一根一根的仿佛是腐烂的灰白色骨骼，树梢就好像是一层发霉的东西放在了这一根根骨骼之上。笃笃的啄木鸟啄木的声音将这死一样的寂静打破，一块难得一见玫瑰色的彩云在清冷的蓝天之上缓缓地飘浮着。微风吹过，让蒂尔感到越发清凉，他甚至开始忍不住发抖。周围的一切似乎都不再熟悉，都是那么陌生而又新奇。他不知道路面上究竟是什么，也不知道是什么东西一直在周围环绕。恰在这时，一只松鼠从路边溜走，这让蒂尔陷入了沉思。不知道为什么，蒂尔想到了上帝，为什么会忽然想到上帝呢？在他的脑海里一直重复着一句话，"慈爱的上帝越过铁路，慈爱的上帝越过铁路"，他不明白为什么这句话一直浮现，好像是想到了相关的事情。他的脑子中忽然涌现出一个想法："上帝呀，我一定是疯了。"于是他想竭力整理自己的思路，妄图掌控自己的大脑，对抗这个新的敌人，然而所有努力都无济于事！他开始变得失控，他发现自己无法停止任何胡思乱想，他发现自己的努力毫无意义，他恐惧得几乎蜷缩在一起。

正在这时，一声小孩的哭声从桦树林中传过来。真是要命啊，尽管很不情愿，但他不得不去到那里。此刻，小不点儿正孤零零地躺在婴儿车里，没人照顾，甚至车里连被褥都没有，他正一边哭泣，一边使劲地踢着。他来这里做什么？他为什么会在这里？这些问题瞬间被情感的洪流和汹涌的思潮所淹没。

"慈爱的上帝越过铁路。"蒂尔忽然明白了为什么一直有这句话在脑海里。莱娜——他叮嘱她好好照顾孩子——她谋杀了他——小托比亚斯——"继母，真是狠毒的继母。"蒂尔恨得咬牙切齿，"她的孩子倒好好地在这里躺着。"他觉得自己的眼睛周围有一团红色迷雾，其中有一双孩子的眼睛目不转睛地凝视着自己；他觉得手指尖有一团柔软、肉乎乎的东西。轻微的呼呼的喘息声、喉咙发出的声音夹杂着嘶哑的呼叫（不知道是谁的呼叫声），一起涌入他的耳朵。

大脑好像可以自由运转了，就像有一滴机油一样的东西滴入了大脑中一样，思维逐渐开始活跃。慢慢地重新有了知觉，这时他听到信号铃声正从空气中传过来。

他忽然想到，应该要做点儿什么吗？他将一直掐在小不点儿脖子的手取下来（婴儿被掐住后一直不停挣扎）——孩子开始拼命呼吸，剧烈的咳嗽后开始了大声啼哭。

"感谢上帝，他还活着！他还活着！"他让孩子还是按照原来的样子躺在婴儿车里，自己连忙跑到了道口。远处，翻滚的浓烟正在空气中蔓延，一阵风刮过，几乎让蒂尔无法呼吸。他听见一个火车头喘息的声音传来，这声音好像是一个庞然大物被重病缠身而发出的艰难呼吸一样。

　　暮色已经洒满大地，显得格外凄冷。

　　一会儿之后，空气中的浓烟消散，蒂尔看见了那辆车，那是一列专门用来运送砾石的火车，他每次回来的时候都会带着空空的敞篷货车，所以可以让在路段上白天工作的工人们随意搭乘。

　　而且，这趟列车不受站点时间限制，可以在任何地方让工人们上车，也可以在任何地方让工人们下车。离蒂尔的小房子还有很长一段距离，列车就开始刹车了。刺耳的巨大轰鸣声划破长空，最后在一声尖锐的长鸣中列车完全停住了。

　　敞篷货车里有五十多个人。每个人都在车厢里笔挺地站着，庄严肃穆，一副不可捉摸的神情。他们一看见蒂尔，便开始头碰头地窃窃私语起来。有几个年龄稍大的人，也将自己口中叼着的烟斗拿了下来握在手上。有个女人忍不住转过身子擦拭着鼻子。列车长也下了车，正在朝着蒂尔走过去，然后同蒂尔郑重庄严地握了握手，不知道有没有说什么。蒂尔艰难地拖着自己的身子，却几乎迈着如同军人一样僵直的步伐，一直走向最后一节车厢。

　　车上所有的工人几乎都认识蒂尔，但所有人都没和蒂尔打任何招呼。

　　小托比亚斯已经被人们从最后一节车厢里抱出来了。

　　他死了。

　　莱娜默默地跟在后面，眼睛周围浮现出褐色的眼圈，映衬着脸色格外惨白。

　　蒂尔几乎没有看她一眼，但她投向丈夫的一瞥让她心惊。他双颊深深地陷了进去，胡子睫毛几乎全粘在一起了，头发似乎忽然变得花白。古怪的神情，再加上满脸泪痕，让她看一眼就感到心惊。

为了方便搬运尸体，他们也一并带回了担架。

陷入了无边寂静之中。蒂尔在沉思，他沉思的样子让人恐惧。夜幕已经完全降临，一群鹿居然在铁路旁静静地卧着，有一只甚至神气地站在铁轨上，它扭动着脖子好奇地四处张望。火车要出发了，一声鸣笛，所有的鹿瞬间消失得无影无踪。

就在列车开动的前一秒钟，蒂尔晕倒了。

火车又停了下来。现在应该怎么办？大家经过讨论，决定用担架先把昏迷不醒的蒂尔抬回家，把孩子的尸体先存放在看守房里。

于是就这样进行了。两个男子将蒂尔放在担架上，在前面抬着走。莱娜在后面，她一边啜泣，一边推着小不点儿乘坐的童车在沙地上前进。

月亮升起来了，开始的时候如同一个紫红色的巨大圆球一样在松树的枝干上挂着。渐渐地越来越高，却也越来越小，越来越白。直到最后，像一盏吊灯一样在森林上空高高地悬挂着，透过树枝缝隙将朦胧的光芒洒在地面上，也给在松树林中行走的人们的脸上抹上了死人一样的颜色。

人们打起精神又加倍小心地继续前行，走过了幼林区，穿过了被乔木包围着的广阔的育林区。银白色的月光下，整个育林区变成了一个极端的黑漆漆的盆地。

担架上的蒂尔尽管不省人事，却也不总是保持安静，一会儿喉咙中发出各种呼噜声，一会儿开始胡言乱语，甚至还有好几次，他握着拳头，在昏迷不醒中想要挣扎着坐起来。

过施普雷河的时候更加艰难，小舟不得不摆渡了两次，才将小孩儿和女人渡过来。

在向小村子前进的山路上，碰到了几个村民，于是，这个不幸的消息也迅速传开了。

整个村子都有了动静。

看到熟人，莱娜一次又一次地开始了诉苦和解释。

人们费了很大的力气，才用担架将蒂尔从狭长的楼梯抬进屋里。将蒂尔安置在床上以后，工人们又马上返回森林中去运送小托比亚斯的尸体了。

阅历丰富的老年人给出建议，给蒂尔进行冰敷，莱娜顺从地按照老人们的指点，开始谨慎地忙碌起来了。她将毛巾放在冰凉的泉水中降温，然后放在蒂尔火热的额头上，一旦毛巾热透，又马上将毛巾再次用泉水降温。她一边冰敷，一边小心地留意蒂尔的呼吸，现在她觉得蒂尔逐渐呼吸正常了。

莱娜已经明显消瘦了很多，确实，这一天是如此的惶恐不安和焦虑担忧。她想躺下休息一下，但是心情丝毫无法平静。无论她睁眼还是闭眼，白天发生的所有的事情依然在眼前清晰地浮现。小不点儿早已经熟睡了，莱娜几乎没有考虑过他任何一点儿，这倒是和以往有所不同。是啊，这一天的折磨让她几乎成了另一个人，现在已经完全看不到之前执拗的脾气了。眼前这个面容惨淡、脸上满是汗珠的昏迷不醒者，让她怎样也无法入睡。

随着月亮被乌云遮盖，屋子里面也陷入了一片昏暗。莱娜听着丈夫的呼吸，虽然艰难却很均匀。她一直在想，要不要点灯看看呢？黑暗也让她的恐惧更加强烈了。然而，想要起来，却似乎无法挪动四肢，浑身像被石头压着一样，终于，她的眼皮合在一起了，睡着了。

几个小时以后，工人们运回来了小孩的尸体。他们惊讶地发现蒂尔家的门敞开着。于是摸索着沿着楼梯走进了起居室，里面的门也同样敞开着。

他们叫着莱娜的名字，却没有任何回答。有人划着了一根火柴，一副恐怖的场景在火光中若隐若现。

"杀人啦，谋杀啊！"

莱娜躺在一片血泊中，已经看不出原来的样子了。

"他杀了他老婆！"

村民们开始不知所措地奔跑，呼叫。很快又有邻居过来了，一个邻人无意中靠上了摇篮，"哦，天啊！"他被吓得魂不守舍。摇篮中的儿子，已经身首异处。

道口看守员蒂尔却不知所终，那天夜里，人们一直在寻找，但是没有发现蒂尔的踪迹。第二天早上，当值的道口看守员看到，蒂尔就在小托比亚斯被碾死的那个地方坐着。

蒂尔左边胳膊夹着小托比亚斯生前戴过的那顶褐色小皮帽，右手不停地抚摸，好像那个就是他的孩子一样。

值班的道口看守员走上前去跟蒂尔说话，问了他几个问题，却没有任何答复。很快，他就意识到，他面对的只是一个疯子。

蒂尔的一位同事知道了这件事情之后，打电话找了很多人一起帮忙。

大家一起苦苦相劝，想让他从铁轨上离开，却徒劳无功。

从这里经过的快车也只能停下来。最后，实在没有别的办法，所有人一起将这个疯子从铁路上强行拽了过来。他更加癫狂了。

人们只能找来绳子，将他手脚绑起来，并且找来了宪兵，押送着他去了柏林的拘留所。然而就在当天，他就被送到了慈善医院的精神病科。在进医院的时候，那顶褐色小皮帽还被他仔细地拿在手中，温柔地呵护着。

盖哈特·霍普特曼作品年表

1862 年　11 月 15 日，盖哈特·霍普特曼在西里西亚的上萨尔茨布隆出生。

1878 年　霍普特曼从中学退学，在此之前他行了坚信礼（新教的仪式），然后在一位伯父的庄园里做农业实习生。

1879 年　因为身体出现问题，他离开了庄园，在布列斯劳备考中学，但是最终没有考上。

1880 年　他进入布列斯劳艺术学院，主修雕塑，并且完成了他的首批雕塑作品，其间开始了诗歌和戏剧片段的创作。

1882 年　进入耶拿大学，开始学习历史、哲学和艺术史，但只读了一学期。

1883 年　到地中海旅行，这也是他首次乘船旅行。10 月到次年 4 月，在罗马工作，为一个巨型雕塑的创作出力。

1884 年　因为身患伤寒病，他回到了德国。身体恢复之后，在德累斯顿学院学习绘画。10 月 8 日，与玛丽·蒂内曼完成订婚。秋季开始进入柏林大学继续读书。

1885 年　5 月 5 日在德累斯顿，霍普特曼与玛丽·蒂内曼举办了婚礼，随后，随妻子首次来到吕根岛旅行。9 月，举家移居埃克纳。开始了对文学、神学、政治学和社会学的研究。逐渐接近激进的文学学派，尤其是与自然主义诗人的团体"突破社"建立了密切的联系。同年，《普罗梅蒂登洛斯》问世。

1887 年　6 月 18 日，在"突破社"的集会上，发表了关于毕希纳的报告。同年，在杂志《西格弗里德》上发表了中篇小说《狂欢节》。

1888 年　来到苏黎世，在大哥卡尔家中寄居，跟随著名精神病学教授福雷尔学习。结识了剧作家弗朗克·韦德金德。在杂志《社会》上发表了《道口看守员蒂尔》。同年，开始着手创作《织工》。

1889 年　结识了自然主义作家阿尔诺·霍尔茨和约翰内斯·施拉夫。同年认识了后来成为他妻子的作曲家马克斯·马沙尔克的妹妹玛加蕾特。来到柏林夏洛腾堡区居住。10 月 20 日，《日出之前》问世，在柏林自由舞台和莱辛剧院公演，并且引起了广泛关注，也引起了一定争议。著名剧作家冯塔纳对该剧表示认可，并且为他辩护。

1890 年　在《现代生活自由舞台》上发表了戏剧《和平节》。

1891 年　在《现代生活自由舞台》上发表了《孤独的人》。在这一年，霍普特曼两次来到 1844 年爆发织工起义的欧仑山区，展开了深入考察。此后，霍普特曼与大哥卡尔移居施赖贝豪，结识了亨利·易卜生。《织工》方言稿初步完成。

1892 年　来到 1524 年爆发农民起义的德国弗兰哥尼亚，展开深入考察，同时开始历史剧《弗洛里昂·盖耶》的资料收集和整理工作。喜剧《克拉普托恩同事》出版并且 1 月 6 日在德意志剧院首次公演。同年，《织工》正式出版，但是公演遭到了柏林警察局禁止。

1893 年　在一再争取之下，2 月 26 日，在柏林自由舞台和新剧院首次公演《织工》。11 月 14 日，在柏林皇家剧院首演了《小汉娜》（后来改名为《小汉娜升天记》）。同年，《海狸皮大衣》发表，并且于 11 月 21 日在柏林德意志剧院首次公演。

1894 年　出版了《小汉娜升天记》。

1896 年　1 月 4 日，在柏林德意志剧院首次公演了《弗洛里昂·盖耶》，但是演出没有获得成功。12 月 2 日，在柏林德意志剧院首演的《沉钟》则大获成功。同年，出版了《弗洛里昂·盖耶》。

1898 年　11 月 5 日，在柏林德意志剧院首次上演了《马车夫亨舍尔》。同年，父亲罗伯特·霍普特曼去世。

1899 年　《马车夫亨舍尔》为霍普特曼第二次赢得了格里尔帕策奖。随后，正式出版了《马车夫亨舍尔》，并且同时发布了方言版和现代德语版。

1900 年　2 月 3 日，在柏林德意志剧院首次公演了喜剧《施鲁克与耀》。随后，来到巨人山中的阿尔滕多夫居住。不久，玛加蕾特与霍普特曼的第一个儿子本费努托出生。《施鲁克与耀》正式出版。随后，还出版了《米夏埃尔·克拉默》，这是一部描述艺术家的喜剧，并且于 12 月 21 日在柏林德意志剧院获得首演。

1902 年　11 月 29 日，在维也纳宫城剧院，《可怜的海因里希》获得首演，同时出版了该剧本。

1903 年　10 月 31 日，戏剧《罗泽·贝恩特》在柏林德意志剧院公演，随后该剧本正式出版。

1904 年　与玛丽·蒂内曼正式离婚，9 月 18 日，和玛加蕾特正式结婚。

在杂志《新观察》上发表了《牧歌》。

1905 年　3 月 4 日，在柏林莱辛剧院，首次公演了《埃尔加》，随后，在杂志《新观察》上正式发表了《埃尔加》。

1906 年　1 月 19 日，在柏林莱辛剧院，首次公演了《碧芭在跳舞》。

1907 年　2 月 2 日，在德国莱辛剧院首次公演了《比绍夫斯贝格》，并且随后剧本正式出版。

1908 年　1 月 11 日，在柏林莱辛剧院首次公演了《查理大帝的人质》。随后《查理大帝的人质》剧本正式出版，还同时发行了他在希腊之行途中的日记《希腊之春》。

1909 年　出版了《格里泽尔达》，3 月 6 日，在莱辛剧院和维也纳宫城剧院同时首演。

1910 年　在杂志《新观察》上正式发表了其长篇小说《信奉基督的笨蛋》，随后单行本正式出版。

1911 年　1 月 13 日，悲喜剧《群鼠》在柏林莱辛剧院首次公演，随后剧本正式出版。

1912 年　6 月 14 日，在巴特劳赫施特的歌德剧院首次公演了悲剧《加布里尔·席林之逃亡》。12 月 10 日，前赴瑞典，获得了该年度诺贝尔文学奖。同年，在《新观察》杂志上发表了《加布里尔·席林之逃亡》，随后在《柏林日报》上发表了长篇小说《阿特兰蒂斯》。

1913 年　3 月 31 日，在布列斯劳首次公演了《德国韵文的节日戏剧》，随后出版了该剧本。

1914 年　1 月 17 日，在柏林德意志艺术家剧院，首次公演了《奥德修斯之弓》。随后在《新观察》上发表了该剧本。同年，在乌尔施泰因出版社出版了小说《帕尔齐瓦尔》。随着世界大战的爆发，霍普特曼陆续发表了很多民族主义诗歌和评论，并且因为世界大战的爆发陷入绝望之中。

1917年　正式出版了《冬天的叙事诗》，并于10月17日在柏林德意志剧院首次公演。

1918年　在《新观察》上正式发表了小说《索阿纳的异教徒》。

1922年　同挪威极地探险家南森和苏联作家高尔基一起，共同发表了《俄国与世界》。同年，霍普特曼全集（十二卷）出版，并且获得了德意志帝国的雄鹰勋章。

1924年　1月14日，在莱比锡剧院首次公演了《马克森大帝之迎亲》。在《新观察》上发表了诗作《兰花》。

1925年　出版了剧本《维兰德》，9月19日在汉堡德意志剧院首次公演。

1926年　在维亚纳、慕尼黑、莱比锡等14个城市，他的剧作《多罗特娅·安格曼》巡回首演，不久剧本正式出版。

1927年　霍普特曼根据莎士比亚原作改编的《哈姆雷特》在德累斯顿州立剧院首次公演。

1932年　正式出版了《日落之前》，随后在2月16日柏林德意志剧院首次公演。

1933年　出版了《黄金竖琴》，10月15日在慕尼黑小剧场首次公演了该剧。

1935年　出版了《哈姆雷特在维滕堡》，随后在莱比锡、奥斯纳布吕克等地陆续公演。

1937年　出版了自传《我青年时代的冒险》。

1939年　先后出版了《乌尔里希·冯·利希滕施泰因》和《大教堂的女儿》。并在10月3日柏林国家剧院公演了《大教堂的女儿》，在11月15日维也纳宫城剧院首次公演了《乌尔里希·冯·利希滕施泰因》。

1941 年　出版了《伊菲格尼亚在德尔法》，并在 11 月 15 日柏林国家剧院首次公演。

1943 年　11 月 15 日，在维也纳宫城剧院，首次公演了《伊菲格尼亚在奥地利》。

1944 年　正式出版了剧本《伊菲格尼亚在奥地利》。

1946 年　6 月 6 日，在阿内滕多夫，霍普特曼逝世。7 月 28 日，葬于克洛斯特公墓。